霧に溶ける

祥伝社文庫

目次

図版作成／三潮社

ある殺意〈密会者ノ章〉

1

時おり風が、思い出したように大都会の宵《よい》の騒音を運んで来る。

港内に碇泊《ていはく》中の船にも灯《あか》りが点《つ》いた。客船のそれは華麗《かれい》であり、貨物船の灯りは赤茶けて侘《わび》しかったが、どれも一様に靄《もや》に滲《にじ》んで郷愁《きようしゆう》を誘った。

右腕のない男と白いブラウスの女――小牧《こまき》と私は、岸壁際にあるベンチに腰を下ろして、見るともなく、夕靄《ゆうもや》になぞられた港を眺《なが》めた。

昼間の炎暑の名残《なごり》が、まだ足許《あしもと》のコンクリートからムッと漂《ただよ》っては来るが、潮香《しおか》を含んだ風は、さすがにしっとりと冷えて快《こころよ》かった。

「いい気持ちだわア……」

私は思わず両手を差し上げて、躯中《からだじゆう》でその涼風《りようふう》を受けた。

小牧は黙《だま》っていた。そして少しも楽しそうな顔をしていなかった。一週間にたった一度の逢引《あいび》きに、そんな不機嫌そうな顔をして——私はそんな抗議を眼《め》にこめて、彼の横顔を瞶《みつ》めた。

小牧は肩や胸の幅も広く、長身だったが、片腕のないのが、げっそりと頼りなく見えた。顔色も蒼黒《あおぐろ》くくすんで、彫りの深い顔立ちは氷片のように尖《とが》っていた。

「落ち着けないの？」

私は彼の顔を覗《のぞ》き込んで言った。

「う……？　いや……」

彼は表情を誤魔化《ごまか》すように視線をそらして、力なく咳《せ》き込んだ。咳き込むと、物憂《ものう》く額《ひたい》を覆《おお》った脂気《あぶらけ》のない髪の毛が、フワフワ揺れた。

「ただ今日に限って、女房が、早く帰って来るでしょうね、と念を押したのだ……」

彼は言いたくない事を無理に口からしぼり出すように唸《うな》った。

「そう……勘《かん》づかれたのかしら、私達の事」

「まさか」

「ああ」

「だって、奥さんにそんな事を言われたの、今日が初めてでしょう？」

「変だわ……」

しかし、私達の関係が、密会がそう簡単に知られるはずはない。まして小牧の家の者がそれを嗅《か》ぎつけているとは、想像出来なかった。

私達二人の逢引きは週に一度だった。それも東京《とうきょう》には一切、密会の場所を選ばなかった。別行動をとってそれぞれ横浜《よこはま》へ来る。そしてこの山下《やました》公園の入口で落ち合うのだ。それからは、こうして少しの間、横浜港を眺めて、本牧《ほんもく》のホテルへ行く。二時間ばかり二人の時間を過ごし、帰りに南京町《なんきんまち》で食事をすませて、桜木町《さくらぎちょう》で再び別々になり、小牧は東《とう》横《よこ》線、私は国電（現・ＪＲ）で帰京する。これだけが定《き》まっているコースであった。小牧は毎週、碁会所《ごかいしょ》へ寄って来るという口実で、この密会の時間を浮かせている。そしてこの一年間、私達の秘めたる関係は、誰からもただの一度として疑われず、無事に続けられて来たのである。

それなのに、何故《なぜ》彼の奥さんは今日という日に限って、会社から真っ直ぐ帰って来るのでしょうね、と意味ありげに念を押したのだろうか。私はふと不安になった。二人の仲を誰も勘づいていない、と思い込んでいるのは私達だけで、実はとっくに誰かの眼に触れてしまっているのではなかろうか。

「今日はこのまま帰った方がいいのじゃないかな……」

小牧が、生気を失ったように冴《さ》えない眼で言った。彼の心は恐怖で痺《しび》れているのだ。あの猜疑《さいぎ》と嫉妬《しっと》に燃えた奥さん、無能力者のくせにと侮蔑《ぶべつ》する義母、何もかも知っていると愚弄《ぐろう》するような女中、それらの眼が、彼は恐ろしくて仕方がないのだ。私には、そんな彼の心の中が手に取るようによくわかる。

私は寂《さび》しかった。姦通《かんつう》であろうと、道ならぬ恋であろうと、私達はひたむきに愛し合っている。その愛し合う事とは、こんなにも陰鬱《いんうつ》なものだろうか。

密会――その儚《はかな》さ、心もとなさ、惨《みじ》めさが、私の胸を寂寞《せきばく》と吹き抜けて行った。遠く京浜《けいひん》地帯の無数の灯《ひ》が、私達二人の眼の中でチカチカと孤愁《こしゅう》を呼んだ。

「すまないな……折角《せっかく》逢えたのに」

小牧はそう低く呟《つぶや》いた。

「変な人、謝《あやま》ったりして」

私は赤ン坊を宥《なだ》めるように、強《し》いて笑って見せようとした。だが、あまり表情は綻《ほころ》ばなかった。

「僕はどうしてこう腑抜《ふぬ》けなんだろう」

「いいえ、今の私達、これで仕方がないんだわ」

「やるなら男らしく、くよくよ余計な心配をしなけりゃいいんだ」

「お願い、愚痴《ぐち》らないで」

「どうせ僕は、飼い殺しの婿養子《むこようし》に貰《もら》われて、それに甘んじている男だ」

と、彼は項垂《うなだ》れた。

「違うわ。貴方《あなた》を弱くしてしまったのは、その怪我《けが》なのよ。男の右腕だもの」

自嘲的《じちょうてき》に顔をそむけた彼に縋《すが》って、私は叫んだ。

小牧の右腕は殆《ほとん》ど付け根から、すっぽりと切断されていた。強く潮風が吹くと、ズボンのバンドにはさみ込んだ空っぽのYシャツの袖《そで》が、ハタハタと音をたてた。

《その右腕に、私がなってあげたい》

私は心の底からそう思っている。それが女としての私の生き甲斐《がい》だった。この、日の出に背を向けて立っている可哀想な彼を、温かく包むためには、私はどんな事でもするつもりだし、どんな事にも耐《た》えられる自信があった。

ただ私が恐れるのは、屈従《くつじゅう》に馴《な》らされている彼が逆境に耐えかねて、全《すべ》てを諦《あきら》めて私から去って行ってしまう事だった。

「諦めないでね？」

私は彼の膝《ひざ》をゆすぶった。彼の軀は虚《うつ》ろに揺れた。

「私、絶対にこのままでなんか終わらせない。それまで待って、ね、辛《つら》いけど待ってね」

「何を待つんだ……」

「私、金持ちになるわ。貴方に不自由させないで生活して行けるだけの経済力を持つわ」

「まるで君が男で、僕が女みたいだ」

「いいわ、私達が異性である事に変わりないもの。充分な生活力さえ出来れば、私は貴方を今の家から奪い取ってくるわ。貴方が自分を見失って行く今の環境から、私の世界へ連れて来てしまうの」

「そして僕を養ってくれるってわけか」

「駄目よ、僻《ひが》んだりして。私達、そうなるのが当然じゃないの」

ふと、小牧は視線を上げて私を瞶めた。

「何？　どうかしたの？」

「君って……綺麗《きれい》だ」

彼は、言葉をこぼすように、ポツリと言った。改まったその言い方に、何故か私はドギマギした。そしてその後に、甘い恍惚感《こうこつかん》がふんわりとやって来た。私は引き寄せられるように彼の胸に顔を押しつけた。私の揃《そろ》えた二本の脚が斜めになった。

「清潔な匂《にお》いがする。僕はいつも君の匂いから、実の母を連想するんだ」

私の頭の上で彼が言った。

ボーッと汽笛《きてき》が鳴って、その余韻《よいん》が長く尾を引いた。私は眼を閉じた。

《こんな幸福感、私が彼と二人で溶け込むこんな幸福感を夢見てから、もう何年だろう》

数えてみると八年たっている。私が、初めて彼と将来結婚出来たらいいな、と微《かす》かな意識を持ったのは、八年前のまだ十四歳の時だった。勿論《もちろん》それは、十四歳の少女が抱《いだ》いた淡い、そして漠然とした夢であって、初恋と言う程の具体性もなく、同じ屋根の下で暮らすただ一人の異性、背が高く親切で明るかった彼に対するほのかな憧憬《どうけい》だった。彼は私より十二も上で、その頃は既《すで》に二十六歳の青年だった。

当時、私は母と伯母《おば》との三人暮らしで後楽園《こうらくえん》裏の古い二階家に住んでいた。伯母はある建築会社に勤《つと》めていて、生活費の大半はこの伯母によって賄《まかな》われていたが、少しでも家計のたしにと、たった一間の二階に下宿人を置いた。それが彼だったのである。

彼は一人ぼっちだった。親兄弟は一家諸共《もろとも》戦災で死亡してしまったのだ。終戦と同時に飛行整備兵だった彼は、厚木《あつぎ》の海軍基地から東京へ戻って来た。その日から彼は、食べるためにあらゆる職業を転々として、三、四年を過ごしたらしい。

とにかく、私の家の下宿人になった頃の彼は、関東精機《かんとうせいき》の設計部に勤めていた。レッキとした製図屋さんだったのである。私はよく彼に映画へ連れていって貰ったり、宿題のお世話になったりしたものだった。この頃が、私の少女時代では最も充足していた年月であった。

しかし、私にとっては悲しい彼との別離の時が来た。しかも思いがけない凶事《きようじ》が彼を襲《おそ》ったのだった。それは下宿以来二年、彼が二十八、私が十六の春だった。水道橋《すいどうばし》近くの歩道を歩いていた彼はスリップした小型トラックに突っ込まれて、大切な右腕を車体と鉄鋼の電柱の間にはさみ、柘榴《ざくろ》のようにつぶされてしまったのである。この右腕の複雑骨折はどうにもならず、ついに肩の付け根から切断しなければならなかった。製図屋さんにとって泣くに泣けない、一生の問題だった。

その小型トラックを運転していたのは、真空管を造《つく》る下請けの小牧工場という小企業の社長だった。酒気をおびての運転という重大責任を問われた小牧工場主は、奇妙な示談で償《つぐな》いを果たした。被害者は自活能力を失ったのだから、自分の手許《てもと》へ引き取って息子同様に一生その面倒をみる、というのである。

後になって考えてみれば、それには二つの狙《ねら》いがあったのだ。一つは、そういう誠意を披瀝《ひれき》して当局の心証をよくする事。もう一つは、脊髄《せきずい》障害で寝込んだまま、生涯結婚は望めそうもない波江《なみえ》という一人娘の慰《なぐさ》みに、形ばかりの婿として、迎えてやろうという魂胆《こんたん》だったのだ。

ショックと絶望の余り、痴呆《ちほう》のように虚脱《きよだつ》してしまった彼は、黙々《もくもく》と成り行きに従った。

彼が小牧家の婿養子になるために、私の家を引き払って行った晩、私は一人、二階の部屋の畳《たたみ》に転がって泣き明かした。

そして更に四年過ぎた。私は二十の娘になっていた。縁談が幾度か持ち込まれた。私が幾らか器量がましだ、という事だけで相手はいつも乗り気だった。しかし私は全部断わった。不足があったわけではなく、ただ結婚する気になれなかったのだ。別に意識はしていなかったが、私の胸の何処《どこ》かに彼の面影が生きていたのかも知れなかった。

そうこうしている中《うち》に、伯母が急性肺炎で死んだ。私は間もなく勤めに出る予定であったが、とても私一人の働きで母娘二人の生活は出来なかった。結局、家をくれるならという条件で、義兄が母の面倒をみる事になった。義兄一家が引っ越して来る、当然私は余計者の存在となった。そこで私は、就職した日に家を出て、青山《あおやま》に下宿し、自活を始める事になったのである。

私の就職先は、テレビやトランジスタ・ラジオの製作会社である二葉電機《ふたばでんき》の本社だった。

　私がまず配属されたのは、総務課物資係というところであったが、物資係などという係は、あってもなくてもいいような職種で、仕事らしい仕事もなく、午前中に各課から請求してくるインク、ペン先、封筒などの事務消耗品を帳簿《ちょうぼ》と照合して手渡すのが職務だった。係長の下に係員が一人という小世帯である。会社としては、社内の雰囲気に馴れさせようと、新入社員の私を短期間この係に置くつもりだったのだ。

出勤第一日目、物資係長のところへ挨拶《あいさつ》に行った私は、喜びとも驚きともつかない叫《さけ》び声をあげそうになる自分を抑えるのに、痛い程唇《くちびる》を嚙《か》みしめなければならなかった。

何と、その物資係長は彼だったのである。一週間後に、私は手紙を手渡して彼を横浜へ誘った。もう彼は私を「静《しず》ちゃん」と呼んでくれなかったし、私も、無口で虚無的な孤独な男に一変してしまった彼を、昔のあの人と同一人物に思えなかったが、私達の間に話だけは尽きなかった。そして私は、彼が救いようもない不幸のどん底にある事を知った。

彼が小牧家の婿養子となった当初は、義父母も何かと気を使ったし、奥さんも、たとえ名ばかりの夫とは言え、一人の異性が身近にいる事は満更《まんざら》でもなかったらしい。だが、日がたつにつれて、飼い殺しの赤の他人は、所詮厄介者《しょせんやっかいもの》であった。次第に彼に対する風当りは強くなった。加えて、ブームに乗り、好運に操られた小牧工場がトントン拍子に発展して、四年ばかりの間に二葉電機という中小企業では上位に近い規模と社員数を抱《かか》えた株式会社にのし上がった事が、ますます彼の存在価値を下げさせた。

財力と地位は人を冷酷《れいこく》にする。小牧家では彼に「邪魔者」という烙印《らくいん》を露骨に、そして深々と押した。しかし、どう白眼視されようと彼には、小牧家を出て行こうとするだけの気力も能力もなかった。そうと知った義父母や奥さんは、彼を「飼い殺しの豚」と呼び、「愚鈍《ぐどん》」と罵《ののし》った。そして女中までが、彼を一人前の男として扱わなくなったのである。今はただ生ける屍《しかばね》のように、ないのも同然の物資係長というポストをお情けに貰って、黙々と会社へ通っている彼だったのだ。

話を聞いて私は泣いた。同時に、私は一生かかっても、必ず彼を自分の力で幸福にしてみせる、とこの世の全てに対して誓った。

こうして、私達の秘密の交際が始まった。社長令嬢の婿でありながら、社員の誰からも振り向きもされないで、ひっそりと生きている彼の翳《かげ》に、自分の行き場を失って、一人ぼっちだった私は、魂《たましい》の安息の巣を求めた。そして一方、彼のやる事なす事に一々、私は母性本能を刺激された。私達には、四年の空白が嘘《うそ》のようであった。この運命的な再会は単なる再会ではなく、愛を誓った男女がその誓いを果たすために会ったのだ、というふうに思えた。

横浜通いが続いて、その五回目に、ふと眼についたホテル「ニュー本牧」で、私は彼のものになったのである。

「今、何時だろう?」

と言った彼の言葉に、私は回想から我《われ》に還《かえ》った。また汽笛が鳴った。彼の胸で、私は閉じていた眼を開いた。

「八時二十分前よ」

腕時計をかざして見て、私は答えた。

「やっぱりホテルへ行こうか……」

小牧は組んでいた脚をはずして言った。

「ええ。私、お話ししたい吉報もあるの。出来るなら行きたいわ」

私の声は喜びに、ほんの少し張っていた。

「横浜まで来た以上は……つまらん事を気にするのはよそう」

彼は立ち上がった。私も甘えるように彼の腕にぶら下がって立った。嬉しさが、私を珍《めず》しく茶目っ気にしたのである。

山下公園の一部が岸壁沿いに長く続いて、闇《やみ》の海と夜の陸とを区切っていた。あちこちに涼みがてらの男女の姿があった。ゆっくりと散歩する銀髪の老外国人夫妻もいた。誰も喋《しゃべ》っていなかった。眼前のエキゾチックな光景、夜霧《よぎり》と船の灯りに彩色された立体画に、思いをめぐらせているのだろう。

私は通りすがりの赤犬の頭をなでてから、彼の背へ腕を廻《まわ》した。振り返ると、赤犬がキョトンと私達を見送っていた。

岸壁沿いの道を右に折れると、視界が開けて、山の手の人家の灯がイルミネーションのように、華麗に夜を彩《いろど》っていた。

私達は海に背を向けて、出口へ向かって歩いた。

その時——

右前方の暗い木蔭《こかげ》でパッと閃光《せんこう》が走った。

《カメラのフラッシュ!》

私達は反射的に肘《ひじ》で顔を覆《おお》った。閃光が真面《まとも》に眼を眩《くら》ませたのだから、カメラのレンズは私達に向けられていたのだ。

不意をつかれれば、顔を隠したところで間に合うはずもない。愛を眼と眼で語りながら寄り添って歩く二人の映像は、完全にカメラに収まってしまったのだ。

怖々《こわごわ》と肘の間から、その木蔭を窺《うかが》って見たが、カメラの主は素早く逃げ去ったらしく、人のいる気配さえなかった。

私達は顔を見合わせた。彼の眉《まゆ》が不安に曇《くも》り、その唇が僅《わず》かに慄《ふる》えていた。

「この辺から早く遠ざかろう」

二人は小走りに走った。靴音の反響が、誰かが追ってくるような錯覚《さっかく》を呼んだ。

公園を出た所でタクシーに乗った。車が走り出すと、安堵《あんど》の溜息《ためいき》が長々と洩《も》れた。

「でも、一体何のためかしら？　まさか、貴方のお家《うち》の人が……」

と、私が小声で言った。

「そんな事あり得ない」

「お家の人でなくても、依頼された誰かかも知れないわ」

「僕達二人の事を誰も知ってはいない」

「東京から尾行して来たら？」

「二人の、のっぴきならない証拠写真を撮って、僕に離婚を迫るってわけか」

「そうよ」

「『ハマのアベック』とかいうテーマの雑誌などのレポートに使う写真かも知れない」

「だとしたら、あんな近くから、私達だって事がはっきりわかる正面写真を撮らないわ。それに、勝手に写して逃げてしまうような悪辣《あくらつ》な事をするかしら」

「じゃあ、あの近所の素人《しろうと》カメラマンが悪戯《いたずら》半分に盗み撮りしたのだろう」

「そうであって欲しいわ。とにかく公表されない写真なら、それでいいのよ」

思わず深い溜息が出た。

トンネルを抜けた車は、再び市電の通りを走っていた。平凡な街並みが、ヘッドライトの中を後ろへ飛び去って行く。

彼が煙草《たばこ》を出した。平常の習慣通り、すぐ私が一本抜き取って彼にくわえさせ、ライターをすった。

「心配だわ。思いきった行動を起こせる日までは、どうしても私達の関係を隠し通さなければならないのよ」

「うん……」

彼は重苦しく頷《うなず》いた。私達の秘密が今、露見したら大変な事になる。社長の一人娘の夫と不倫な関係を結んだ女事務員。社内の眼がこれまでと変わらないはずがない。勿論、馘《くび》を宣告されない中に、私の方から会社を逃げ出すだろう。そして彼は、待ってましたとばかり小牧家を追い出されるだろう。その日から食べられなくなるのが現実だ。

そして私も職を失う。彼が路頭に迷う事は明白である。と言って、私には彼を養うだけの力がない。やむなく、私は軀を張った水商売に飛び込んで稼《かせ》ぐ事になるだろう。それで彼を幸福にしたと言えるだろうか。

いや、彼が素直に小牧家を追い出されるならば、まだ希望は持てる。しかし、あの奥さんが、黙って彼と離婚するだろうか。恐らく、自分の勢力範囲内に彼をとじこめて置いて、もっと残酷な復讐を試みるに違いない。彼にそんな苦悩を味わわせる事は、たとえ八つ裂きにされようとも私には出来ない。

いずれにしても、私達の事が発覚すれば、致命的な破綻《はたん》へ通ずる報復があるのだ。

《一体誰だったのだろう……？》

私達が最も恐れている事を実行した者。そして今日、彼が奥さんに言われたという含みのある言葉。それとこれとの間に一脈通ずるものがあるのだろうか。

彼もきっと、私と同じ事を考えているのに違いない。萎《な》えたように背を丸めていた。

「ね、でももう忘れましょう。せめて二人でいる間だけは……そうしようっと！」

私は彼の肩へ頬《ほお》を押しつけて、強いて蓮《はす》っ葉《ぱ》に言った。しかし、私達の会話は杜絶《とだ》えがちだった。

得体の知れない黒い翳が迫ってくるような、行く先も教えられずにただ歩かされているような、不安の兆《きざ》しが二人の心を重くするのである。

2

ホテル「ニュー本牧」は海寄りの丘の上にあった。場所も見晴らしも外国人好みのホテルだけあって、設備万端が洋風だった。ただ、ボーイの代わりに女中が接待する点が日本式で、その接待の内容も一般の旅館と変わっていなかった。

一階七号室は倖《さいわ》いふさがっていなかった。私達は必ずこの部屋を指定する。特に気に入った部屋というわけではなく、私達が初めて結ばれたのが、この七号室だったからだ。

バス、トイレが型通りについていて、寝室は二方が装飾ガラスの窓で、一方のピンクの壁際にセミダブルの低目のベッドがあり、このベッドの周囲をレースのカーテンが遮蔽《しやへい》していた。

「先週と、ちっとも変わってないわ」

私は部屋中を見廻して言った。壁飾りの黒船模型も、サイドテーブルの上の朱色の花瓶も、私達二人には馴染《なじ》みなものである。変わっているのは、花瓶の百合《ゆり》の花と、この部屋で重ねられた幾組もの男女の、情痴《じようち》の歴史だけだった。

私達は、海に面した窓際の籐椅子《とういす》に向かい合って坐《すわ》り、女中が運んで来たお絞《しぼ》りで手を拭《ぬぐ》い、アイスクリームを食べた。

開放した窓から黒々とした海に、灯台の灯りか漁り火《いさりび》か、チラチラ瞬《またた》くものが見えた。

「ね、もう写真の事は忘れて、楽しく過ごしましょう?」

憂鬱《ゆううつ》そうに黙りこくっている彼を見て、私は言った。私は恋に酔いたかった。時間に限りがあるだけに、この現在が貴重であり、間もなく来る惜別《せきべつ》の時を思うと、一分一秒も有効に使いたかったのである。

彼も気を取りなおしたように、

「ビール、飲もうか……」

と、頭を上げた。私は電話でビールを注文してから、待ちきれないように彼の傍《そば》へ行った。

「抱いて……!」

私は思いきってそう言ってみた。言ってしまってから顔がカッと火照《ほて》った。聞きつけない私の言葉に、小牧も一瞬たじろいだが、微《かす》かな苦笑で私を膝の上へ迎えてくれた。

「君の脚は長いね」

彼は持て余し気味に私を抱えて言った。

「いつも思うんだが、あの少女が、こんなに素晴らしく成長するとは想像も出来なかった」

私は彼の額に軽く接吻《せっぷん》した。

「ところで、吉報ってどんな事なんだ？」

「貴方と暮らせる可能性充分な話」

「どんなプランなんだ？」

「プランじゃないの。チャンスを摑《つか》んだの」

と私は、ハンドバッグと一緒に置いてあった週刊誌へ手を伸ばした。それは、林立するビルを背景に健康そうな男女が微笑《びしよう》している写真の表紙で、『サラリーマン・ウイークリー』だった。

私は半ば照れて、半ば悪戯《いたずら》っぽく小牧の顔を見やってから、週刊誌の最後のページを開いて、テーブルの上に置いた。

「ミス全国ＯＬコンテストの最終予選終わる。栄冠の候補者十名が決定……か」

と、小牧が見出しの活字を読み上げた。

ミス全国ＯＬコンテストとは、今年の五月頃から大々的に宣伝され、ミス当選者に与えられる報酬《ほうしゆう》と特典が膨大《ぼうだい》な事で話題を賑《にぎ》わせている全国的な規模のものだった。

ミス流行《ばやり》の今日《こんにち》だが、大きなミス・コンテストに当選すれば、一夜にして一財産を造り上げられる、と言われている。確かに、賞品の山積みは勿論《もちろん》、賞金、専属料、写真のモデル料、旅行費、契約金などが手に入り、ミスという肩書が大いに通用する職業であれば、その収入は、十倍二十倍にもはね上がる。映画界入りの約束手形、有名人との結婚という副産物もある。これでは、女が全てを賭《か》けてミスの座を目指すのも無理はないが、殊《こと》にミス全国ＯＬコンテストは、ファッション・モデルなどが応募者の主体となるものと違って、勤労女性を対象としているために、一般に歓迎され、各地方予選でも相当な激戦であった。

これは、ファースト・レディ化粧品本舗《けしょうひんほんぽ》の主催で、週刊誌『サラリーマン・ウイークリー』と某映画会社と航空会社が共催として加わっているコンテストだったが、応募者に対する制約も却々《なかなか》厳しく、応募規定はこうであった。

応募者資格
1　年齢十八歳から二十三歳までの女性。
2　結婚（内縁関係も含む）の経験がない者。
3　同一職場に一年以上勤続する勤労女性に限る。但《ただ》し、ＯＬとしても机上の事務担当者とは限定しない。バス乗務員や外交員、売り子等も有資格とする。
4　勤務成績、品行の優秀者。
5　同一職場の上司同僚十名以上の推薦者を必要とする。
ミス当選者

賞金三百万円。百万円相当の賞品。
ファースト・レディ社の年間専属料百万円。
宣伝使節として二十日間の海外旅行。
共催映画会社と無条件契約。
その他

準ミス（二名）当選者
賞金二百万円。百万円相当の賞品。
ファースト・レディ社の年間専属料五十万円。
宣伝使節として二十日間の海外旅行。
その他

二カ月間かかって、地方予選が終わり、八月一日に東京「都会館第一《みやこかいかんだいいち》ホール」で全国代表が集まった最終予選が行なわれ、十名のミス候補が決定したのだった。さすがに東京が強く、十名の中の上位五名は東京代表で、ミスと準ミスはこの東京代表の五名によって競われるだろうと噂《うわさ》されていた。この五名は既に、座談会やテレビのファースト・レディ・アワーなどに特別出演したりしているが、九月二日の決定審査会で、全てが決せられる事になっていた。

「こんな事、息せききって貴方に報告したら、何か浮ついた気持ちで、私がミス・コンテストに応募したと誤解されそうな気がしたから、今日逢う日まで黙っていたの」

と、扇風機にスイッチを入れて私は言った。小牧も、私が二葉電機の職場から推薦されて、このコンテストに応募したという事だけは知っているはずだった。

「……うん」

彼は戸惑《とまど》ったように、週刊誌の記事を瞶めていた。十名のミス候補の写真の中に、私のそれがあった。そして写真の下段に、

「杉静子《すぎしずこ》。二十二歳。東京都。二葉電機総務課勤務。勤続二年。身長一米《メートル》六十六糎《センチ》。体重五十五キロ。バスト九十糎。ウェスト五十六糎。ヒップ九十四糎」

と、私を紹介してあった。

「ミス候補はどの人も粒よりの美人よ。私なんかとても自信ないの。でも何とかして当選したいわ。そうすれば貴方と一緒になれる。準ミスで沢山《たくさん》なの。女優になる気なんかないし。私はただ、賞金が欲しいの。貴方と二人で再出発する基盤が出来るわ」

私は衝動的に、彼の唇を烈《はげ》しく吸った。だが彼は、まるで意地悪してるみたいに冷ややかに、私の接吻を受けた。ふと気がつくと、彼は眼も閉じないで私を見下ろしていた。

《そんなに、私がミス候補になった事を驚いているのだろうか》

私はそう思って、唇を離した。

ミス候補達は鼻高々になっている。もう映画スターになったような気でいる。周囲もそう扱うし、無理もない事かも知れない。女にとって、自分の美しい事を多くの人に認められるのは本望《ほんもう》だし、全国の各代表を蹴落として選ばれたとなれば、女の競争心と自意識が充分満足する。それに栄冠は名声だけに止《とど》まらない。息を呑むような莫大《ばくだい》な金と物とが転がり込むのだ。前途は入道雲のような幸福でふくれ上がっている。心構え次第では、安定した誇り高い生涯が保証されるだろう。つい浮き浮きするミス候補達の気持ちはよくわかる。私自身も決して悪い気はしていない。

でも、この一週間いろいろな席や会に引っ張り出されて、他の四人のミス候補東京代表の美女達と接している中に、私だけがみんなと違う考えでいる事を知った。

つまり、私だけは華やかな夢を追っていないのだ。私はこのミス・コンテスト応募を、地味にそして真剣に考えている。私にとっては生活手段——彼を幸福にするという生涯の目的のための手段なのである。

私はレースのカーテンをはねのけて、ベッドに転がった。

「最終予選の採点合計によると、東京代表の五人が揃《そろ》って上位だそうよ。私も準ミスだったら有望ね。当選したら、私、ファッション・モデルになって働くわ。貴方は好きな事していいの。遊んでるっていう意味じゃないのよ。絵を描くとか、花を作るとか、左手だけでも出来る仕事に熱中するの。その中に、貴方はきっと見失った『自分』を取り戻すわ」

私は、ピンク色の天井を見上げながら喋《しゃべ》った。

《早くそうなればいい！》

夢と期待が、心臓を締《し》めつけるように張りつめて来た。だが、その私と対照的に籐椅子で悄然《しょうぜん》と沈み込んでいる彼に気がついて、私はハッとした。

「どうしたの？　私達の宿願が達成されるかも知れないのに、ちっとも喜んでくれないのね」

「何だか、君が遠くなったような気がする」

小牧は沈痛《ちんつう》な面持《おもも》ちで呟いた。

「何故？」

「そんな素晴らしい君が、どうして僕みたいな男に関わっているのだろう」

今更何を言うのかしら、と私は呆然《ぼうぜん》となった。突如《とつじょ》として眼が見えなくなったような気持ちがして、私は半身を起こした。

「僕のような、生活力もない、無能でコンプレックスに喘《あえ》いでいる者。ミス候補となるような美貌《びぼう》と肢体《したい》に若さが溢《あふ》れている君。僕達の間にはあまりにも差があり過ぎる。釣《つ》り合わない。まるで美女と野獣だ」

と、彼は運ばれて来たビールをまずそうに飲んだ。

「何を言うの、貴方……。私を信じられないって言うの？」

私はベッドに坐りなおした。ベッドのスプリングが私の心のようにギイギイと鳴った。

「人間は環境に順応するさ。幸運を摑《つか》めば気持ちも変わるんだ。僕はやがて、出世した君にとって邪魔な人間になるよ」

何たる事だろう。これ程、一生懸命になっている私を、彼はそんなふうに見ていたのだろうか——と、私の血液は一瞬凝固《ぎようこ》した。

「あんまりだわ……」

「君はまだ、本当の男の魅力を知らないんだよ。トップ・クラスの男達に騒がれて、チヤホヤされる立場になったら、君なんか、造作《ぞうさ》なく誘惑《ゆうわく》されるんだ」

「そんな私、生易《なまやさ》しい気持ちじゃないわ」

「いや、女なんて、そんなものだ」

こんな事を言うのは彼の本心ではない、と私も知っていた。この偏僻《ひがみ》や妄想《もうそう》や疑念は、彼の歪《ゆが》んだ人間形成から生ずるものだ、とも私は承知していた。しかし、吉報を喜んでくれると信じきっていただけに、私は、たまらなく悲しかった。

「ひどい……ひどいわ」

声が詰まって言葉にならなかった。泣くまい、と唇を嚙《か》み、膝頭をきつく握ったが、忽《たちま》ち涙の雫《しずく》が落ちて来て、やがて私の頰は拭《ぬぐ》う隙《ひま》もなく濡《ぬ》れ続けた。

「私、帰る……」

ベッドから駈《か》けおりた私は、ハンドバッグを手にした。すると、彼は俄《にわ》かに狼狽《ろうばい》した。そして、疾風《しっぷう》の如《ご》く私に躍《おど》りかかって来た。

「帰さない！」

このまま私を帰してしまったら、再び自分のものには出来ない、とでも思ったのだろうか。独占欲と嫉妬が欲情となって堰《せき》を切《き》って奔流《ほんりゅう》し、彼に行動を命じたに違いなかった。

「いや！　そんな事で誤魔化《ごまか》さないで！」

私は頑《かたく》なに抵抗したが、彼の胸と片腕で荒々しく圧倒された。争いはベッドの上へ移行した。私のハンドバッグはもぎ取られ、スリッパが二方へ飛び散った。

だが間もなく、愛人同士の習性が私の抵抗を鈍《にぶ》らせた。強烈な彼の息吹《いぶき》を防いでいる中に、私の軀の中には全く正反対の欲求が生じた。無意識に彼の頸《くび》に腕を廻した私は、次第に陶酔《とうすい》へと引き込まれた。

しかし、アブノーマルな激情が、男女の思惑《おもわく》から何もかも押し流してしまったために、私達は電灯が点いたままである事も、窓が開きっぱなしである事も、ベッドを覆うレースのカーテンがはねのけられている事も、忘れてしまっていた。

突然、閉じた瞼《まぶた》を透《とお》して閃《ひらめ》いた青白い光と、カチリという微かな音、それに窓の外で動いた人の気配を感じ取って、私達は電気に触れたように、互いの軀を突き離した。

《写真――！》

もう偶然とか悪戯とは言えなかった。山下公園で一枚、そして今また一枚——しかも二枚目は、ベッド上で我を忘れて絡み合う二人の姿態をキャッチされたのである。撮った目的次第では、いわば決定的な写真だった。

乱れた髪の毛をかき上げながら、私はゴクンと音をたてて唾《つば》を飲んだ。ひしひしと胸に迫るのは、羞恥《しゅうち》ではなく恐怖と憤《いきどお》りであった。

窓の下を覗くと、何処《どこ》から運んで来たのか木箱が一つ残っていた。地上から窓まで二米はある。この木箱を利用しなければ、部屋の中へカメラを向けられなかったのだろう。

それにしても、室内情景の盗み撮りは簡単にやり遂《と》げられるものではない。余程周到な計画のもとに、長い間二人を監視していて、千載一遇《せんざいいちぐう》の機会を捉《とら》えなければならなかっただろう。恐らく、山下公園での私達の会話も聞いただろうし、このホテルを利用する事も以前から知っていたに違いない。山下公園の外に自動車を待機させておいて、尾行に万全を期したのではなかろうか。

樹木が一本もない芝生の庭は闇の中にあった。私は手早く窓を閉め、カーテンを引いた。

「今、此処《ここ》を出るのは危険のような気がする。仕方がないから、今夜は此処に泊まろう。明日、君は平常通り出勤するんだ。僕は午後まで時間をつぶして、自由《じゆう》が丘《おか》の家へ帰ってみる。何があろうと、全てはそれからだ」

と、彼が緊張に乾いた声で言った。私は唇を戦慄《わなな》かせながら、コクンと頷いた。二人は、これが何かの目的で誰かが仕掛けた罠《わな》であり、しかもその「誰か」とは容易ならない「敵」である事を意識して、蒼白《そうはく》になっていた。

燃え盛った頂点で、氷のような冷水をたっぷりと浴びせかけられた私達は、波打ち際の海草のように寒々と佇《たたず》み続《つづ》けた。外国民謡を奏《かな》でるギターの調べが流れて、八月十日の夜は更けて行った。

3

給料日が迫っているから、総務課は忙しかった。その慌ただしい空気の中で、私は落ち着けない時間を過ごしていた。

今朝、横浜の本牧のホテルから会社へ直行して、出勤時間には間に合った。それ以後、誰か妙な眼で私を見る者はないかと始終気を配ってきたが、社内に何の変わった空気も視線もなかった。

昨夜の写真の盗み撮りが、小牧家の差し金だったなら、もう社長直接か人事課長あたりから、呼び出しがあったはずだ。それ以外の誰かの仕業《しわざ》だったにしろ、何らかの連絡か新事態がありそうなものである。

窓の外は、無事平穏な日本橋界隈《にほんばしかいわい》の風景であった。私は一刻を、身を切りきざまれるような苦痛に感じた。名前を呼ばれたり、電話が鳴ったりする度《たび》に、ギクッと腰を浮かした。

《今頃、彼の方は窮地《きゅうち》に追い込まれているのではないか……？》

そんな心配が絶えず私の脳裡《のうり》に点滅した。

眼の前の電話が鳴った。一度出しかけた手を、まるで毛虫に触れるように逡巡《しゅんじゅん》させた。だが、思いきって受話器を取ると、私は息を止めて耳に当てた。

流れ出て来た声は、小牧のものだった。安堵《あんど》と不安が一度に私の意識を横切って、

「何かあった？」

と、受話器を固く握りしめた。同時に彼も全《まった》く同じ質問をした。

「別に変わりないのよ。貴方の方は？」

「何もないから、君の方が気になって、煙草がきれたのを口実に家を抜け出して来た」

「本当に何もないの？　お家の様子どんなだったか、話して……？」

今日の午前中、横浜で一人時間をつぶしてから、自由《じゆう》が丘《おか》の家へ帰って来た小牧を迎えた家の者の様子は、彼が手短かに話した事によると、だいたいこうであった。

門を入ると、御影石《みかげいし》や門柱やヒマラヤ杉、飛び石、ガレージなどが、小牧を冷笑してい

るように感じた。それでも内玄関までは胸を張って歩けた。だが、ドアのガラスに自分の影が映った時、暑さから遠のく悪寒《おかん》に襲われた。

小牧家の住人となって最初の外泊であり、それも静子との痴態《ちたい》を何者かに目撃されたのである。どっちにしても、ただではすむまい——と彼の左手がノブをひねるのを躊躇《ちゅうちょ》した。

後ろ暗さは平静を装《よそお》う事で誤魔化せるが、眼の前に昨夜の盗み撮りされた二枚の写真を突きつけられたとしたら、逃れようはない。

そっとドアを開くと、森閑《しんかん》とした家の中のひんやりと冷たい空気が、彼を歓迎していない感じだった。

廊下の途中で女中の和代《かずよ》とすれ違った。和代は黙《だま》ってニヤリと笑った。これから起こるであろう家の中の波乱を楽しむかのように、そして意気地なく屈服させられるであろう片腕の男を憐《あわ》れむように、この和代という女中はいつも笑うのである。和代は、二葉電機本社の守衛の娘という縁故で、四年前から小牧家の女中となったのだが、地方の出と違って役に立つが、要領もよかった。二十三の娘とは思えない不器量さだが、料理も洋裁も一通りはこなせるし、妻の波江や義母には大変な気に入られようである。

だが、小牧だけは最初からこの和代としっくり行かなかった。小利口で、陰険《いんけん》そうに無口で、一体何を考えているのかわからないような和代を、小牧は嫌悪した。

小牧は彼ら夫婦の居室である十畳の和室へ、足音を忍ばせて入った。妻の波江は、相変わらず部屋の中央のマットレスに横たわっていた。小牧を見る波江の眼は、鷲《わし》のように鋭く、魚のように無感動であった。

「昨夜は悪かった……」

小牧は躾《しつ》けられた卑屈さで頭を下げた。

「何処へ泊まったの？」

波江は蒼黄色い皮膚の、不健康な顔の筋一本動かさずに訊《き》いた。

「偶然、整備兵時代の友達に逢ってね。そいつの家へ引っ張って行かれて……」

「電話は夜中でも通ずるわよ」

「酒を飲んじまってね。心配かけてすまん」

「別に心配なんかしないわ。でもね、父さんや母さんの手前があるわよ」

それだけ言うと、波江は読みさしの雑誌を顔の前に開いた。

《これだけで、すむはずがない……》

小牧は考えた。猫が鼠《ねずみ》を弄《もてあそ》ぶように、詰問《きつもん》の前哨戦《ぜんしょうせん》を楽しんでいるのか。

「会社はどうしたんだね？」

突然背後から声をかけられて、小牧は跳《と》び上《あ》がった。廊下に義母が立っていた。

「はあ……休みました」

「結構な身分だね。能なしのくせに、酒を飲んで家を明ける……まるで一人前の男だよ」

「どうも……すみません」

「その友達の家って何処なんだい？」

「はあ、あの池袋《いけぶくろ》なんです」

「嘘つき！　横浜の方から帰って来たろう」

「え！……」

小牧の軀は硬直した。しまった、やはり昨夜の監視者は――と、彼の虚勢は足許から崩れて、その場に膝をおとして坐り込んだ。

「あたしゃね、用があって多摩川園《たまがわえん》前まで行ったのさ。帰りに東横線に乗ると車内にお前がいた。池袋って神奈川《かながわ》県にあるのかね」

義母は肥満型で、服装や装身具は申し分なく社長夫人らしかったが、言葉遣《ことばづか》いや色黒の野卑《やひ》な顔で、成上がり者であることは一目瞭然《いちもくりようぜん》だった。

《そうか、ただそれだけだったのか》

小牧は忿懣《ふんまん》を抑えながら、ほっとしていた。

「母さん、もうやめて！」

波江が叫んだ。義母は黙って、侮蔑《ぶべつ》をこめた一瞥《いちべつ》を小牧にくれると大欠伸《おおあくび》して立ち去った。

「あんた、少し自分の立場を考えなさいよ」

波江は男のように舌うちして言った。

「父さんも母さんも、あんたを離縁したくってうずうずしてるのよ。どうしてその絶好の口実になるような事をするのさ」

「わかったよ」

「私はあんたを庇《かば》うつもりはないのよ。どうせ私達は名前だけの夫婦だもの。あんたに未練があるわけでなし、母さん達があんたを追い出すって言うなら強いて反対はしないわ。でも一応は夫婦という名がついた以上、私だって女さ、あんたに裏切られるような別れ方は絶対にしない。つまりね、他の女に寝取られるなら、私は頑《がん》として離婚を承知しないって事」

「僕みたいな男を寝取る女なんていない」

「わかるもんか。イカモノ食いもいるさ」

家の外に庇護者《ひごしや》がいないなら追い出されるのも平然と見送るが、庇護者がいる以上は飼っていて逃さない――という冷酷な執念《しゆうねん》と意地悪い退屈しのぎで凝《こ》り固《かた》まった波江の考えなのである。

《静子の言う事は当たっている》

静子の存在がはっきりすれば、波江は小牧を意地でも離さないだろう。とにかく静子の計画通り、「その時」が来るまで秘密を保たなければならないのだ。

「特に私は、綺麗な女、若い女っていうのが大嫌いなのよ。そんな女の匂いでもつけて来れば、すぐわかるんだからね！」

波江の眼は血走っていた。男女の交わりに対する欲求と嫌悪と嫉妬が一つになり、三十七歳の報《むく》われない生理が波江を狂暴《きようぼう》にするのだ。

五歳の春、屋根から転げ落ちたのが因《もと》で、一生半身不随で過ごさなければならない体になったのは、波江の全責任ではない。むしろ彼女は同情されるべき不幸な女だ。しかし、波江はその醜悪《しゆうあく》さだけを、見る人に感じさせるのである。

「いい？　私が入院したからって、若い女に手を出すような事をしたら、もう一本の腕の方ももぎ取ってやるからね」

「入院って……決まったのか？」

「十四日入院、三十一日頃手術だってさ」

今頃になって手術をしても、脊髄障害が全治するとは考えられないが、費用に不自由するわけではなし、波江の希望もあって、父親が気休めのつもりで入院させようと、病院に手配したのだ。波江の入院は今度が二度目である。二年前にも入院したが、その時は手術前に波江が嫌だと言い出して、一週間で退院してしまったのである。最近になって、整形外科の進歩を雑誌などで知り、刺激された波江は再び手術を受ける気になったのだろう。

《十四日入院……間もなくだ》

波江が入院すれば、女中の和代が付き添うに違いないから、この家も幾らか住みよくなる——小牧は畳に視線をおとしてそう思った。

「何さ！　嬉しそうな顔して」

嚙みつくような波江の声と共に、一冊の雑誌が小牧の頰へ飛んで来た。それだけの衝撃《しょうげき》でも、片腕のない軀はバランスを失って、グラリと傾いた。小牧は、こみ上げて来る反撥《はんぱつ》を怺《こら》えて、唇を嚙み、胸の奥で叫んだ。

《静子！……》

私は小牧からの電話を切った。成る程彼の言う通り、大した異常はなかったようだ。とすると、昨夜の盗み撮りの主は一体誰なのか。

仕事のピッチは一向に上がらない。社員個別の月給額と出勤日数を整理して、早く経理係へ廻さなければならないが、頭の混乱が幾度も計算機の操作をやりなおさせた。疲労もあった。昨夜は一睡もしていない。写真の事やら将来の計画などで話は尽きなかったし、久しぶりの一夜を過ごす私達に、睡眠の余裕があろうはずもなかった。

《もしかすると、ミス・コンテストに関連する何者かの策謀《さくぼう》かも知れない》

ふとそんな考えが閃いて、私はハッと顔を上げた。あり得る事である。五人の有力候補から一人が脱落すれば、その分だけ利益を得る者があるはずだった。結婚や内縁関係の経験がない者、という規定にこそ反しないが、もし昨夜のベッド上の私の写真を中傷の道具に使ったとしたら、候補失格とするに充分な効力を発揮するだろう。写真はその情景の前後を物語らないものだから、それだけを見た審査委員達は、品行方正なミス候補者として不適当な行為と断定するに違いない。

《それだけの事ならそれでいい》

と、私は思った。失格だけで事がすむなら、諦めもつく。現在の計画は御破算《ごはさん》になるが、彼との逃避行の手段はまだ他にもあるだろう。

《だが、それだけで終わるだろうか？》

不安がそう囁《ささや》いた。失格すれば理由が詮索《せんさく》される。醜聞《しゅうぶん》は洩《も》れ易《やす》いものだ。どんな拍子に、ミス候補の乱行などと題して明らかにされるかも知れないし、そんな噂は何処からどう拡《ひろ》まるか知れたものではない。

《何としても、それだけは防がなければ》

私は計算機の手を止めて、宙を睨《にら》んだ。小牧への影響、あの可哀想な彼への迷惑は私の一生と引き換えても絶対に防がなければならない。それは私の誓いであり、鉄則である。

「杉さん、杉静子さん、電話ですよ」

少し離れた席の同僚が声をかけてくれた。私はドキンとして我に還り、夢中でその電話の所まで行った。

「もしもし、杉ですけど……？」

とたんに私の頬から血の気が引いて、躯中の筋肉が硬《こわ》ばった。心臓が破裂するのではないかと思う程、動悸《どうき》が激しくなった。

私は一言も喋らなかった。ただ相手の言葉を全部聞きとってから、受話器を置いた。

ミス候補の杉静子さんですね……と相手は言った。

《だとすれば……》

やはり、ミス・コンテストをめぐる一つの策謀に違いなかった。来るべきものが来たのだ——とは思っても、いざ脅迫者《きょうはくしゃ》の声に接してみると、不安と苦悩がひしひしと私を圧迫した。どうしたらいいものか、皆目《かいもく》、見当がつかなかった。だが、彼と私の関係を暴露《ばくろ》される事だけは防ぐのだ、という結論だけは出ている。つまり、「……しないと、昨夜の写真を関係方面にバラ撒《ま》く」という脅迫者の命令に従うか、それとも脅迫者を探り出してその口を塞《ふさ》ぐかのどちらかだ。脅迫者の声には聞《き》き憶《おぼ》えがある。私の知っている人のような気もする。そして私の失格を欲しているのだとしたら、それはミス候補の競争者以外にはないのだ。私は、五人の有力候補から私を除いた残りの四人の顔を思い浮かべてみた。

穂積里子《ほづみさとこ》——

小河内《こごうち》エミ——

川俣優美子《かわまたゆみこ》――

新洞京子《しんどうきょうこ》――

黒い影〈美女群ノ章〉

1

「穂積里子。二十歳。東京都。日南貿易《にちなんぼうえき》渉外部勤務。勤続一年。身長一米《メートル》六十三糎《センチ》。体重五十三キロ。バスト九十糎。ウエスト五十七糎。ヒップ九十糎」

「小河内エミ。二十歳。東京都。日南貿易仕入れ部勤務。勤続一年。身長一米六十二糎。体重五十四キロ。バスト九十糎。ウエスト五十六糎。ヒップ九十二糎」

という『サラリーマン・ウイークリー』の記事を発見した時、日南貿易の社員達は自分達が推薦者であった事を忘れて、さも意外だというふうに顔を見合わせた。

日南貿易という商事会社は、もともと粒よりの美人社員を揃《そろ》えている事で評判だった。しかし、面白半分に推薦書類を作って応募させた二人の社員が、二人ともども、こうも鮮やかにミス全国OLの最終予選をパスするとは予想していなかったのである。

穂積里子と小河内エミは元来が仲のいい同僚同士とは言えなかった。里子は本社の渉外部勤務、エミは品川《しながわ》にある仕入れ部の倉庫詰めであって、毎日顔を合わせないから親しくなれない、と本人達は言っているが、やはり、優劣を定めがたい美人二人というものは、自負と競争意識から敵意を持ち易いのであろう。そして、このミス候補となった事が更に対立に拍車をかけたのである。表面こそ、さりげなく相対する二人だったが、一触即発の敵意が胸の底に秘められているに違いなかった。

日南貿易社員の有志が、二人の祝賀会を開こうと計ったのも、出来ればそんな二人の睨《にら》み合《あ》いを氷解させようとする狙いであった。

だが、それは無理な話であった。二人は、女の最高の夢と憧憬《どうけい》の世界に君臨《くんりん》しようとする生涯の最良の機会を得て有頂天になっている。それだけに、お互いが眼の上のコブだった。最強の仇敵《きゅうてき》と同席して、事が平和に運ぶはずはなかったのである。

それでも宴会は最初の中は無難だった。日南貿易の贔屓《ひいき》の料亭「月島《つきしま》」で、いかにも祝賀会らしく、笑い声の絶えない席だった。

しかし、妙な事から小河内エミが角《つの》を出した。宴席での話題が七分三分の割りで穂積里子に集中した事だった。やれ、里子は映画女優向きだとか、穂積里子の処女を護《まも》る会を作ろうだとか、里子をますます上機嫌にするような談笑が続いて、エミは殆《ほとん》ど無視された恰好《かっこう》だった。これには理由があった。エミの上役は出席していないのに、里子には渉外部長という宴会パトロンがついていたから、若い社員達が勢い、渉外部長と里子を中心に話を合わせるようになってしまったのである。

エミにもその位の察しはついたが、現在のデリケートな敵対意識がチクリとエミに嫉妬《しっと》の毒針を突き刺したのである。そして、

「里子ちゃんが処女であるって事は、色々な意味で強味だ」

「気品に影響するしね」

「お姫様役をやったら素晴らしいだろうね」

などという社員達の讃辞《さんじ》が、エミの反感を最高潮へ煽《あお》り立《た》てた。里子が処女であるという事は、社内で専《もっぱ》らの評判であった。一つのポーズであり、宣伝に違いない、と思いながらも、エミがそれに拘泥《こうでい》するのは、自分が失っているものを里子が持っているかも知れないという羨望《せんぼう》と不安によるのである。

処女性を尊重しないと威張ったところで、処女と比較された場合、非処女は言いようのない敗北感を味わうのだ。

エミは、何だか自分の肉体がひどく疲れを見せているのではないか、と気になった。皮膚のキメや肌の光沢、眼の澄みようなどに、自分と里子には判然とした差があるのだろうか、と心配になるのである。

《そんな馬鹿な事があるものか》

と、慌てて自分で否定してみるのだが、その空虚な敗北感が、咲き誇るように隣りの席に坐っている里子への憎悪と変わるのである。

《処女だなんて、わかるものか……》

エミは、たて続けに飲み乾《ほ》していたビールを、ただもう我武者羅《がむしゃら》に口の中へ流し込んで早く酔ってしまおうと焦っていた。あふれた泡が口許《くちもと》を伝《つた》って、スカートを汚した。それを見た二、三の男達が肘でつっ突き合った。

「エミ姐《ねえ》さん、そろそろ始まったぜ」

と、そんな囁《ささや》きも交わされた。エミの酒好きと醜態《しゅうたい》は有名だったからだ。

彼女の家は京都《きょうと》の伏見《ふしみ》で造り酒屋をやっていた。三年前に火事を出してつぶれてしまうまで、その家業がエミに酒の味を教え続けたのだ。どんな時でも、酒を見せるとエミは嬉しそうな顔をした。しかし、好きな割りに強い方ではなかった。会社の忘年会などでも真っ先に出来上がってしまって、必ず車で送られて帰るのである。その酔いっぷりのいい事は、社内名物の一つでもあった。

酔っぱらうと京都弁を使って妙に色っぽくなり、いつものエミの酔い方には愛敬《あいきょう》があるのだが、今日の彼女は少し違っていた。抑制されていた不満が、アルコールによって里子に対する敵愾心《てきがいしん》となり、表面に現われた。

「処女、処女って、なんやねん。ミスター・オルチスと伊豆《いず》だ、日光《にっこう》だ、あんた、先月も一緒に旅行して来やはったんやろ？」

と、エミはやや据《す》わって来た眼に皮肉な笑いを見せて言った。この言葉に、里子はハッと表情を硬《かた》くした。知的な瞳やツンと反《そ》った鼻に薄手な唇、と冷たいまでに気品の整った里子の顔を、怒気《どき》が赤く染めた。

「失礼な言い方しないで！」

「事実やもん、隠す必要あらへんわ」

「妙な言いがかりつけるのね」

里子はたまらなくなって開きなおった。座は一瞬、白けた沈黙に支配された。エミはビールのコップを眼の前に捧《ささ》げ持ったまま、ニッコリと笑った。

「ミスター・オルチス、取引言うて会社へ来やはるけど、何の取引に来やはるかわからへんな？」

「貴女《あなた》って低級ね、下劣《げれつ》よ」

里子は掌《て》の中にハンケチを固くまるめて握りしめた。

ミスター・オルチスとは、日南貿易と取引のある外国商社の日本駐在員で、アメリカ育ちのフィリピン人である。里子とオルチスの仲はある程度周知の事実であって、二人が婚約したという噂も流れていたし、この席にいる社員達にとっては別に耳新しいニュースではなかった。しかし、エミの言わんとする事はオルチスと里子の不潔《ふけつ》な関係の強調であり、それは、処女というレッテルにより、ミスの候補としての価値に箔《はく》をつけようとする里子にとって、聞き逃す事の出来ない「攻撃」であった。

「そんな事言って、それで幾らかでも自分の値打ちを上げるつもり？　勝敗は堂々とコンテストで争ったらいいじゃないの」

「あんまり綺麗な事、言わんといてよ。海千山千《うみせんやません》のくせに」

「何ですって！」

里子は立ち上がった。

「ああア、仕様があらへんな。今日もまた酔いそうやわ」

と、エミは卓上に顔の側面を押しつけながら、何処吹く風と声をたてて笑った。

「酔っぱらい！」

里子は憤怒《ふんど》した。緊張が彼女の美しさを倍加した。ナイロン・ブラウスに透けて見える瑞々《みずみず》しく豊かな胸が息づいて、軀《からだ》の線そのものを強調するように締めつけたタイト・スカートの腰が微かに顫《ふる》えていた。

エミはゆっくりと上半身を起こしてから、婉然《えんぜん》と里子を見返した。二人の美しさは対照的であった。里子の美貌を水とするならば、エミのそれは火であろう。里子の彫刻のような顔立ちに対して、エミには崩れた美しさがあった。熱っぽく見開かれる眼や、下唇が厚い肉感的な口許は、イタリア女優の一人にそっくりであり、軀つきも里子より豊満で、成熟しきった女を感じさせた。だが、そんな彼女の美しさには、男に苦労させられるといった、何か単純でお人よしな温かみがあった。

一座の男女は、この二人の美女の対立に不思議な魅力と緊迫感を覚えて、ただ呆気《あつけ》にとられて瞠目《どうもく》しているだけであった。

「あの……」この時、細目に開いた襖《ふすま》から女中が顔を覗《のぞ》かせて伝えた。「穂積さんにお電話でございます」

里子はエミの眼の前の畳を一つポンと蹴るようにして大広間を出た。女中が廊下の突き当たりに置かれた電話を示した。まだ静まらない胸の動悸《どうき》と煮えくりかえる闘争心を抑えながら、里子は受話器を手にした。

「もしもし、ぼくです」

特徴のある訛《なま》り言葉《ことば》が聞こえて来た。里子は思わずギクリとして周囲を見廻した。たった今炸裂《さくれつ》した衝突の因であるオルチスからの電話だった。

「どうしてこんな所へ電話下さるの？」

里子は多少の非難をこめて言った。まるでエミの中傷と符合《ふごう》したように電話をかけて来たオルチスの、のんびりした口調に腹が立った。

「でも、きょうは、あうやくそくのひです。はこねへゆきましょう。しちじにむかえにゆきます」

「七時に？　今パーティの真っ最中ですもの」

時計を見ると六時半だった。

「それに、これから箱根《はこね》へ行ったら、今夜は泊まる事になるでしょう？」

「いつものほうほうでとまりましょう。けっこんするまでのやくそく、まもります」

いつもの方法とは、ホテルで部屋を別々にとるという事であり、結婚するまでの約束とは、その日まで里子の肉体を求めないという意味である。どっちも、里子が交際の条件としてオルチスに厳しく誓約させた事だった。

《結婚――》

この言葉に、里子はハッとした。オルチスがまだ結婚する気でいる事をすっかり忘れていたのである。

現在の里子、少なくともミス候補として最終予選を通過した日以後の彼女には、オルチスと結婚するつもりはなかった。

《そうだ、結婚する意志のない事をオルチスに伝えなければならない》

と、里子は思った。結婚する意志のない男と繋《つな》がりを持っているのは無意味だし、エミのような暴露戦術の材料に使われて、ミス候補に少しでも汚点をつけたら大損害である。一日も早くオルチスと手を切るのが賢明だ、と里子は咄嗟《とっさ》に決心して、

「じゃ、車を廻して下さる？　待ってます」と、電話を切った。

2

真夏の宵《よい》のドライブは快適だった。都心の混雑から抜け出ると、オルチスの運転するスチュードベイカーはもう滑るように京浜国道を走った。

婚約者が別れ話を持って来ているとは知らずに、オルチスは、黒い顔を輝かせて、しきりに英語で冗談を飛ばした。その横で、里子は冷血動物のように無表情であった。オルチスに対する心残りも憐《あわ》れみも全く感じなかった。

《軀を許した男に捨てられて泣くのは、愛情を抱いてしまった女の敗北だ。そんな関係さえ結ばなければ、男など三日で忘れられる。薄情こそ、情の迷いから自分を救うものだ》

これが里子の信念である。そして、今日までこの信念に基づいて行動して来た。里子が処女である事は、純潔を守るとか、将来の夫に自分の価値を押しつけるとかいうようなつもりではなかった。肉体交渉により、相手の男に情が移ってしまう事を恐れたからだ。

オルチスは、それを清純な乙女の願いとして受け取ったのか、結婚のその日まで綺麗な仲でいたいという里子の言葉に従った。これはオルチスが、異国女との戯《たわむ》れではなく、真剣に里子を愛していたからだったのであろう。

しかし、里子はオルチスより高価な男が出現した時に何の未練も躊躇《ためらい》もなく彼と別れる事の出来るよう、寝室を別にしたのである。

　そして、里子にとって「その時」が来た。オルチスとは比べものにならない多彩な幸運が訪れたのである。今更、外国商社の日本駐在員であるフィリピン人の妻となって平凡な家庭生活を送る事など愚の骨頂である。里子には、世界的な億万長者や国際的な有名人がプロポーズしてくる機会がない、とは言いきれないのである。

　今の里子にとっては、もうオルチスは無用の長物《ちようぶつ》であり、お荷物である。別れるべき時であった。ただ、別れ話に対して、このフィリピン人がどう出てくるか——。

「お話ししてもよろしいかしら？」

　ヘッドライトに照らし出される坦々《たんたん》としたアスファルト道路を瞶《みつ》めて言った。

「どうぞ、なんですか？」

　オルチスはくわえ煙草で頷いた。

「私、貴方とお交際が出来なくなりました。お交際も結婚も駄目になったんですの。だから今日という日でお別れしますわ」

「なにをいうのです、じょうだんでしょう」

「いいえ、真面目な話です。そうしなければならない困った事が出来たのです」

　フィリピン人は車の前方と美しい婚約者を交互に見て、哀《かな》しく戸惑った表情をした。

「こまったこと……おかねですか？　おかねなら、いくらでもつくりますよ」

結婚を渋ると金が欲しいのかと解釈するアメリカナイズされたオルチスの単純さを、《少しばかりの金銭ではない。無限の栄華を目指しているのさ》と、里子は心の中でせせら笑った。ふとオルチスが、何かに思い当たったように鋭く里子を一瞥した。

「あなた、ほかにこいびとできましたね？」

「そんな事ありません。誤解ですわ」

訴えるような眼に多少の媚《こび》をこめて、里子はオルチスの横顔を見返した。

「いいえ、きっとそうです。きのう、へんなでんわがかかってきました。あれ、あなたのこいびとのさしずにちがいありません」

「変な電話？　誰からの電話だったんです？」

「わかりません。なまえいいませんでした。わかいおんなのひとでしたが……」

「電話で、何だって言うんです？」

「あなたとぼくのことにかんして、とくに、さいきんふたりが、どんなつきあいしているか、くわしくいろいろとたずねられました」

誰だろうか——里子は訳もなく怯《おび》えた。それは暗い予感だった。最近のオルチスとの交際に関して詳細に尋ねたりして、その若い女という何者かは、里子の何かを引き出そうとしたに違いなかった。それも、里子自身からではなく、何の警戒もせずに喋るであろうオルチスに電話をして話を聞き出し、名前も言わなかったのだ。少なくとも里子にとって

「味方」でない事は確かである。

小河内エミという想像は容易に浮かんだが、里子はそれを否定した。エミは今更オルチスに電話をかけるまでもなく、里子については九分通り知っている。

《誰かが何かを目論《もくろ》んでいる》

はっきりしているのはそれだけである。自分の名前も明かさずに、人から何かを探り出そうとするのは、その目論見が只事《ただごと》ではないもの、と言えた。それは里子に忍び寄る黒い影であり、闇の中で聞く靴音である。里子の胸に漠然《ばくぜん》としたものだが、不安が生じた。

オルチスが哀願《あいがん》と怒りを織《お》りまぜてしきりに喋っていたが、里子の耳にはそんな言葉は入って来なかった。

「では、ぼく、さとこさんといっしょにしにます。けっしんしました」

絶叫に近いオルチスの声に、里子は初めて現実に引き戻された。見ると、オルチスの頬は紅潮して、唇が痙攣《けいれん》を始め、鼻の脇にうっすらと脂が浮いていた。

「死ぬ……?」

「そうです。しねばふたりはわかれない」

突然、窓の外の風を切る音が鋭くなった。里子は愕然《がくぜん》とした。スチュードベイカーの車体はまるで宙を行くように闇を引き裂いて走った。速度計へ眼をやると、六十、六十五、七十、七十五キロ、と針が動いた。

平塚《ひらつか》を過ぎた。スチュードベイカーは激しい車の往来の中を追い越し、すれ違い、間隙《かんげき》を巧《たく》みに縫《ぬ》って右に左に走った。タイヤが不気味に軋《きし》り、里子の軀は波に揺られるようにドアとオルチスの肩との間を往復した。慌ててハンドルを切る運転手の顔や、人家の壁や松の幹などが、一瞬、眼前に迫り、すぐ後ろへ飛び去った。その度に、里子は眼を閉じ、顔をそむけた。心臓の鼓動が頭にギンギン響き、握りしめた掌が汗でヌルヌルして来た。

《こんな脅迫に負けるものか》

里子は唇を嚙みしめて自分に言い聞かせ続けた。オルチスは里子が音《ね》をあげるのを待っているのに違いない。オルチスというヒモつきのままミスＯＬに当選する位なら、アッと言う間に木《こ》っ端微塵《ぱみじん》になった方が清々する。やるならやれ、絶対に屈服しない——飛び出しそうに血走った眼をしながら、里子は一言も声を出さなかった。暴走は尚《なお》も続いていた。

この無言の闘争は、やがて神経の消耗の激しい運転者の敗北とならざるを得なかった。オルチスの顔は狼狽《ろうばい》に歪んだ。ブルンと水を浴びたような汗まみれの頭を振ると、水滴が里子にも散りかかった。車は国道から左へそれて、間もなく人通りもない脇道へ入り、砂利をはじき飛ばしながら松林の蔭《かげ》にピタリと停まった。

嵐が過ぎ去ったような静けさだった。オルチスはハンドルへ土気色の顔を伏せたまま、里子は座席からずり落ちそうな恰好で、しばらく動かなかった。緊張感から解放されて行く気だるさが、血液の循環に従って拡《ひろ》がり、手足が鉛《なまり》のように重かった。息遣いが鎮《しず》まって、泣いた後のように溜息が洩《も》れた時、里子は遠く波の音を聞いた。

《これでもう、何もかもすんだ》

箱根まで行く必要もない。最寄りの駅まで歩いて列車で東京へ帰ろう、と里子はゆっくり軀を起こしてドアを開き、車を出た。

《さあ、これで私は自由だ……》

空を仰ぐと満天の星だった。北叟笑《ほくそえ》んで、ちょっぴり潮の香りを含んだ爽快《そうかい》な夜気《やき》を胸一杯に吸い込み、ふらつく足を踏みしめながら里子は歩き出した。

「さとこさん」

オルチスが叫んだ。里子は振り返らずに、

「何さ卑怯者《ひきょうもの》、ピストルを突きつけて女を手に入れる無頼漢《ぶらいかん》と変わりないじゃないの。私を殺そうとした男にもう用なんかないわ」

鋭く言った。

「このままでは、あなたのオフィスへゆけなくなります」

「ビジネスはビジネスよ。仕事でしたら今まで通り会社へ来ればいいでしょ」

「あなたへのおくりもの、どうするんです」

《この期《ご》におよんで……贈り物、ふん》

と里子は、車を飛び出して来たオルチスを、腹立ちまぎれに睨みつけた。

贈り物とは、多くの電気器具だった。テレビ、電蓄《でんちく》の類《たぐ》いから、ストーブ、扇風機に至るまで、あらゆる電気用品が里子のアパートの部屋に備えてあった。どれも、里子の電化熱を満足させるためにオルチスが贈った物である。そして近日中に、電気冷蔵庫が贈り物として届けられる約束であった。

「惜しくなったのなら電気冷蔵庫の約束を取り消しても結構よ。既《すで》に私の物になっている品物でも取り戻したいのなら引き取ればいいわ」

里子はそれだけを言い捨てると足早に歩いた。松林がきれて砂利道が一段と明るくなった。オルチスが追って来るらしい足音がしたが、構わず歩き続けた。まさか腕力《わんりょく》を用いる事もなかろう、と甘く考えていたが、これは里子の誤算であった。

追いついたオルチスは、いきなり里子を後ろから抱きかかえた。砂利道でハイヒールが安定していなかったから、二米《メートル》近い大男のオルチスの胸の中へ里子は簡単に捉えられていた。

オルチスの動物臭い体臭に、里子は息が詰まった。荒々しい動作で、しかも無言である事が底知れない恐ろしさを感じさせた。太い腕が頸《くび》に食い込んで、里子は松林の方へ引きずられて行った。

ハイヒールがすっぽりぬけた。足の指先と踵《かかと》が痛かった。その痛みを怺《こら》えて里子は、

踠《もが》いた。踠きながら、

《殺される！》

と、黒い空がのしかかってくるような戦慄《せんりつ》を感じた。扼殺《やくさつ》という字をチラッと考えた。

頸を後ろから締め込んでくるオルチスの腕に力が加わって、一方の手が里子のブラウスを乱暴に裂いた。そしてその手が乳房に触れた時、里子は喉から血が噴き出すような物凄い声で絶叫した。

前方の闇の中に白いものを着た二つの人影が現われて、駈けてくる下駄の音が乱暴に響いた。

オルチスの軀が離れると、里子は夢中で二つの人影へ向かって走った。

「どうしたんです！」

若い男が言った。アベックらしく、後ろにお下げ髪の娘がいた。今は羞恥《しゅうち》も体裁もない。裸足《はだし》で、上半身ブラジャーだけだったが、里子はそのまま倒れ込むように、若い男の胸に武者振りついた。そして、走り去る自動車のエンジンの音を背後に聞きながら、

「何でもないんです。追わないで下さい」

と言って、地上に崩れた。

3

祝賀会から穂積里子が抜け出してしまうと、小河内エミは振り上げた拳《こぶし》のやり場に困って拍子抜けの恰好となった。それに興醒《きようざ》めしたような席に残っているのも苦痛である。エミは、送ろうと言う男達の手を振り切って、さっさと一人で「月島」を出た。家へ戻って独酌《どくしやく》で飲みなおすつもりであった。家と言っても、エミは日南貿易の品川事務所に寝泊まりしている。背後にある倉庫へ通ずるドアに鍵をかけ、表のシャッターを閉鎖すれば十二坪あまりの事務室がそのまま個室となる。そして奥の一隅に、以前倉庫の宿直者が使用していたという畳敷きの部屋があった。コンクリートの床から一段高くして周囲を板張りで囲んだ六畳である。エミはそこを仮住居にしていた。

仕入れ部の仕事が忙しく、遅くまで残業する日が続いている中に、エミはいっその事ここへ住み込んだらと思いついて、本社の仕入れ部長に相談したのが、この倉庫事務所に住みつくきっかけであった。会社も何かと好都合だろうと許可したたし、エミも間借り代は節約出来るし、職場兼住居であれば楽が出来ると大喜びした。ガスはあるし、事務所の隅《すみ》には水道と流し場もある。ベッドと鏡台と洋ダンス、それに小さな食器戸棚を運び込んでみると、粗末な六畳ではあったが結構住み心地がよかった。それに、あまり几帳面《きちようめん》な性格ではないエミにとって、気兼ねのいらない倉庫住まいは天国のようであった。

事務所の前でタクシーを降りたエミは、鍵のかかっていないガラス戸を開いて、初めて六畳の我が巣に電灯が点いているのに気がついた。お客かな、と思いながら事務所を突っ切り、開け放してある襖《ふすま》の蔭から部屋の中を覗いた。アロハを着た蒼白い顔の若い男がポツンと坐っていた。エミはハッと息を飲んだ。同時に、男もエミを見た。

「やあ、しばらく……」

男は複雑な表情に照れたような眼で、もそもそと意味なく坐りなおした。

「私の留守中になんやねん、泥棒みたいに」

エミの顔から驚きがふと消えて、相手を無視するような冷淡さがそれに変わった。

「鍵がかかってないから、すぐ帰って来るのだろうと思って上がり込んだんだ。それに、さんざん探し廻ってやっと此処にいる事を突きとめて来たんだから」

エミは男の言い訳を背中で聞いて、食器戸棚からウイスキーのビンとグラスを出し、ベッドに寄りかかって一人で飲み始めた。

「ミスＯＬの最終予選をお前が通過したんだってな。雑誌で読んだよ」

男はエミを窺い見るようにして言った。

「読んださかいに逢いに来やはったんやろ」

重い瞼《まぶた》を押し上げてエミは男を睨《にら》んだ。

「そうとられては心外だな」

「図星のくせになんやねん、男は色か欲や」

「女だって同様さ。よせ、俺の前で聞いたふうな事を言うのは。お前はな——」

「やめて！　お前って気安く言わんといてよ」

「へえ……。命ある限り私は貴方のものよって言ったのは何処のどいつだい」

「そう言う女を捨てて逃げたのは、何処のどいつやったの」

男は言葉に詰まった。素面《しらふ》の時のエミにはとてもこんな男と渡り合う芸当は出来なかったが、酒の力が彼女を賢く、巧みにした。

「しかしな、たとえ三カ月でも同棲は同棲だ。ミス候補の資格に、内縁関係の経験有無も抵触《ていしょく》するんだぜ。同棲すなわち内縁関係だ」

「脅迫するつもり？　三カ月間好き放題な事されて、騙《だま》された挙げ句に捨てられて。そんな男にいい顔していられると思う？」

「わかってる。俺も謝るべき所は謝るよ」

「そうやさかいにどうしろって言わはるの」

「もう一度、二人で正式に婚約して、初めからやりなおそうと思っているんだ」

「貴方、それ本気？」

「本気だ、天地神明《てんちしんめい》に誓って」

と、男はエミににじり寄って、彼女が手にしているグラスへウイスキーを注いだ。

「あかへん。そんな酔わせて思い通りにしようなんて作戦……」

エミは鼻で笑った。笑いながら彼女は哀しくなった。眼の前のこの男の見え透いた料簡《りようけん》が、かつて、こんな男を愛して信じていた自分の馬鹿さ加減を物語っているのだ。

「貴方も落ち目やわ。堕落《だらく》したなあ」

と、エミは物憂《ものう》く言った。

「なんぼ私が無類《むるい》の間抜けでも、今頃貴方にそう言われたさかいにって、鰹節《かつおぶし》に飛びつく猫みたいに嬉しがるはずがあらへんわ」

「しかし、俺はやっぱり君が忘れられないんだよ。離れてみて初めてわかったんだ」

「歯が浮きそうになるさかいにやめて。離れたといったって、貴方が私の前から雲隠れしたのはもう一年以上も昔の事よ。それだけかかって、やっと私の魅力がわかったとでも言わはるつもり？」

男は、さすがに眼を伏せた。

「私、あれ以来、ボーイ・フレンド以上の仲になった男の人っていいへん。愛するって気持ち、貴方との三カ月間にすっかり燃え尽くしてしもたんやわ。早く言えば懲《こ》りたのや。私の恋人は、もっぱらこれやわ……」

と、エミはウイスキー・グラスを口許で止めて頽廃的《たいはいてき》な笑いを浮かべた。

「あの三カ月は楽しかった。エミは喫茶店で働きながら英文タイプの学校へ通っていた。俺もあの頃がいちばん脂の乗った時期だったよ」

男は、そう言いながら白く長い華奢《きやしや》な自分の十本の指を眺めた。

「今度は思い出話？　何と言っても女は最初の男を忘れられへんもんや、なんて自惚《うぬぼ》れてはあかんよ。負け惜しみではのうて、私の愛のプロセスにはもう貴方の名前は見当たらへんもん」

男は、匙《さじ》を投げたように溜息《ためいき》をついた。

「エミも変わっちまったな」

「変えたのは誰？——もうやめましょう。所詮《しよせん》貴方と私は過去の知り合いになったんや」

と言いながら、エミは自分の変化が不思議でならなかった。

《彼を見ても、本当に何の感慨もない》

ミス候補という優位にいる事が、昔の恋人に少しも弱味を見せないのだろうか。男に縋《すが》ったり頼ったりする必要のない女とは、こうも強くなれるものだろうか。

京都の家が火事を出し、一家離散も同様な窮状《きゆうじよう》に追いつめられて、エミが軀一つで上京して来たのは二年程前だった。親戚や友達の家でいつまでも徒食《としよく》しているわけにも行かないし、間もなくエミは喫茶店へ勤めた。恰度《ちようど》その頃は喫茶店のドア・ガールの全盛期で、美女麗人を配置するためにスカウト合戦も行なわれていた。エミは渋谷《しぶや》の店から忽《たちま》ち引き抜かれて新橋《しんばし》の大きなジャズ喫茶のドア・ガールに迎えられた。その店へ定期的に演奏に来る三流バンドに相沢昌《あいざわまこと》というドラマーがいた。エミは、この不良ドラマーの誘惑にアッと言う間に引っ掛かり、何もかも捨ててこの男にうち込んだ。まだお嬢さん臭の抜けもしないエミを口説くのは、場馴れのした相沢にとって赤児の腕をひねるのも同然だった。そして三カ月間、エミのアパートで男妾《だんしよう》同然に過ごした相沢は、ある日一言の断わりもなくアパートから姿を消した。その後、必死になって相沢の行方を探し求め続けていたエミが、あるナイトクラブのマネジャーから聞かされた相沢の正体とは、札つきの色事師《いろごとし》であった。女を騙《だま》して、追い詰められるとビタに出るという悪質なバンドマンなのである。ビタとは「旅」の事で、長い時は半年も東京へ戻らない全国巡回演奏の、俄か編成バンドのメンバーになるのであった。エミは諦めるより仕方がなかった。

《間もなく日南貿易に就職出来て、気分も落ち着いたけど、当時の一週間は涙が涸《か》れるまで泣いたっけ……》

酔いが思い出を感傷的にした。

「泣いているのか?」

相沢が顔を覗き込んだ。

「近頃、泣き上戸の傾向なんよ」

エミは、涸渇《こかつ》したはずの涙を久しぶりに頰に感じて、それを大事そうに、そっと指先で拭った。

「ねえ、私には貴方の道化芝居の脚本が読めてしまってんの。そやさかいに話の結論を早いとこ出そう?」

「脚本……何だい?」

「とぼけんといて。貴方、小河内エミと結婚したいのと違うて、ミスOLと結婚しようと思ってんねんでしょう? うまく行けば一生左団扇《ひだりうちわ》、少なくともミスOLの旦那という宣伝でドラマーとして名前を売れる。これが貴方の胸算用《むなざんよう》やわ。そうやろ?」

何か言おうとする相沢を制して、エミはピシリと付け加えた。

「残念ながら、私には爪の先程もそんな気はあらへんねんえ。そして今夜限り、改めて貴方との一切を清算するつもりや」

「このまま黙って俺に引き退《さ》がれってえのか」

相沢は窮地に立った犯罪者のような獰猛《どうもう》な顔でわめいた。

「あら貴方、強請《ゆすり》たかりもやるようにならはったの? お金が欲しいって言わはるの? 冗談やあらへんわ。貴方のために指輪からオーバーまで売ってしもうた私よ。貴方にこの上お金あげるて、筋が通らへんわ」

「じゃあ、俺が何をしてもいいんだな」

「内縁関係の経験ありって投書するつもり」

「やってもいいのか？　お前と二人で写した写真を証拠としてな」

「写真なんか証拠にならへん。それにあの写真は一枚きり。それも私が持っていますさかいに」

「ネガがある」

「とんでもあらへん。貴方に裏切られた口惜《くや》しさで、あのネガは灰にしてしまいました」

相沢はうちのめされたように黙った。エミはもう完全に他人になっていた。此処を訪れた時は酔わせて抱けば一年位の空白は忽ち消えて、エミは再会を狂喜《きようき》するに違いないと自信を持っていた。相沢の女遍歴から言ってもそうなる確率は百パーセントだった。しかし、エミは既に相沢との恋愛を一夜の夢として片付けてしまっていたのである。相沢は後悔していた。逃がした魚の大きさが、焦燥《しようそう》に近い口惜しさとなって腫《は》れ物《もの》のように疼《うず》いた。

「じゃ、本当にこれっきりえ。今後、妙な出方をしはったら私にも考えがあるわ。さ、お別れに指切り……」

エミは小指を突き出した。相沢も仕方なくそれに指を絡《から》ませた。

「さいなら……」

と、エミは立ち上がった。一年前とは別人のような妖麗《ようれい》さだった。白い項《うなじ》、切れ長の眼、濡れたような唇、片靨《かたえくぼ》、そして固さが消えた肢体《したい》の曲線。それらに触れる事さえ許されないのだと思うと、相沢は悔恨《かいこん》を通り越して憎悪をエミに感じた。

「さあ、早く帰って！」

エミは、未練気にノロノロと靴をはいている相沢の背中を押して、自分もサンダルをつっかけた。表のシャッターを下ろすつもりだった。

「戸締まりだけは用心した方がいいぜ」

靴をはき了《お》えた相沢が言った。エミは腰をくねらせて、大声で笑った。

「古臭い脅し文句や……」

「真面目な話だ。俺がここへ来た時な、倉庫に人がいる気配がしたんだ。君かと思って、奥へ通ずるそのドアを開いてみると、人影がさっとあの裏口から出て行ったぜ」

エミは首をかしげた。この倉庫には、機械の部品と洋紙が保管してある。どれも人間一人で持ち運びが出来る重さのものではない。泥棒が入るとは考えられなかった。

「御忠告、聞いとくわ」

エミは相沢を追い出すように、壁際のシャッター操作の電気スイッチをかけて言った。

相沢は一瞬佇《たたず》んでエミを瞶《みつ》めたが、思いなおしたように、黙ってそのまま出て行った。

「さいなら」

その後ろ姿に声をかけて、エミはスイッチを入れた。シャッターは徐々に下降を始めた。

六畳に戻ると、エミは寝転んで再びウイスキーを舐《な》めた。彼女はふと穂積里子を思い出した。

《里子だけには負けるものか……》

そんな事を考えている中に、エミは睡気《ねむけ》に引き込まれた。あれ程愛した男に何の感興《かんきょう》も湧《わ》かさずに、ミスの座をめぐって里子に対する対抗意識ばかりを燃やしている別人のような自分の変わりようを、夢と現実の境で吟味《ぎんみ》していた。

4

銀座丸一《ぎんざまるいち》デパートの閉店時間は六時だった。従業員通用口から外へ出ると、まだ蒸し風呂のような暑さが残っていて、一日を完全冷房の店内で過ごすせいか、急に足腰が重くなる。

高層建築の白っぽい壁面に西陽が強く映えて、都会の谷間は不健康な明るさの中にあった。そして、その明るさが川俣優美子のしっとりと白い肌を、美しいバラ色に染めた。

美人には見馴れている銀座散策者も、優美子とすれ違うと一様に振り返った。どちらかと言えば庶民的な顔で、やや下ぶくれの甘ったれという感じの美貌《びぼう》。優雅な線を描いた肩から、若々しく張った胸へかけてのその柔らかさ。くびれた胴と腰の円《まる》みへ流れる曲線。

すんなりと長い脚。川俣優美子は殆ど完璧に近い美人だった。

ただ一つだけ難がある。それは、優美子が自分の素晴らしさを充分意識している事だった。それがいわゆる「お高い女」にして、冷ややかな無口と人を見下すような眼を、彼女に具《そな》えさせていた。もっとも優美子が近視眼である事も、人からとり澄ましていると思われる原因の一つであった。

並木通《なみきどお》りへ出て間もなく、左側に駐車していたブルーバードの新車へ優美子は近づいた。待っていたようにドアが開かれて、彼女は悠然《ゆうぜん》と助手席に乗り込んだ。それを迎えたのは、朱色の地に黒いアルファベットを散らしたアロハシャツの青年だった。

優美子が五日前に婚約した相手で、東京第一自動車の社長の一人息子内藤邦利《ないとうくにとし》である。婚約したと言ってしまえば簡単だが、そうなるまでに二年間という、優美子にとっては長い忍耐の期間があった。

内藤邦利との交際は二年前から始まった。勿論、優美子は結婚をその大前提としていた。しかし、結婚は頑として許されなかった。内藤の父が反対だったのである。理由は、釣り合わない、という簡潔なものだった。一級の資産家である内藤家の御曹司《おんぞうし》と、たとえずば抜けた美人でも大森海岸《おおもりかいがん》の植木職人の娘で、デパートの店員である優美子とでは、幾ら新しい時代と言っても、そう素直に事が運ぶはずはなかった。

それが、優美子がミスＯＬの有力候補となったとたんに、事態は急転した。内藤の父が二人の婚約を承諾したのである。いわばミス候補の金看板《きんかんばん》の威力であり、ある意味で社会的有名人となった優美子に、たっぷり箔《はく》がついたからだった。

だからと言って、優美子はそんな考え方に腹を立てなかった。彼女にしても、内藤邦利その人を心から愛しているかどうか、自分でも疑問であった。ただ資産家の一人息子の嫁になるという目的だけは、はっきりしていた。

来年春、内藤が在学中の大学を卒業するのを待って二人は結婚する。それによって、優美子の望みは完成するのだ。内藤家の嫁となって、どんな苦労があり、どんな心構えを必要とするか、などという事は思惑外だった。

「何処へ行くか」

内藤が言った。

「映画はどうだい？」

「駄目」

優美子は軽く首を振った。

「眼鏡《めがね》を持ってないのか。不自由だな、近眼は」

「眼鏡を持っていたとしても、ウイーク・デーには映画を観《み》ないのよ」

「どうして？」

「九時までに家へ帰れないもの」

「そうか」

優美子は九時の帰宅を厳守《げんしゅ》する。九時半に就寝するためである。それは永年の習慣であり、勤務の都合や逃れられない交際の場合を除いては、必ず九時前に帰って九時半には蒲団《ふとん》に入るのだった。

優美子は睡眠美容法の信奉者だった。そして、事実その効果を認識していた。彼女は乳液と口紅以外に化粧品は全く使わない。規則正しい生活と軽い体操、それに肌のマッサージと十時間以上の睡眠が、彼女の美しさを作り、それを維持して行く事を、体験から確信していた。

「それなら、ちょっぴり遠乗りするか？」

「遅くなるわ」

「じゃ、どうするんだよ、一体」

「家まで送って頂くわ」

「それじゃ、折角待ち合わせても……つまらないよ」

内藤は不服そうに口を尖《とが》らせた。

「そう。じゃ、私の家へ寄って行けば？」

優美子は、この気儘《きまま》で浅薄《せんぱく》な青年の機嫌を損なわないギリギリの線で、譲歩した。それでも尚、不満そうだったが、内藤は緩慢《かんまん》な動作でハンドルを握った。優美子は一切を無視して、車が走り出すのを待った。ラジオからロカビリーの旋律《せんりつ》が流れ出した。

「ミス候補になってからの君には貫禄《かんろく》がついたよ。デパートでの優美に対する見方や待遇も変わっただろう」

片手ハンドルの内藤が言った。

「貴方のお父さんみたいにね。家具売場から受付へ廻されるらしいわ」

優美子はニコリともしないで答えた。

「デパートの宣伝になるからな。そう言えば親父の会社からも、一人最終予選を通過したミス候補が出たそうだぜ」

優美子は、さもそんな女に関心はない、と言いたそうに内藤の顔をジロリと見た。

「新洞京子さんね。私も大分親しくしてるけど、セクシーな感じの人よ」

「親父も言ってたよ。男心をそそる天性を具えた女だって」

「貴方なんか、誘惑されたら一コロよ」

「そうお安くないつもりだがな」

「新洞京子さんが一位で、私が二位になったら、貴方はあの人に乗り換えるわ」

「まさか。大丈夫、優美が絶対一位さ」

優美子はふと、自分が思いつきで口にした危険性が、充分可能な事だと気づいた。そして、新洞京子に対してチラッと敵意を感じた。

新洞京子は、第一自動車のセールス・ウーマンである。内藤の父親も、当然社長として自分の会社の従業員には身贔屓《みびいき》の人情も起ころうし、会社の素晴らしい宣伝種にもなる京子に注目するだろう。それは優美子に対する最近のデパート首脳部の態度と同じなはずである。その京子にミスの座を先んじられたとしたら、内藤の父親の関心も、移り気で新しいもの好きの内藤自身の気持ちも、京子の方へ走るに違いない。少なくとも、優美子の位置が不安定となる事だけは否《いな》めない。

《ミスに当選しなければ危険だ！》

金持ち階級という贅沢《ぜいたく》と奢侈《しやし》と虚栄の世界に憑《つ》かれた二十歳の女は、全身でそう叫んだ。

三十分後に、内藤が運転するブルーバードは、川っぷち伝いの路地へ入る手前で停まった。

二人はその路地へ、車から降り立った。ドブ川の匂いと潮風の香りが一度に鼻をつく。川っぷち沿いに歩いて行くと、片側の長屋の前に縁台などを持ち出して喋っていた裸の男や浴衣《ゆかた》の女が、好奇の眼で二人を眺めた。中には、袖引き合って囁きを交わす娘達もいた。

その痛いような視線の放列《ほうれつ》の中を、優美子は颯爽《さっそう》と歩を運んだ。狭い道に、物干《ものほ》し竿《ざお》やゴミ入れのカンが投げ出されていたが、それらを避けながら彼女の歩き方は美しく整っていた。

長屋がやっと切れると、小さな船大工の作業場があり、その先二十米《メートル》ばかりの海っぺりに、優美子の家が孤立したようにあった。

幅十米のドブ川には、小漁舟や貸しボートがギッシリと繫留《けいりゅう》されてあり、そのドブ川の河口の一角に優美子の家は建っている。つまり家の西側はドブ川の石垣と垂直面であり、南側は海の岸壁と垂直面になっているのだ。

玄関を開くと、母親と二人の弟妹が迎えに出て来た。父親も茶の間から声をかけた。

出入り先の屋敷もめっきりと減った大森海岸のこの植木職人の一家にとって、優美子の途方もない出世が、唯一《ゆいいつ》の希望であり、頼りでもあった。だから自然に、鳶《とび》が生んだ鷹《たか》を、家族総出で労《いたわ》ろうとするのである。

母親は、優美子の後に内藤の姿を認めると、大形《おおぎょう》な声を出して父親を呼んだ。

「よくまあ、こんなむさくるしい所へ……」

植木屋夫婦は、優美子の不相応な栄達《えいたつ》の因《いん》となる内藤を目前にして平静を欠き、おろおろと馬鹿丁寧に頭を下げるだけだった。

《殿様のおなりじゃあるまいし、何さ》

優美子はそう思いながら、苦々しく両親を見下ろした。

大金持ちの息子でも、安っぽくて単純で、ローストポークを食べさせて甘い言葉をかけてやれば満足するただの男に過ぎない。今夜だって、その内藤がぐずるから、お情けでこの家へ連れて来てやったのだ——。

《それをまるで、命の恩人が訪れて来たみたいに、驚いたり慌てたりしている》

と、優美子は昂然《こうぜん》と胸を張った。彼女は、内藤との結婚を、財閥《ざいばつ》の御曹司に見初《みそ》められて玉《たま》の輿《こし》に乗るというような偶然に訪れた機会《チャンス》とは、毛頭考えていなかった。当然そうなるように努力して来た結果だと思っている。

だから優美子にしてみれば、「誰にも負けまいとして今日の栄耀《えいよう》を得た。それが生存競争の摂理だ」と吼《ほ》えたいようなプライドを持っている。惨めにへりくだる両親に、それだけ腹が立ったのだ。

「お母さん達、いい加減にしてよ」

叱りつけるように言って、優美子は二階への梯子段《はしごだん》を上った。内藤も慌てて、その後を追った。

二階は優美子の部屋である四畳半の一間だけであった。歩けばギシギシいう安普請《やすぶしん》だったが、室内の清潔さや調度品は、階下の二間のそれよりも、はるかに上である。

そして、この部屋へ入る誰もが思わず感嘆させられるのは、部屋の二方の壁際にキチンと積み置かれた各種の額皿《がくざら》の山であった。

「ほう、大分揃《そろ》ったな」

内藤も部屋の中を見廻して、眼を瞠《みは》った。

「押入れの中も一杯よ」

優美子は初めて、楽しそうに微笑した。磁器と陶器は、彼女自身で買い集めたもの、内藤に買わせたものであり、土器は殆《ほとん》どが祖父から受け継いだものだった。全てが、優美子の異常な蒐集欲《しゅうしゅうよく》の賜物《たまもの》である。

彼女の祖父は、古道具を買い漁《あさ》って、「植富《うえとみ》」という大きな植木屋の身代《しんだい》を棒に振ったのだが、そんな蒐集癖の血が孫である優美子の体内に流れているのかも知れなかった。そして、内藤と結婚したら、銀座あたりに小さな気の利いた「額皿の店」を出させて貰うのが、彼女の夢の一つでもあった。

「しかし、あの棚は危ないぜ」

内藤が窓側の壁の、天井に間近い高さに吊《つ》られた棚を指さした。

その棚は五十糎《センチ》幅のもので、部屋に置く余地のなくなった磁器がギッシリと積み重ねられており、一方の端には、故障したまま使わなくなった十四インチのテレビがのせてあった。

「棚が落ちて来たら大変じゃないか」

「そうなの。寝ている時にでも吊《つ》り木《ぎ》が取れて落ちて来たら、私はまあ助からないわ。でも大丈夫、余程の大地震でもない限り、棚は頑丈に作ってあるし」

優美子は寝る時、恰度《ちょうど》この棚の下あたりに頭を持ってくる。部屋は狭いし、額皿の山の中で南側の窓の方に頭を向けて蒲団を敷くと、どうしてもそういう位置にならざるを得なかった。彼女は必ず、窓側へ頭を向けて寝る。夏の間はこの窓を開け放しで夜を過ごした。窓はこの海に面した一カ所だけであり、ここから何者かが侵入してくる事は不可能だったし、海から流れ込む澄みきった空気を満喫《まんきつ》して睡眠をとるには、もって来いの窓だったからだ。

「どう、これちょっといいでしょう。作者銘は初めて見たものだけど」

優美子は眼鏡をかけて、机の上に置いてあった和陶器を手にした。山岳の紅葉を描いた清水焼《きよみずやき》だった。

だが次の瞬間、優美子はハッと顔を硬《こわ》ばらせた。そして、恰度茶器を持って上がって来た母親に、鋭く言った。

「お母さん、誰かがこの部屋のものに手を触れたわね!」

「いや、そんな事ないはずだよ」

母親は娘の剣幕《けんまく》に尻ごみして答えた。

「だって、この清水焼はそっちの台の上に置いといたものよ。それがどうして机の上へ移ってるのよ」

優美子は、家族の誰にも蒐集物に手を触れる事を厳禁してある。妹や弟は、優美子の怒りを恐れて、この部屋にさえ近づかなかった。

「それじゃあ、もしかすると、あの女かも知れないよ」

母親は恐る恐る娘を見上げた。

「何の事？　あの女って……」

「今日の夕方、私が留守にしたんだよ。みんなもいなくって、家は空っぽだったんだよ。ただのお使いだから、私は一時間たらずで帰って来たけれどね。あの作業場の所まで来た時、家の玄関から人が出て来るのが見えた。もううす暗くて誰だかわからないけど、若い女のようだったので、お前の友達かなと思って私は声をかけながら追ったんだよ。でもその女は、私の声が聞こえるのか聞こえないのか、あっちの岸壁沿いにどんどん歩いて行ってしまったんだよ。さてはコソ泥かなって思いなおして、家へ戻って様子を調べたんだけど、別に失《な》くなったものもないし、少しも荒らされてないしね……」

「その女が私の部屋へ入り込んだのだって言うの？」

「その時はそんな事思ってもみなかったよ。玄関で声をかけて留守とわかって帰ったのだろう、と解釈してたけど、お前の部屋に誰かが入ったと言われて、ひょいと思いついたんだよ」

「留守の二階へまで、泥棒でもない女がズカズカ上がり込むはずがないわ」

「お前の友達だったとしたら、そうしたかも知れないだろう？」

「そんな非常識な友達なんていないわ」

優美子は不機嫌そうに背を向けて、窓際に立った。

口数の少ない気難し屋の優美子が、珍しくペラペラと怒りを言葉にして吐き出したのに、母親はすくみ上がって、逃げるように部屋を出て行った。

《誰が、何のために？……》

優美子は暗い海を見渡しながら、考えていた。清水焼を置いた位置が変わっていたのは、決して思い違いではなく、事実だった。家の者が触れたのではなかったとしたら、母親が目撃したというその正体不明の若い女が、この部屋へ入った事になる。しかし、何も盗まれていないし、清水焼の位置以外には何の異状もない。目的もなく、留守中の人の家の二階へ上がり、またそっと帰って行ってしまう、そんな無意味な事をする人間がいるだろうか。

だが、これという被害もないのだから、気にする必要もなかろう、と優美子は自分をなだめた。

窓の下は、モルタル建築の壁が続いて岸壁に接し、五米の岸壁の下は海であった。そこには、使いものにならないのか、古い網舟《あみぶね》が一艘《そう》、忘れられたように舫《もや》ってあった。

「ねえ優美、もう、いいだろう？」

突然、耳許で内藤の声がした。振り返ると眼と鼻の先に、彼の思い詰めたような顔があった。

「何を？……」

と聞き返した優美子の唇へ、内藤の息が烈《はげ》しくかぶさってきた。

優美子にとっても、初めての接吻だった。新鮮な興味だけが不自由のない男を引きつける魅力であり、何かを与えてしまえばソフトクリームのカップのように捨てられる、と優美子は内藤に今日まで許さなかったのである。

《でも、正式に婚約もしたのだ。接吻ぐらいだったら、もういいわ……》

優美子は、電流のようなショックに痺《しび》れて行く意識の中でそう考え、この接吻を宿望《しゆくぼう》達成の実感としてむさぼった。

干潮《かんちよう》時とみえて、岸壁にヒタヒタと寄せる波の音が、小さくなっていた。

5

この溢れんばかりの色気は、どこから発散されるのか——浜部《はまべ》はつくづく感心した。五十四歳という年齢、実業家という職業から大抵《たいてい》の女の型には接したし、食傷《しよくしよう》もしたつもりだったが、この新洞京子を身近に感ずると、浜部はまるで少年のように、胸をときめかせてしまうのだ。

ファースト・レディ化粧品本舗の宣伝担当重役として、浜部はミス全国ＯＬの審査会に立ち会ったが、第一次から最終審査までの間、この新洞京子が無事通過する都度、何故か彼はホッとした。特別に支援しているつもりではなかったが、何となく不合格では惜《お》しい、あの娘の喜ぶ顔が見たい、と秘かにヤキモキしてしまうのである。

これは男のみが感ずる魅力だろうかと、審査結果の点数表を調べてみたが、女性審査員も一様に高く評価している。

最終審査を通過した十名の中では、新洞京子はいちばん小柄であった。年齢も十八歳という最年少者である。そのくせ他の候補者からは感じられない、不思議なムードを振り撒《ま》いた。それは清潔な性的魅力だった。この魅力が、十八歳で自動車のセールス・ウーマンという特異な存在に彼女を置いたに違いない、と浜部は思った。

新洞京子は、もと第一自動車の社員を相手に洗濯ものの注文を取って歩くクリーニング会社の外交員だったという話である。忽ち注文範囲を拡張して行った彼女の見事な手腕に、第一自動車の販売部長がまず眼をつけ、臨時雇いの見習いという形で、彼女を第一自動車の販売部へ勧誘した。二度三度セールスマンの腰巾着《こしぎんちやく》にさせただけで、彼女は一つの契約に成功して来た。直《ただ》ちに、販売部長は自《みずか》ら保証人となって、新洞京子を正式なセールス・ウーマンとして入社させたのだそうである。

「何を考えていらっしゃいますの？」

少々かすれ気味の声で京子が言った。

「いや、別に……」

浜部は慌てて彼女から眼をそらして、取ってつけたようにアイスクリームを食べた。

「如何《いかが》でしょうか、御決心頂けまして？」

京子は上眼遣いに浜部を見て微笑した。その眼つきが、その微笑が、たまらない妖《あや》しさだった。

「うむ。そうねえ……」

「先日お試し願いましたスカイライン・デラックスも悪くないと存じますが？」

「今日のこの――」

「トヨペットクラウン・デラックス」

「そうそう、それも快適だったけどね。もっとも貴女と同伴だったせいかな」

「困りますわ、買って頂くのはお車です。その性能を見て頂こうと思ってお供したんですから……」

語尾は鼻にかかった笑いだった。その笑い声が快く浜部の耳朶《じだ》をくすぐるのである。

眼前の由比ケ浜《ゆいがはま》の海浜は、日曜日のせいもあって喧噪《けんそう》をきわめていた。ビーチ・パラソルが多彩に花を咲かせて、眼の痛くなるような真夏の陽光がギラギラと海に照り、白い砂を焼いていた。

「さあ、参りましょうか」

と、京子が言った。

「そうね。じゃ、鎌倉《かまくら》を廻って帰りましょう」

浜部はクリームの空函《からばこ》を捨て、ハンケチで口辺《こうへん》を拭いながら答えた。

試乗車は木蔭《こかげ》から熱っぽい道路へ滑るように走り出た。

「あの、お嬢様にトヨペット・コロナなど如何《いかが》でしょうか？　お気持ちが動かれる御様子でしたら、私の所へ御一報下さいません？　すぐ参上致しますから」

東京第一自動車で売込み成績筆頭だというこのセールス・ウーマンは、もう次の仕事にかかっていた。

底の知れぬ魅力にかかっては、おそらく殆どの人が彼女の言動を黙視《もくし》出来ずに、知らず知らずの中にその術中に巻き込まれるのだろうと思いながらも、浜部は、

「娘には話して置くが、僕もこの車を買う事にしたよ」

と言ってしまった。

「有難うございます。お供した甲斐《かい》がありましたわ」

京子は百万ドルのセクシーな笑顔を惜し気もなく見せた。心持ち受け口で、唇は小さくはなかったが悪戯っぽくふくらんでいた。左眼が、笑うとほんの少し細くなり、睫《まつげ》が黒く片寄ったようになった。

浜部はそれで満足した。

「話は別だけど、後二十日ばかりでミス決定だったね」

「そうですのね」

「どんな気持ち、今は？」

「さあ……」

「気がなさそうだね」

「いいえ、嬉し過ぎてまだピンと来てないんです」

「さしずめ、貴女は映画スターだね。貴女のような型《タイプ》は映画が今日最も求めているんではないかな。個性的だしね」

「さあ。映画界というのは……通行人の役だけやっている女優でも、ミス何々の肩書を持っている人は沢山いるそうですから」

「しかし、貴女ほどの個性的魅力の持ち主は、百万人に一人もいないからね」

「嫌ですわ」

無邪気に笑って軀の線を崩《くず》すと、そこに巧《たく》まざる媚態《びたい》が生じた。

《小妖精……》

と浜部は呟いた。

少しでも長く一緒にいたい、と願う時間は驚異的な早さで経過した。横浜を過ぎ、車が都内へ入った時、浜部は思わず舌うちした。

「何処かで休んで行きたいねえ」

と、思いきって言ってみたが、京子はチラッと時計を見て、

「急ぎますから真っ直ぐ帰らせて頂きますわ。次の機会には是非……」

と、軽くかわした。

「そう。では家まで送ろうか」

「いいえ、会社に私の車が置いてありますから、会社へ帰ります」

「ほう、貴女も車を持っているのですか」

「車って言ってもプリンスの中古品で、大分ガタが来てますの。十五万で買ったんですけど、まだ五万円きり払ってないんです。それでも、通勤用には結構便利ですわ」

浜部は速度を加えた。どうせ別れるなら、早く別れたかった。一つの車内にいると、その吸引力が、京子の肌から、声から、体臭からムンムンと発散されて、衝動的に手をのばしたくなる危険で、息苦しくなるのだ。

その日、虎ノ門《とらのもん》で浜部と別れてから、三つばかりセールスの仕事をすませて、新洞京子が中古車を運転して秋葉原《あきはばら》のアパートへ帰って来たのは、夜九時を過ぎた頃だった。

部屋へ入るなり、京子はベッドのマットの下から銀行預金の通帳を引き出した。そして

今日の仕事の成果を含め、預金高が五十万を突破する事を確認して北叟笑《ほくそえ》んだ。貯金の愉悦《ゆえつ》を満喫すると、京子は就寝前の歯磨きにとりかかった。壁に無造作に貼られたキャデラック、リンカーン、スポーツカーMG、ベンツ、サンダーバードなどの写真に、眼を近づけてみたり、天井を仰いで鼻唄をうたってみたりしながら、京子は丹念に歯ブラシを使った。

だが、それらの動作とは全く関係なく、京子は別の事を考えていた。

《ミス当選によって三百万……。預金五十万プラス三百万か》

そして、ミス当選によって得られる職業の中で、最も金が儲《もう》かる職業を選ぶ。セールスの方が儲かるようだったら、今の職業を続ければいいのだ。どっちにしても、自分だけの力で大いに稼いで大いに貯めれば、間もなく馬鹿にならない大金持ちになれそうだった。

《それでも、私は結婚はしないぞ！》

部屋の隅に設備された洗面所で口をすすぎながら、吐き出すように彼女は呟いた。

結婚は男のためのものだ。夫に奉仕するなんて真っ平だ。私はもう誰の御機嫌もとらないし、誰にも頭を下げない。そして私は誰の世話にもならないんだ。——京子はそう考え、そう決心していた。

《男が欲しかったら、幾らでも思うようになるさ。誰でも私には参るし、私は金待ちだ。男も女もみんな、私を慕《した》うものは奴隷《どれい》にしてやる。私は威張《いば》ってやる。嘲笑《ちょうしょう》してやる。

コキ使ってやる。男には哀願《あいがん》させ、女には畏怖《いふ》させてやる。そして飽きたら棄《す》ててやる》と、胸の中で唄《うた》うようにくりかえしながら、京子はタオル地の蒲団をたたみ、ベッドの敷布を丹念にのばした。

彼女は自分の生い立ちを知らない。昭和十六年の冬、上野《うえの》駅の待合室に捨て子にされていたという話を耳にした事があるだけだった。孤児院から二度養女に貰《もら》われて、三度孤児院へ戻されたというのが、彼女の十数年の人生だった。その間の冷酷な現実が、空腹と白《はく》眼視《がんし》と闘争、非情と虐待《ぎゃくたい》とを、彼女の骨の髄まで滲透《しんとう》させた。

十四歳の春、その器量好しを見込まれて、千葉《ちば》県佐倉《さくら》の雑貨商夫婦に引き取られたが、二カ月後に養父に犯《おか》されて家出した。東京まで歩いて行くつもりで、夜道を辿《たど》る途中、京子はトラック急行便の運転手新洞宗吉《そうきち》に救われた。新洞宗吉は心の底から京子の境遇に同情した。娘として入籍もしたし、中学へも引き続き通学させた。

中学を卒業して、京子は夜間の高校へ入り、昼間は気象庁海洋課の臨時雇いの非常勤職員として働いた。だが、新洞宗吉も、やもめ暮らしの中年男として、所詮は異常な魅力を持つ美しさに成長した京子を、黙視する事は出来なかった。醜い争いがしばしばくりかえされた。しかし幸か不幸か、その新洞宗吉は昨年一月、居眠り運転でトラックを道端の石垣に衝突させて死亡した。

京子は食わんがために、気象庁を辞めて、クリーニング会社の外交員になった。同時に、小っぽけな家だったが三十万で買い手がついたので、養父の家財諸共《もろとも》に叩《たた》き売って、秋葉原の現在のアパートに移った。

そんな事をする京子は既に大人だった。やがて、第一自動車の販売部長の肝煎《きもい》りで自動車のセールス・ウーマンとなった京子は、その道のベテランが驚倒《きようとう》するような成績を上げた、人を捉えて陶酔させる生得《しようとく》の不思議な魅力、天才的な駈け引き、それに旺盛な仕事への意欲が、京子の外交手腕の全てだった。

《呪われた半生分の悦楽《えつらく》を、私はこれから取り返すのだ！》

京子はネグリジェに着替えて、ベッドへ大の字に寝転んだ。トランジスタ・ラジオのスイッチをひねると、歌が流れ出て来た。

　ビルの谷間の午前二時
　ナイトクラブの灯も消えて
　霧に滲んだ黒い影
　足を早める靴音が
　響く舗道《ほどう》の曲がり角
　誰かが私を追ってくる

ベースとトランペットを巧みに使って、不気味な旋律《せんりつ》にしている最近流行の「黒い影」という歌であった。

京子は、今日一日の充足した自分の働きぶりに満足を感じて、ゆっくりと瞼を閉じた。だが彼女は、今、アパートの裏庭に忍び込んだ、流れている歌のような「黒い影」がある事を全く知らなかった。

影はアパートの裏庭へ入ると、一角の葦簀《よしず》張りの下に置いてある新洞京子の中古車に近づいた。運転台に潜り込むと、ペンチとスパナとプラスチック製のハンマーを取り出した。

アパートの隣りの空地にビルを建設中で、徹夜の工事が行なわれている。少々乱暴な物音をたてても、アパートの住人に気づかれる心配はなかった。影はまずホーン・ボタンをはずして、ナットを取り、両脚に渾身《こんしん》の力をこめてハンドルを引っ張った。二人がかりでやれば楽な作業だが、一人の力では容易な事ではなかった。両脚を踏ん張って、ハンドルを引き上げ、シャフトを叩く——。

ビル建設工事の作業員が、怒鳴るように唄う胴間声《どうまごえ》が杜切《とぎ》れ杜切《とぎ》れに聞こえて来た。

たった一人の午前二時
眠れぬままに灯をともしゃ

闇の窓辺に黒い影
濡《ぬ》れてる皮の手袋が
外は小雨が音もなく
誰かが私を狙ってる

死と死と〈捜査一課特捜班ノ章〉

1

新洞京子は平常通り、八時半にアパートの部屋を出た。階段を下り、裏口から裏庭へ抜けると、彼女の車が明るい朝の日射しの中で、鈍く光っていた。塗装もはげかかり、ガラス窓のヒビにはセロテープが貼ってある。昔日《せきじつ》の面影もない中古車だったが、京子は手馴れた動作で悠然と乗り込んだ。

この裏庭から真っ直ぐに道路へ出て、その道路を一直線に走って電車通りに抜ける。毎日のお定まりのコースだから、京子は軽くハンドルに手をかけて、眼をつぶっていても大丈夫なはずであった。

電車通りで、初めて左へターンする。道路の曲がり角には人家がなく、ドラムカンが転がっているような空地になっているので、電車通りの左右の見通しが利いた。だから京子は一旦停車を怠《おこた》って、ホーンを二、三回鳴らしながら左折しようとした。

だが次の瞬間、京子は心臓が凍りつくような恐怖に直面した。ハンドルを廻したが、車体の向きが全く変わらなかったのである。

周章狼狽《しゅうしょうろうばい》が、京子をもう一度致命的な危険に追い込んだ。それに、危険を回避する方法を判断する時間がなかった。

京子は中腰になって、懸命にハンドルを回転させた。そうしている間も、車は前へ向かって走っていた。僅《わず》か数秒間の出来事である。

京子が、やっと車を停めればいいのだという事に気がついたのは、やや左へ曲がりかけながら、車が正面の歩道へ乗り上げて、寺の石塀《いしべい》が被いかぶさるように眼前に迫った時、であった。

京子は訳もなく絶叫しながら、眼をつぶってブレーキを踏んだ。

車体は左へ向きを変えつつ、斜めに寺の石塀に突っ込んだ。地底の響きのような音、泥とも煙ともつかない靄状《もやじょう》の幕が、車体を包んだ。一瞬の静寂に硬直した周囲の世界が、一時に解放されて、付近の商店から、停車した自動車から、そして路上から、大勢の人が先を争って、惨状《さんじょう》の一点へ集まって来た。

八月十三日、朝であった。

京子は、車が斜めに石塀と衝突した事と、ブレーキが僅かの差で利いた事で、重傷は免《まぬか》れた。全身打撲と左脚の裂傷で歩行は不可能だったが、全治三週間と診断された。どうやらミス決定審査には間に合うと聞いて、京子はホッとした。それでも、その日一日は頭がハッキリしなかった。

翌十四日、京子は入院先の秋葉原病院で、所轄署《しょかつしょ》の交通係の警官から、事故原因について事情聴取をされた。

第二病棟の五号室は特別病室だった。重症患者か、特定入院料を支払う患者が入れる二人用の部屋である。壁も天井も清潔な白さで、床には緑色のリノリウムが敷いてあり、二つのベッドは、部屋の中央に引かれたカーテンで仕切ってある。

「事故の原因について、思い当たる事がありますか？」

まだ若い警官は、眩《まぶ》しいような京子の魅惑的な顔を真面《まとも》に見なかった。

「よくわかりません。とにかくハンドルの工合《ぐあい》が平常と変わってしまっていたのです」

京子は眉をひそめた。警官は丁寧にその言葉をメモした。腰高の鉄製のベッドに仰臥《ぎようが》した京子は、空いている隣りのベッドへ視線をやって次の質問を待った。

「ハンドルの工合が違うとは……どういうふうにですか？」

「ハンドルには『遊び』と称するものがありますわね。車の方向を変える事には関係なくハンドルが廻る角度……つまり、ハンドルの一種のゆるみ、余裕でしょうか。御存知でしょうけど、この『遊び』は運転する者の好みによって各人各様《かくじんかくよう》ですわ。だから私は、あの車の平常の『遊び』を頭に置いて、ハンドルを操作したわけです。あの車の『遊び』は十五度ぐらいでしたから、その計算で左へターンしようとしたのです。そうしたら、どういうわけか、その『遊び』が半回転にもなっていました。だから、すっかり慌ててしまって……」

警官は一言一言にゆっくり頷いた。

「中古品だし、ハンドルにガタが来ていた、とは考えられませんか？」

「だって前日まで、何でもないんですもの」

「調べようにも、車の前部が大破してしまってますからね」

「これは、誰かが故意にやった事だとも、考えられますわ」

「つまり、誰かが貴女の知らない間に、ハンドルに細工した……とでも？」

「ええ。出来る事でしょう？」

警官は表情を引き締めて、初めて京子の眼を見た。

「何のために、そんな細工をしたのです？」

「多分、私を殺すか傷つけるためにでしょう」

「貴女には、そうされるような心当たりでもあるんですか？」

「さあ……別に」

警官の探るような眼を避けて、京子は首を振った。だが、京子には入院以来念頭を離れない一つの疑惑があった。

《ミス・コンテストに関連して……》

昨日から今日の午前中にかけて、四人のミス候補達が見舞いに訪れたが、京子は、その見舞いを素直には受け取れなかった。

それぞれ、素知らぬ顔をして、京子という競争者の負傷工合を偵察に来たのではないか。そして、この中にハンドルに細工した犯人その者がいるのではないか、と思えて仕方がなかったのである。

警官が引き揚《あ》げて間もなく、空いていた隣りのベッドへ新しい入院患者が、ガラガラと手押し車で送られて来た。

「お二人だけの病室ですから、今後とも仲よく、どうぞよろしくね」

と、看護婦に紹介されて、顔を合わせた京子と新入患者は互いに「あら！」と口走った。

「奇遇だわ」

「本当にね。私達って縁が深いのね」

京子は、二年ぶりに再会した相手に、手をのばして握手を求めた。別に友達ではなし、再会自体には何の感興《かんきよう》も湧かなかったが、この栄華の時が去った廃屋《はいおく》のように湿《しめ》っぽい病室へ、話し相手になりそうな同室者を迎えた事で、気持ちが救われるに違いないと思ったのであった。

二人は早速お喋りを始めた。その二人の中間あたりにある黒皮の椅子の上に、見舞客の誰かが忘れたのか、白いレースの手袋が片一方、凶兆《きょうちょう》のように残されてあった。

2

八月二十四日の朝九時。

日南貿易社員の島根勇吉《しまねゆうきち》は、数年間通い続けた道を、何の感興もなく、品川倉庫の事務所へ出勤して来た。

この付近に一般住宅は少ない。倉庫の裏は学校の校庭であり、両隣りは小さなビル、道路を隔てた向かい側に薬屋があって、四、五軒の商店が薬屋を中心に閑散とした店先を並べていた。

島根勇吉は、倉庫の前まで来て、思わずその無表情な足取りをピタリと止めた。四、五軒の商店のどの店からも人が出て、しきりと道路の空気の匂いを嗅《か》ぎ廻っている。

平常ならば「お早《はよ》う」と挨拶を交わすところであったが、島根勇吉は呆気に取られて、その人達を見た。

「いやあ。どうもね、ガス臭いんですよ」

島根の怪訝《けげん》そうな顔を見て、薬局の主人が声をかけた。

「ガス？」

「今朝気がついたんですがね」

「この辺のガス管から洩《も》れているんじゃないですか？」

「だろうと思って、今、その噴出元を嗅ぎ出そうってわけですよ」

「いや、ガス会社へ連絡した方がいいでしょう。あまり吸い込むと中毒しますよ」

と、島根は倉庫へ向かって二歩三歩踏み出したが、また直ぐ足を止めた。

倉庫はまだ銀色のシャッターを下ろしたままである。変だった。普通であれば、シャッターは勿論《もちろん》の事、ガラス戸も開け放たれて、小河内エミが事務机でお茶を飲んでいる姿が見えるはずである。島根は慌てて腕時計を覗いてみた。だが、針は正確に九時を示し、時間を間違えたわけではなかった。

《仕様がねえな。エミ姐さん。昨夜は何処かへ沈没かな》

島根はそう思ったが、今日までそんな失態は一度もやらなかったエミだったたし、この倉庫に常時詰めているのは彼女と島根の二人だけで、どちらかが休暇をとる場合は必ず連絡を前もってする事になっていた。

「すみません。小河内君は昨夜おらなかったようでしたか？」

と、島根は薬局の主人に訊いた。

「いや、昨夜の八時頃チラと姿を見かけたし、電灯もついてたからいたでしょう。そう言えば珍しく事務所が開いてませんねえ」

薬局の主人は禿げ上《はあ》がった額に手をやりながら不審そうに倉庫を見た。

「もっとも十時には私も店を閉めたから、その後に出掛けたかどうかは知りませんよ」

「そうですか。とにかく裏から入ってみましょう」

と、島根が歩きかけた時、

「待って下さい」

上ずった声で薬局の主人が呼びとめた。

「ガス……ガスの匂いはどうやらお宅の倉庫の方から……ですよ」

「え？」

島根は顔色を変えた。

薬局の主人も、自分の言った事が何を意味するか、一、二秒を過ぎてから気がついた。

二人は一瞬の中に、事務所内に起こっているある事態を予測して駈け出していた。

鉄筋コンクリート造りのその倉庫は、風雨に曝《さら》されて黒ずんでいた。今日も雲一片ない紺碧《こんぺき》の夏空を背景にして、三階建ての不恰好な倉庫は、ひっそりと静寂の中にあった。

隣接するビルとの狭い間を、湿気のある通路が走っていた。

二人はこの通路から倉庫の裏へ廻った。赤錆《さ》びた鉄製の戸をドンと押すと、中の閂《かんぬき》がはずれていたのか、微かな軋《きし》りを残してパクリと口を開けた。

一歩踏み込むと、ガスの匂いが強く鼻をついた。

三階分をぶち抜いた倉庫は、明かりとりが少ないので仄暗《ほのぐら》く、十灯ばかりぶら下がった裸電球が褐色《かっしょく》の間抜けた光を放射しているだけだった。

ギッシリと積み上げられた木箱や大型の金属製の箱の谷間を縫うようにして、二人は走った。掌で鼻を覆い、背を円めた二人の上へ綿屑《わたくず》かワラの切れ端のようなものがパラパラと落ちて来た。

倉庫を縦断しきった所が、事務所へ通ずる木製のドアであった。どんどんと強く叩いてみたが、天井が高い倉庫に音が空しく反響するだけだった。

「駄目だ。中から鍵がかかっている」

「合鍵は?」

「僕は持ってない」

二度三度体当たりしたが、無駄であった。

「困った……。おいおい、小河内君、小河内君!」

呼んでみたところで、勿論返事のあろうはずがなかった。

ガスの臭気《しゅうき》はますます強くなった。ガスの噴出元は、もうこの事務所の中である事に間違いなかった。

「出ましょう。我々が苦しくなるだけだ」

と、薬局の主人が喘《あえ》ぐように言って、島根の腕を引っ張った。

外へ出て一息ついた島根は、薬局の電話で日南貿易の本社に変事《へんじ》を報告し、ついで一一九番にダイヤルした。薬局の主人はその足で最寄りの交番へ走って行った。

約十分後に、救急車と防毒マスクをつけた消防署員、それにパトカーと数名の警官が、倉庫の前に到着した。サイレンを鳴らして来た救急車とパトカーを追って集まってくる野次馬が、続々と道路を埋めた。

倉庫から事務所へ通ずる木製のドアを壊し、防毒マスクをつけた消防署員と警官が、事務所の中へ這入《はい》り込んだ。

「最悪の事態」という予想は、適中《てきちゅう》していた。昨日までその閉月羞花《へいげつしゅうか》の美貌《びぼう》と肉体を誇っていた小河内エミの、今は一個の物体と化した姿があった。

洋服を着たままの死体で、ナイロン靴下だけが足許に脱ぎ捨てられてあった。その長々と寝そべった恰好の頭の近くには、洋酒ビンやコップ、小皿や箸などが散乱して、酒宴の後の残骸と一目で頷《うなず》けた。点《つ》けっ放しの電灯の真下あたりに、長いゴム管で引いたガス・コンロがあり、その上には、三分の二を食い散らかした鳥肉の鍋が載せてあった。

ガスはこのコンロから、蛇の攻撃態勢を思わせるシュウシュウという非情な音をたてて噴出していた。

消防署員と警官は顔を見合わせた。この悲劇を招いた「原因」が何処にあったか、言うべき言葉もない程歴然としていたからだ。コンロに向かって風を送る位置にある水色の扇風機が、心なきものとは言え、冷然と回転し続けていたからである。つまり、扇風機の風がガス・コンロの火を吹き消した、火が消えればガスは自由奔放に二十五個の穴から噴出を続けるわけである。

警官は困惑した。これだけの状況からでは、小河内エミが死亡している事は確実で、その死因がガス中毒によるものである事は明確でも、このような結果を招いた意志が彼女自身のものか、彼女以外の人間のものか、それとも何人の意志も働いていなかったものか、全然判断出来ないのだ。

小河内エミ自身の意志によるもの、すなわち、自殺と思われるフシもある。倉庫へ抜けるドアには内側から鍵をかけてあるし、シャッターを下ろして表側は遮蔽《しゃへい》してしまってある。外部に通ずる空間を遮断するのは、屋内での自殺の常道であった。

また、他殺とも言えば言えない事はなかった。自殺ならば、何も扇風機によってガス・コンロの火を消すような手の込んだ方法を用いるはずはない。ガスの栓《せん》をひねるだけで事たりるのだ。どうもこの扇風機の活用が作為を感じさせて、そこに他人の意志があるように思えるのである。しかし、現場はいわば密室状態にあった。他殺とするならば、犯人はどんな径路で侵入し、逃走したのか。

最も自然な観方《みかた》は、誰の意志も存在しなかった、つまり過失死だという事である。その警官も九分通り過失死を信じていた。小河内エミは鍋ものを食べるために扇風機をあてて暑さをしのいでいたが、泥酔のあまりゴロリと寝転んだまま、いつの間にか仮睡《かすい》してしまった。コンロの火も煮えている鍋も扇風機もほったらかしだった。その中に、寝返りをうつなり手をのばしたりした拍子にエミは扇風機に触れて、その向きを変えてしまったのである。変わった扇風機の送風方向はガス・コンロだったのだ。このようなケースの過失死は、前例も少なくない。

——と、その警官は思った。

ガスがすっかり放出されてから事務所へ入った他の警官達も殆ど同意見だった。だが、そう断定する明白な根拠を発見出来ない限りは、小河内エミの死亡事件にこのまま終止符をうつわけには行かなかった。

警官達は現場を保存して、状況を所轄署に報告した。

所轄署は更に、「変死事件」として本庁へ連絡した。最近、「美の女王候補」として世評の的となっていた小河内エミと、「その死亡」とは、チグハグな離隔《りかく》を感じさせ過ぎるからであった。

自殺という事は、まず考えられなかった。

最近の小河内エミにとっては、自分の生命と人生はバラ色に輝く、最も愛すべき最も貴重なものであったはずだ――。

3

現場に到着した所轄の品川署捜査係長以下係官達は、誰しもそう思っていた。

事務所内は異様に蒸し暑かった。風はそよともなく、ねっとりと絡みつくような空気が墓場の底のように澱《よど》んで動かなかった。

帳簿類が乱雑に積まれた事務机の上で一輪挿しの向日葵《ひまわり》がぐったりと頭を垂れていた。亡き小河内エミを偲《しの》ばせるように、ピンクの美しい万年筆が彼女の事務机の真ん中に転がっていた。壁の電気時計も億劫《おっくう》そうに、カタンと針を動かした。

「自殺って事はないな」

壁際に立っていた品川署の刑事の一人が眠そうな声で呟いた。

「うん。仏さんは昨日の夕方、クリーニング屋へ洗濯物を持って行ったそうだ。自殺するつもりの人間がブラウスのクリーニングの必要はないだろう」

その隣りの刑事が小声でそう答えた。

捜査係長は、事務所の奥の畳敷きの部屋を覗き込んでいた。食器戸棚と洋服ダンスとベッドが眼についた。ベッドの上は少しも乱れていなかった。おそらくベッドへ行く気もなく、酔いにまかせてゴロ寝をしてしまったのだろう。洋服ダンスの上にミス・コンテスト記念らしい華やかに微笑した水着姿の彼女の写真が飾ってあった。

エミの死体はもうそこにはなかった。念のために監察医務院で行政解剖する事になり、二時間ばかり前に運び去られたのである。

畳の上に死体の位置がチョークで象《かたど》ってあったが、あたりに無造作に投げ出されているスプーンや調味料の小ビン、醬油《しょうゆ》のしみなどと共に、それがかえって生々しくエミの死を物語っていた。

島根勇吉と薬局の主人は、先刻から刑事達の動きを固唾《かたず》を飲んで見ていた。二人は事件急報者として立会いを求められていたのである。

「この事務所で働いているのは、小河内エミと貴方の二人だけだったのですか」

品川署の捜査係長が振り返って、島根に訊いた。

「ええ。倉庫詰めは二人だけです」

「昨日ですが、貴方が小河内エミと別れたのは何時頃でした？」

「四時半が退社時間ですから、その時刻に僕は此処《ここ》を出ました」

と、島根は答えた。

「その後は――」

「知りませんね」

「貴方が帰られた時は、小河内エミはこの事務所にいたわけですな」

「ええ。小河内君はこの倉庫の管理も兼ねてそこの畳の小部屋に寝泊まりしてるんですから、此処が即《すなわ》ち自宅です」

「小河内エミは酒をたしなむんですね？」

「はあ」

そう頷きながら、島根は初めて緊張した表情を綻《ほころ》ばせた。

「余程、飲むんですか？」

「女としては珍しい方でしょう。飲む機会は逃さなかったし、一人ぼっちの時は此処で晩《ばん》酌《しやく》を楽しんでいたようです。量は大していけませんが、酔いつぶれるまでは飲み続けました。酔うと京都弁まる出しでしてねえ」

「そうですか……」

捜査係長は下唇を噛んだ。食器戸棚からは飲みかけの洋酒ビンや中国酒の壺《つぼ》が出て来たし、倉庫の裏には夥《おびただ》しい数の酒の空きビンがならんでいた。これには刑事もちょっと呆《あき》れた位だった。

「この扇風機は小河内エミのものですか？」

と、捜査係長は死体の傍《そば》にあった水色の扇風機を指して言った。

「いえ、会社の備品です」

島根は言下に答えた。

「あのガス・コンロは？」

「あれは小河内君の私物です。食事は殆ど外食してましたが、お湯を沸かしたり、それから……昨夜のように鍋で一杯やる時に、使ってました」

「ほう、小河内エミは鍋ものが好物だったんですね？」

「ええ。この暑い盛りに鍋なんて閉口だなんて僕が言いますと、本当の酒飲みっていうのは春夏秋冬鍋をいちばん珍重《ちんちょう》するのよ、なんて言ってました。とりわけ彼女は鳥鍋が好きだったですねえ」

そう言いながら、島根はふと憮然《ぶぜん》とした面持ちになった。エミの在《あ》りし日《ひ》の笑顔を思い浮かべた時、今までピンと来なかった彼女の死が初めて実感となって胸に迫ったのだ。

「やはり過失ですね」

刑事の一人が捜査係長に囁《ささや》いた。

「うむ……」

指先で鉛筆をクルクル回しながら、捜査係長は開襟シャツに顎《あご》を埋《うず》めた。

どうやら結論は出たようであった。捜査係長の断定を待つ静寂《せいじゃく》が続いた。各人が忙《せわ》しく使う扇子《せんす》の音だけが、この蒸し暑い事務所の空気を余計に苛立たしいものにしていた。

「過失死とするのは、どうもまだ……」

突然そんな声がした。捜査係長はギクリとしたように視線を上げた。

連絡によって本庁から状況を見に来た捜査一課の二人の係官の中の若い方が言ったのである。

「どうもまだ……早いような気がして……」

鶴《つる》を連想させる長身瘦軀《そうく》で壁のカレンダーの横に仁王立ちになった捜査一課の倉田《くらた》警部補は、遠慮しいしい言うように口籠《くちごも》った。

「では、殺し、とでも？」

刑事の一人が腕組みを解いて言った。

「いや、殺しとは断言出来ませんが」

と、倉田警部補は神経質そうに細かく瞬《まばた》きをしながら答えた。

「しかし、過失死だと断言する事も出来ません」

物静かな口調だが、彼の声には針の先のような鋭い響きがあった。

倉田警部補と、その隣りにいる平凡なサラリーマンといった感じの中老の岸田井《きしだい》刑事とのコンビは、最近二、三の事件で見事な成果をあげている。東京熱海《あたみ》隔地《かくち》心中事件でも商産省事務官殺し事件でも、その意気の合った粘《ねば》りの捜査には定評があった。

「何か不審な点に気づかれましたか？」

品川署の捜査係長は倉田警部補の意見を尊重して、じっくりと質問した。

「眼に見えてどうこうと言うのではありませんが、注目すべき事はあります」

そう言う倉田警部補の蒼白い頰に赤味がさして、まだ青年の名残が消えてない眼許に真剣味が溢れていた。

「偶然と言えばそれだけですが、十日程前、やはりミスＯＬの有力候補である新洞京子という女性が、自動車事故で負傷しています。新聞で御承知と思いますが、事故の原因は不明で、本人もハンドルに細工されたのだと主張している、と本庁へ所轄署から報告がありました。十日間の中にミス候補が相ついで死傷するとなれば、単なる『事故』として片付けられない気がするんです」

「つまり、競争者の策謀《さくぼう》と――」

「と、断定するのは早計《そうけい》ですが、何しろ、あのミス全国ＯＬには非常に大きな利益がともないますし、現代の社会機構や若い娘の考え方に、ミスの座を獲得する手段を殺人の動機としてしまうような愚《おろ》かな一面もある……」

半分は独り言のように倉田警部補は言い終わった。

「実際上の事で何かありますか？」

捜査係長は現実派らしく、現場第一主義であった。倉田警部補は頷いた。

「二つ三つありますが、第一に死体の外貌《がいぼう》です。小河内エミは外出から帰って直《ただ》ちに酒を飲み始めたものと思われます。服装も外出着らしいキチンとしたものを着たままですし、化粧もおとしていません。御丁寧にイヤリングまでつけています。我が家で鍋を前に晩酌する場合は、もっと寛《くつろ》いだ恰好をするはずです。何故、靴下を脱ぐだけで直ちに酒宴を始めなければならなかったか――」

と、捜査係長は言葉をはさんだ。

「家にいる時でも化粧している習慣の女性は幾らでもいますよ」

「いや、小河内エミはそういう習慣を持ってなかったのですよ。――ねえ、島根さん？」

と、倉田警部補は島根勇吉を振り返った。

「はあ。小河内君は自宅兼職場だから面倒だと言って、お化粧やオシャレは普段してませんでした。本社へ行ったり、外出の用事が出来ると、奥へ引っ込んでお化粧をしてから出掛けて行きました」

先刻、倉田警部補に質問されて答えた時と同じ言葉を、島根はもう一度くりかえした。

倉田警部補は俯《うつむ》いて靴の先でコンクリートの床をこすっていたが、

「という事ですから、小河内エミは、四時半の退社時刻が来て島根さんが帰られた後に、外出した事は明白です。クリーニング屋へ寄ったのはこの外出の行きがけだと思われるのです。まさかクリーニング屋へ行くだけで化粧をし、外出着に着替えるとは考えられないからです」

と言った。

「外出からはすぐ戻ったのですな」

いつの間にか倉田警部補の推論に引き込まれた刑事の一人が、そう訊いた。

「一時間ないし二時間の外出だったでしょう。前の薬屋さんの御主人が、八時頃にこの事務所にいる小河内エミの姿を目撃したそうですから」

薬局の主人は肯定《こうてい》の意味でコックリした。

「そして、外出から戻って来た小河内エミは寸時《すんじ》の猶予《ゆうよ》もないように鍋を用意し、酒を飲み始めています。外出先から帰った人が取るものも取りあえず酒宴を開く——何故か、という理由はただ一つです」

と言って、倉田警部補は靴の先の動きを止めて眼を上げた。

「私は、それは相手がいた、つまり酒持参の客が小河内エミを待っていたのだ、と推測しました」

この倉田警部補の推測を、品川署の刑事達はもっともだと納得した。その客は、酒と鳥肉をみやげに小河内エミと盃を交わすために訪れた。外出から戻ったばかりか、あるいは客の待っている所へ帰って来たのか、とにかく彼女は客を歓待する事と自分の好物を眼の前に差し出された事から、喜々として早速支度にとりかかり、そして飲み始めたに違いない。

「君、三河屋《みかわや》という品川駅周辺の肉屋だ。小河内エミ自身が鳥肉を買ったものか確かめてくれ」

と、捜査係長は一人の刑事を呼んで、小河内エミの写真を渡した。その刑事は疾風《しっぷう》の如《ごと》く事務所を出て行った。

紙屑籠《かみくずかご》の中に、「三河屋食肉本店」と印刷された包装紙が竹の皮と一緒にまるめて捨ててあり、その匂いから鳥肉を包んだものに間違いなかったのである。

「その酒、ウオツカですね。それにビンに残っている量から言っても、飲みかけのやつを昨夜の客に出したものと考えられますから、小河内エミの買い置きの酒でしょう。しかし、もう一本出ている中国酒ですが、これは客がみやげに持って来たのでしょうね。『玫《まい》瑰《かい》露《ろ》酒《しゅ》』という珍しい酒で滅多に手に入らん代物です」

倉田警部補はそう言って、腹の上で華奢な指を組み合わせた。

「大分強い酒らしいですよ。小河内エミのグラスに残っていた液体はこの中国酒でした」

と捜査係長が呟いた。

この時、先程腕組みを解いた刑事が、遠慮がちに内心の不服を吐き出した。

「しかしですねえ、昨夜、客が訪れて小河内エミがその客と一緒に酒を飲んだのは事実だとしても、死んだ人間に客があったからって、殺しだとは言えないでしょうし、死ぬ前にその人を訪れた客はみんな犯人だとも言えないと思いますが、如何でしょうか……？」

「その通りです」

と、倉田警部補はその刑事を直視した。

「しかしです。その客は何故、自分が小河内エミを訪問した形跡を、そのまま残して行かなかったのでしょうか……」

確かに通り一ぺんの観察であったなら、現場の状況から客のあった事を指摘出来なかっただろう。小河内エミが独酌を楽しんだ、と見たに違いない。

箸もスプーンもグラスもコップも、そして小皿も一人前だけだった。

「もし、その客が酒を飲めなかったにしろ、コップの一個位は形式的にも出されるでしょうし、鳥鍋を突っついた箸やスプーン、とり皿などは必ずあったはずです」

と、倉田警部補は続けた。

「それがないという事は、帰る間際に洗って食器戸棚に片付けたか、最初から固辞してそのようなものを出させなかったか、とにかく、その客は、自分がこの場所にいた事を隠そうとしたのです。それ以外に考えられません。加えて、事務所の前にある薬屋の主人は小河内エミの姿を目撃しながら、来客のあった事は全く気づかなかったそうです。これも、その客が自分の存在を知られないように、出来るだけ人の眼を避けたからか、少なくとも避けるべく留意したからではないでしょうか」

と言って、倉田警部補は沈黙した。これ以上の説明は蛇足《だそく》であった。刑事達にも、その疑念がはっきりと呑み込めたからである。

小河内エミを一人の客が訪れた。彼女が眼のない珍酒と大好物の鳥肉を用意して、である。そして、小河内エミに鳥鍋を食わせ、強い酒を飲ませながら、何故か客はそれに応ぜず、自分が飲食した跡を残さずに、人知れず消えた。酔っぱらった小河内エミはガスと扇風機をとめ忘れて仮睡し、死亡した。

こうなれば、ただ単なる過失死とは言えない要素が感じられてくる。

何故、客はその存在を誤魔化そうとしたのか。何故、小河内エミが一人で飲み食いしたふうに見せかけたのか。

その作為は、悪《あ》しき策謀を意味している。いかにも酔った彼女が過失で死んだのだ、という事を強調しているようである。それは、実は過失死ではない事を裏付けてしまうのである。

「重大ですな……」

と、捜査係長は溜息まじりに言って、

「ガス、扇風機、泥酔、つまり過失死させるお膳立てを、その客が故意にして行ったと考えられる」

「その点なんです」

倉田警部補はまたしきりと貧乏揺すりを始めた。

「もし、計画的なお膳立てとしたら幼稚過ぎます。成功の可能性を考えれば、万が一、という程度でしょう。過失死などというものは第三者が期待するように、うまく運ぶとは限らないからです。と言って……」

「直接手を加えた、すなわち他殺とは言いきれないでしょう」

「だが、やはり何かがあるはずです」

巨大な闇《やみ》に対峙《たいじ》するように、倉田警部補は細い眼を見開いて宙を睨んだ。

「例えば、これです」

差し出した警部補の手の先には、ピースの箱ぐらいの大きさの錦織りの袋があった。

「楕円形の鏡の袋です。小河内エミのベッドの傍に落ちていました。だが袋だけで、中味の鏡がないのです」

「そうですね、所持品捜査をしましたが、その中味となるような鏡は発見出来ませんでしたねえ」

「では一体、袋だけを残した小さな鏡を、誰が何のために持ち去ったか、です」

「もともと袋だけだったのではないですか。鏡は割れてしまったか何かで」

「いや、昨日の昼間、その鏡を島根さんが見ているのです」

と、警部補は説明を促すように、島根勇吉を振り返った。

「その鏡はそもそも小河内君のものではありません」

島根が二、三歩進み出て言った。

「渉外部の穂積君の鏡なんです」

「穂積？」

捜査係長が訊き返した。

「ええ。やはりミスOL候補となった穂積里子です。一昨日《おととい》の退社時刻間際に、穂積君ともう一人渉外部の女性が社用でこの倉庫事務所へ来ました。用件をすますと、マージャンをやろうと言う話になり、その六畳で始めたんです。結局昨日の朝まで徹夜してしまいましたが、大急ぎで本社へ戻って行った穂積君はその鏡を忘れていったんです。母親の遺品だなんて、マージャンをしながらバッグから出して、そのまま畳の上へ置き放しにしたのでしょう。昨日の午後、小河内君が、忘れ物を頂いちゃうかな、と呟きながら袋から鏡を出して覗き込んでいたのを、僕ははっきり憶《おぼ》えてます」

「やっぱり楕円形の鏡ですか？」

「そうです。一方の頂点に金色の房がついてました」

「金色の房？」

「如何です。鏡は昨日の島根さんの退社時刻までは、この事務所の中にあったのです。それ以後小河内エミが死亡するまでの間に、鏡は消えてしまったというわけです」

と、捜査係長に言いながら倉田警部補は頸《くび》のあたりをハンケチで拭った。澱《よど》みきった暑さだった。ジクジクと汗を誘って、胸を圧迫するような熱気が思考力を鈍らせた。

「二つの場合が考えられます。一つは小河内エミが鏡を何処かへ持って行った。もう一つは小河内エミの帰りを待っていた客が持ち去った事です」

「どっちにしても、鏡などというものを何故重要視したのか不思議ですな」

「不思議と言えば、あの写真の燃え残りについても釈然としないものがあります」

警部補は深い吐息と共に言った。

写真の燃え残りとは、灰にしようとしてガス・コンロに投げ込んだらしい写真の燃《も》え滓《かす》であった。コンロの底から三片発見されたほかにも、一片が畳の上に落ちていたから、昨夜の鳥鍋の下で燃やそうとしたものに間違いなかった。

この時、制服の警官が入って来て、捜査係長に一枚の紙片を手渡した。それを一読した捜査係長は、事務所中を見廻すようにして言った。

「小河内エミの解剖所見はまだだが、現在までに判断されたのは、死因はガス中毒、外傷その他の異状は全くなし。死亡推定時刻は昨二十三日の午後九時から十時。以上だ」

事務所内は静まりかえっていた。報道関係者も完全にシャット・アウトしてあったし、結論を急ぐ係官達の彫像のような姿だけがあった。

倉田警部補は事務所の入口まで歩いて、ぼんやり外を眺めた。もう野次馬も散って制止する警官の姿もなかった。どぎつい白昼の明るさである。炎暑の道路に人影はなく、ポッンとパトカーが一台黒い影を作っていた。三方で呼応するように蟬《せみ》がなき続けている。

その倉田警部補の背に、

「写真の燃え残りの件ですが――」

と、捜査係長が声をかけた。

「小河内エミの死亡と直接関係があるとお考えですか？」

「そうは思っておりません」

倉田警部補は振り向きながら言った。

「ただ、どうしてあの写真を燃やさなければならなかったのか……その必然性なんです」

その写真の燃え滓は切手程の大きさのものが三片で、捜査係長の眼の前の吸取り紙の上に大事そうに置いてあった。一片には密着した男女の肩のあたりの一部が写っており、他の二片は人物のバックとなった部分らしく、黒っぽい無地となっていた。しかし、その中の一片の裏面には『人の将来を』とペン書きの字句があった。

「これは、男女が記念に撮った写真である事は明らかです。男の肩と女の肩が重なるように寄り添っているところから、おそらく恋人同士の二人だけの写真でしょう。その裏面の文句は『二人の将来を祝して』とか何とか書いてあったものと解すべきです。だが、小河内エミは昨夜の酒宴の鳥鍋の下で、何のためにこの写真の事を思いついて灰にしようとしたのか……です」

女が、男との写真を湮滅《いんめつ》しようとするのは——新しい愛人の手前とか縁談のためとか、今後の自分の立場に不利となる証拠を消そうという場合か、男の死亡や心変わりのために過去を捨てようと、その想い出を整理するつもりの場合か——などが考えられる。

しかし、小河内エミはどうしてそれを、酔った席で急にやってしまわなければならなかったか。

「ここで俄然《がぜん》、一人の男が登場するのです。小河内エミは稀《まれ》に見る美貌でした。男関係が複雑であって当然でしょう。何か差し迫った事情の恋愛事件があったとも考えられます」

「すると、痴情怨恨《ちじようえんこん》の線で何か……？」

「とも言えるでしょう」

「では、昨夜の客は男だと見るべきですな」

「男だと思います」

と、倉田警部補は深々と頷いた。そして指先で拭った額の汗を床に払いながら言った。

「小河内エミの酩酊《めいてい》度ですが、ガス中毒で死ぬ程のひどい酔っぱらいようだとしたら、この戸締まりだけが完璧過ぎるような気がするのです。ひっくりかえって寝てしまう酔っぱらいだったら、一つ位の手ぬかりがあるはずです。それなのに倉庫側のドアには内側からキチンと鍵をかけ、シャッターも下ろしてある。これだけの用心があったなら、小河内エミはせめて寝巻に着換えたでしょうし、ガスの栓もしめたと思いますがね。小河内エミは前の晩をマージャンで徹夜してます。そして強い酒をガブガブ飲んだ。短時間の中に酔いが廻って寝込んでしまうのは当然です。しかしそれなら、こんな厳重な戸締まりをする余裕も当然なかったはずです」

ジェット機が低空を通過して行った。キーンという金属的な余韻がガラス戸を震わせて、誰もが思わず耳に手をやった。

1　小河内エミが外出から帰って来ると、人眼を憚《はばか》る客があった。

2　彼女はその客に酔わされて、男との写真を灰にした。

3　厳重な戸締まりをして、転《うた》た寝《ね》をし、そして死んだ。

刑事達は、この三点を反芻《はんすう》していた。これが小河内エミの死をめぐる仔細《しさい》であった。

「お説はよくわかりました。それらの不審や矛盾《むじゅん》だけは一応糾明《きゅうめい》してみましょう」

と、捜査係長は一段落ついたつもりで煙草をくわえた。

だが、倉田警部補は依然としてその表情をゆるめなかった。そして呟いた。

「他殺と考えたい……」

「え？」

捜査係長は火のついたマッチを指にしたまま、倉田警部補を瞶《みつ》めた。

「殺し……とする事は出来ませんよ。ここは密室状態にあったのですから」

「そうなんです。だから他殺と思いたくなるんです。さっき言いました小河内エミの酩酊度と戸締まりの矛盾です。……どうもうまく出来過ぎている」

と、倉田警部補は改めて事務所内を見廻した。コンクリートの壁と床、厳重に外部からの侵入を阻《はば》んでいる鉄格子のある窓、厚手の木製のドアなどが全ての真相を見ていただろうに、言い合わせたようにひっそりと沈黙していた。

4

倉庫へ通ずるドアには、内側から鍵がかかっていた。その鍵は鍵穴に差し込んだままになっていたのである。事務所の入口は、ガラス戸がキチンとしまっていた上に、その外側にはシャッターが下ろしてあった。シャッターを操作する電力スイッチは勿論、事務所の中にある。

「この窓の鉄格子には異状ありません。それから、ガラス戸の上にある明かりとりからは、人間は子供であったとしても出入りは不可能です。床は全体がコンクリートです」

刑事の一人がこう説明した。

「その客が加害者だとすれば、侵入の点は問題ではありませんが、しかし逃走は不可能であったはずですよ」

と、品川署の捜査係長も言ったが、思いなおしたように事務所の見取図を書くと、それを倉田警部補に示した。

「窓は鉄格子に異状がないだけではなく、二カ所ともしめてあったし、出入り口の襖もしまっていたそうです」

と、捜査係長は補足した。

「そうですか。この蒸し暑いのに御丁寧ですねえ」

倉田警部補は見取図を睨めながら皮肉な言い方をした。

「しかし、三階建ての倉庫に女一人ですからねえ」

「だとしても、鉄格子がはまった窓や防禦《ぼうぎょ》には関係のない襖までしめる必要はないでしょう」

「若い女の身嗜《みだしな》みとしてあり得ます。評判の美人ですから、覗き趣味の好餌《こうじ》にされる懸念もあったでしょう」

「身嗜みも暑さには勝てません。これではまるでガス中毒を早めるためにもって来いの状態を作ったようなものです」

倉田警部補は怒ったように早口で言った。捜査係長もムッとしたように黙った。本庁捜査一課の腕利きという敬意は払っていたのだが、やはり十も年下の若造のくせに、と僅か

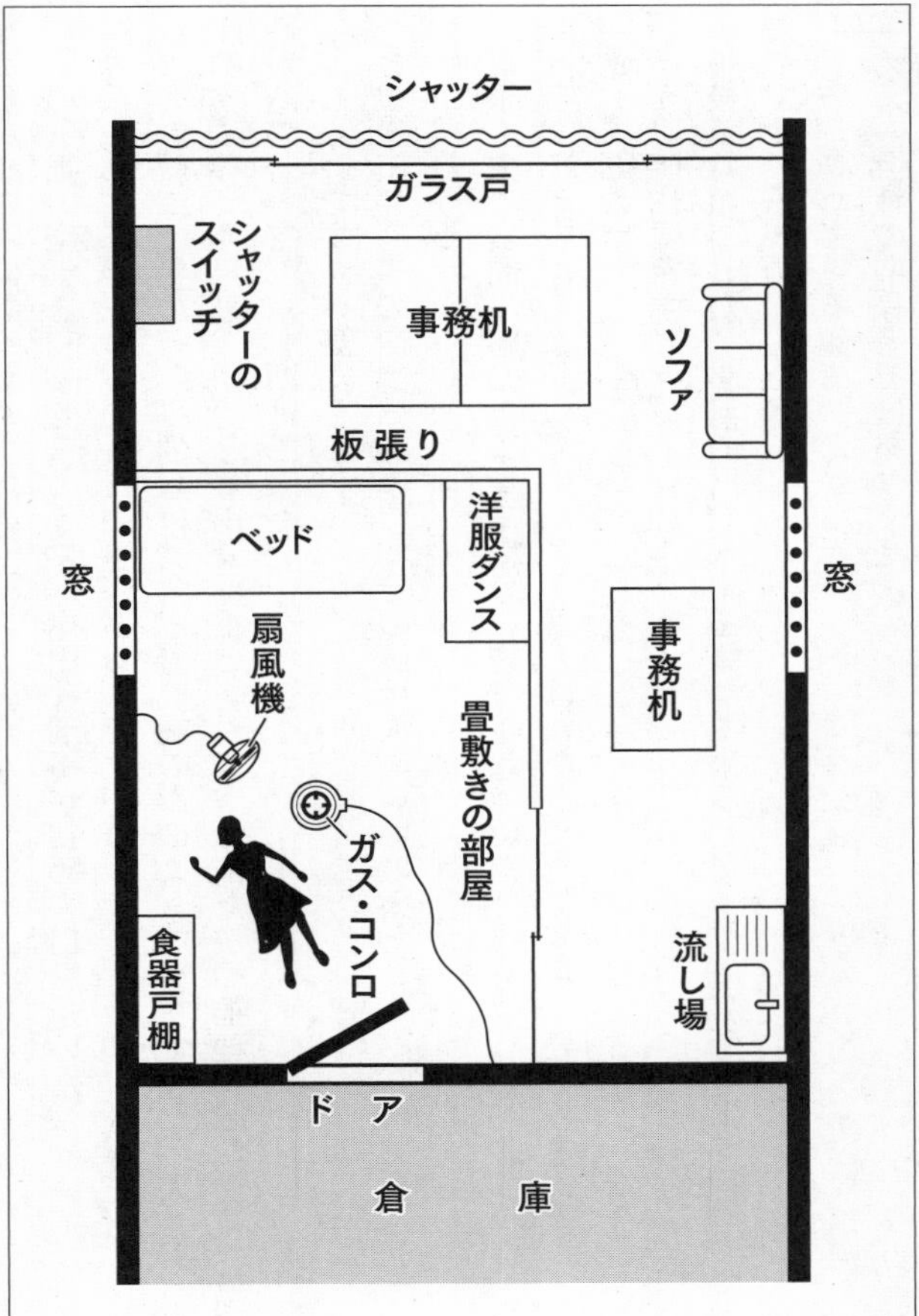
シャッター
ガラス戸
シャッターのスイッチ
事務机
ソファ
板張り
ベッド
洋服ダンス
窓
窓
事務机
扇風機
畳敷きの部屋
ガス・コンロ
食器戸棚
流し場
ドア
倉庫

な反撥《はんぱつ》が心の隅にあった。

その気拙《きまず》い空気を和《なご》ませるように、岸田井刑事が初めて口をきいた。

「島根さんに二つ三つ質問したい事があるんですがね」

この勤続二十年の万年平刑事は、倉田警部補の影のような存在だった。大井《おおい》警察から本庁勤務に移って以来、ずっと倉田警部補と組んで、怜悧《れいり》だが、推理に溺《おぼ》れ易《やす》く、感情に走りがちの若い警部補を助けて来た。

「よろしいですか、島根さん」

と、岸田井刑事の口調は温厚で、その眼は人のいい職人という感じに細められていた。

「はあ、どうぞ」

島根も快く質問に応じたくなる気分に誘導されていた。

「昨日、小河内エミを訪ねて来たような人はいなかったですか、昼間の中に」

「ありました」

「ほう、何時頃です？」

「午後三時頃でした。小河内君が氷水を買って来ると言って事務所を出て行った留守に来たのです。若い男でした」

「貴方が初めて見る顔でしたか？」

「ええ。会社の関係者ではありません」

「その男の人相風体《ふうてい》、それに訪ねて来た時の様子などをお聞かせ願えませんか」

「年頃は二十五、六でした。蒼白い顔の痩せ型の男で、感じは派手でしたが、あまり上等な身装《みなり》ではなかったようです。『小河内エミは此処にいるのでしょうか』と言って来ました。ちょっと出掛けたのでお待ち下さい、とすすめたんですが、『いや、また来ます』とスタスタ立ち去って行きました」

「小河内エミ、と呼びつけにしましたか？」

「ええ。だから親戚か身内の人かな、と瞬間的に思いました」

「それで、その男の事を小河内エミに伝えましたか？」

「ええ。すると小河内君は嫌な顔をしました」

「ほう……嫌な顔というと？」

「つまり、逢いたくない人に逢った時の顔ですよ。借金の催促をされたような」

「成る程……で、昨日一日の小河内エミに、平常と変わった態度は見受けられなかったですか？」

「それなんですが……何か怯《おび》えているように感じました。若い男の来訪を知ってから、尚更緊張した様子でしたね。落ち着かないな、と僕が言いますと、『ミス・コンテストが日一日と近づいてくるのよ』と答えましたがね」

「いや、どうも色々と……」

穏やかだが何処か芯が一本貫いている口調の岸田井刑事の質問は終わった。如何《いか》にも老練らしく、納得が行くと未練気もなく隅のソファに引き下がって、脂《やに》で茶褐色に染まったパイプに短い煙草を詰めた。

「その若い男が、夜の訪問者というわけですな」

と、捜査係長が言った。

「まあ、それが筋道でしょう」

倉田警部補もそう答えた。

推理の方向が次第に定まって、より具体的になって来た、と彼は思った。後は、四時半以降の小河内エミの行動と、密室という壁を打破する事が問題だった。それによって、他殺か過失死かが判然とするのである。倉田警部補は小河内エミの死を偶発的なものとは思っていなかった。警察官のそのような先入観は危険なものかも知れなかったが、病人が病死したり、登山者が遭難死したりする場合と、小河内エミの死は雲泥《うんでい》の相違がある――彼はそう確信していた。極端な言い方をすれば、小河内エミには、自殺や過失死の可能性はないが、殺される動機ならありそうだ、というのである。

「貴方が小河内エミの姿を見かけたのは何時頃でしたか?」

と、倉田警部補は薬局の主人に訊いた。

「そうですね……八時頃でしたか。私はまあ殆ど店におりますから、何となく外へ眼をやると正面が、恰度この事務所の中で、夜は電灯さえついていれば小河内さんの姿をよく見かけます」

　薬局の主人は落ちてくる眼鏡を幾度も指先でずり上げながら言った。

「小河内エミが何をしている姿が見えましたか？」

「流しでね、ええ、その水道のところですが、何か洗い物でもしている様子でした。もっとも、この畳が敷いてある小河内さんの部屋は周囲が板張りになってますから、私の店からは見えませんがね」

「その時以外に小河内エミの姿に気づいた事はなかったですか？」

「さあね。年中何となく見ている風景でしてね、恰度、自転車を描いてみろ、と言われても正確には描けないのと同じで、特別な関心や注意をはらっているわけでもないですから……。その八時の、小河内さんを見たというのは、部屋から出て来て、流し場で食器か何かをゆすいで、またすぐ部屋へ引っ込んだ、という早い動作だったものですから、印象に残ったのでしょう」

　倉田警部補は、薬局の主人の話を聞きながら、捜査係長にもわかるように、眼の前の紙へ大きな字でこう書いていた。

4時30分　島根勇吉退社
8時　薬局の主人が目撃
　—この間に小河内エミは外出し、帰宅して客と酒宴、客は帰った。
9時
　—この間に死亡した
10時

「この男は、突きとめるだけの価値がありますよ」

と、図の「客と酒宴」という字句に鉛筆で傍線を引きながら、念を押すように倉田警部補は言った。

「肉屋の聞き込みから、手掛かりの収穫があるでしょう」

捜査係長はそう軽く頷いた。

「やっぱり、難関は帰するところ密室らしい……」

「殺し、とするならばね」

密室は、相変わらず倉田警部補の頭の中で堂々めぐりをくりかえしていた。

小河内エミは、客を送り出してから、シャッターやその他の戸締まりをすませて、ゆっくりと飲みなおしを始めた。その中に転た寝をしてしまい、誤って扇風機をガスの火に向けた——これが過失死の場合の想定だ。

だが、客が犯人で他殺だったとしたならば、小河内エミは客が帰る前に既に泥酔して寝込んでいた事になる。そして、客は、戸締まりをしてからガスの火に扇風機を向けて、自分は素早く逃走したのである。

逃走——。

肝腎《かんじん》なのは、この逃走径路だ。まごついていたならば犯人自身もガス中毒する。一刻の猶予もならなかったであろうが、それでは一体、何処からどうやって逃げたのか。

倉庫へ抜け出るドアも、シャッターも、内側からでなくては閉める事が出来なかった。

当然、犯人もこの密室に閉じ籠《とこ》められる結果になったはずだ。

犯人は自らの手で内側から戸締まりを完了しておきながら、気体のように外へ霧消《むしょう》して行ったのか。

《どうしても過失死……となる》

倉田警部補の額に、稲妻型に浮き出た青い血管が膨脹《ぼうちょう》し、蠢《うごめ》いた。

ふと、ソファの岸田井刑事が顔を上げた。

「シャッターが下りる直前に飛び出した、というのはどうです？」

眼尻から口の周囲にかけて深く刻まれた皺《しわ》を一層緩ませて、岸田井刑事は言った。

「どういう意味かな」

と、倉田警部補は俯いたまま訊いた。

「つまり、シャッターというものは急速度にストンと閉鎖されません。徐々に下降してくる扉です。従って、スイッチを入れてから、下りてくるシャッターの下を掻《か》い潜《くぐ》って外へ出る事が出来るでしょう。実験してみれば明確になりますが、その位の余裕はあると思います」

シャッターの開閉スイッチは、見取図にも記入してあったが、事務所の入口から入ってすぐ右側の壁際に取り付けてある。その位置からガラス戸まで三歩、約二秒で充分だ。外へ出てからガラス戸をキチンと閉めるのに約三秒かかったとしても、六秒あれば事務所内から飛び出せるわけである。もしシャッターが七秒以上の下降時間を要するものであったならば、それに阻止される事なく逃れ出るのは可能であった。

「うむ……。面白い計算だ」

倉田警部補と捜査係長は思わず顔を見合わせた。

「それで密室とは言えなくなったですな」

「そうです。だいたい密室なるものは存在しません。ただ我々がちょっとした事を見落としているだけですよ」

倉田警部補は賽《さい》の目《め》を見極めたように初めて相好《そうごう》を崩した。

《行ける……》

密室を作ったつもりで、小河内エミ殺害を過失死のように偽装工作《ぎそうこうさく》した犯人の浅知恵を嘲笑《ちょうしょう》してやりたかった。酔いつぶされたエミの寝顔、ガスの火に扇風機を向ける犯人の震える指先、戸締まりに奔走する男の影、シャッターのスイッチを摑んだ男の顔に噴き出した玉の汗――ギラギラするその眼。こんな映像が倉田警部補の網膜《もうまく》に鮮やかに点滅した。

だが、この時何か言いたそうにしていた薬局の主人が逡巡《しゅんじゅん》しながら一歩進み出た。

「その話なんですがね……どうも、そんな様子はありませんでしたよ」

「え……？」

切符売場の行列の自分の前に割り込んで来た不作法者を睨みつける時のような眼で、倉田警部補は薬局の主人を見上げた。薬局の主人は事務所中の視線を感じながら言った。

「あのシャッターが下りるのを私は見てましたが、中から飛び出してくる人影なんてなかったですよ」

「もう少し詳しく話してくれませんか」

と、岸田井刑事が言った。

「九時ちょっと前でしたが、私もそろそろ店を閉めようと思って外へ出たんです。そして夜空を仰いで大欠伸をしながらヒョイと事務所へ眼をやったのと殆ど同時に、シャッターの動き出すジーッという音がして、下り始めました。おやすみ時間だなと思いながら、私はシャッターが完全に下りきるまで見てたんですよ。その間、事務所の中に人の姿はチラリともしなかったし、道路へ出て来た人なんて勿論ありませんでした」

推定は思わぬ伏兵に遭《あ》って、あっさりと覆《くつがえ》された。倉田警部補は拍子抜けしたように言った。

「それは間違いないでしょうね」

「保証します」

「それから貴方はどうしましたか？」

「はあ、店を閉めている途中で、通りかかった風呂屋帰りの西垣《にしがき》さん——あの四つ角の煙草屋の御主人ですが——西垣さんに声をかけられまして、一番どうだって事になり、店の前の縁台で十時過ぎまで将棋をさしちまったんですよ。蚊に食われて、ほら、この通りです」

と、薬局の主人は白衣の下のステテコをまくって見せた。

「というのは、十時過ぎまでは事務所に何の変わりもなかったという事ですね？」

「将棋に熱中してましたし、特に気をつけてはいませんでしたが……シャッターの開閉だったら嫌でも気づいたでしょう」

「………」

倉田警部補の顔に再び憂色《ゆうしょく》が拡がった。

シャッター降下の鈍速を利用して外へ飛び出したという説は見事に否定された。一度シャッターを下ろしておいて、薬局の主人が店の中へ引っ込んでから改めて開閉する、という策もあったろうが、薬局の主人に西垣煙草店主を加えた四個の眼が、それから一時間以上も事務所の前で光っていたのである。

小河内エミは九時ないし十時の間にガス中毒死したのだから、犯人が十時以後まで彼女と一緒の事務所内で生存して潜んでいたという事はない。

とするならば、犯人は明らかにシャッターが下ろされる前に事務所を出てしまっている。ではシャッターを操作したのは誰か。それは小河内エミ自身だという事になる。つまり、薬局の主人が目撃したシャッターの降下、これを操作した人間は必ず中毒死していなければならないのだ。小河内エミの推定死亡時刻で立証されている通り、遅くとも十時までには死亡する程、事務所はガスが充満していたのだし、シャッターを下ろした人間は外へ出て来なかったからである。

死体は小河内エミだけだった。という事は、彼女がシャッターを下ろした張本人だったのである。

すなわち、殺人事件は成立しない。客は単なる客であって、犯人というものは存在しないのだ。小河内エミは偶発事故で死亡したのである。

「倉田さんは少し考え過ぎたんですよ」

捜査係長が言った。皮肉る響きはなかったが、やはり過失死だった、という捜査係長なりの安堵が滲み出ていた。

この時、三河屋食肉本店へ行った刑事が戻って来た。

「御苦労さん。どうだったかね？」

捜査係長はしかし、もうネタの割れた奇術を観るような期待薄の口調だった。

「三河屋は大きい店で、客も多く、はっきり確認する事は出来ないらしいんです。ただ言える事は、昨日一日、鳥肉を買って行った男の客は子供以外には一人もなかったそうです」

と、刑事は報告した。

「ほう……男はいない？」

捜査係長は頷きながらチラッと倉田警部補を見た。倉田警部補も一瞬気持ちの均衡《きんこう》を失ったように肩をおとしたが、そのまま黙然と姿勢を崩さなかった。

「すると、男の客が小河内エミを訪れたという想定も、ぶち壊されるわけですね」

捜査係長はそう言って磊落《らいらく》に笑った。

「どうも、我々は誤算の上に誤算を重ねたようですな。美女の死ともなると、現実第一主義の我々もつい空想を加味してしまうのかもしれません」

倉田警部補は沈黙を続けていた。彼の全神経は今、必死になって、眼前の空のように底知れない「無」に集中されていた。一見して「無」のようであるが、必ず何かが其処《そこ》に隠されている。そんな作為が、策謀が、小河内エミの死から感じとれるのだ。

しかし、現在までは、何もかも裏目、裏目と出ている。「無」の中で一人相撲をとり、足掻《あが》いているに過ぎない。これは倉田警部補の完全なる敗北であった。

《盲点があって……？》

そうかも知れなかった。しかし、全てはまだ序の口である。彼も岸田井刑事も一歩として動いてはいないのだ。犯人を追う前の段階であり、殺人事件と公的判断もされていないのである。

《だが、小河内エミは殺されたのだ！》

と、彼の信念が叫ぶ。

「倉田さん、我々はひとまず引き揚げます。私は『過失死』と報告するつもりですが」

「……そうですか」

「では行きませんか」

と促して、捜査係長は立ち上がった。品川署の刑事もそれに従った。倉田警部補と岸田井刑事の二人だけが残った。

歩きかけた捜査係長は、習慣的に壁の電気時計と自分の腕時計を見比べて言った。

「島根さん、この電気時計、五分ばかり遅れてますな」

「そうですか？　狂ったことがない時計なんですが。……すみません」

と、島根勇吉は自分の責任ででもあるかのように頭を掻いた。

事務机の電話が、この時を待っていたかのように、嚙みつくみたいに鳴った。

「……はあ、捜査一課の……おられます」

電話に出た品川署の刑事が、倉田警部補を呼んだ。

「倉田さん、本庁からですよ」

「どうも……」

と、受話器を手にした倉田警部補の表情がみるみる中に引《ひ》き攣《つ》るように一変した。

「本当ですか！」

途方もなく鋭い声が彼の唇から迸《ほとばし》り出《で》て、まず岸田井刑事がソファから立ち上がった。捜査係長以下、品川署の係官達も一斉に振り返って、倉田警部補を凝視した。

「何かあったのですか？」

電話が終わるのを待ちかねたように、捜査係長が訊いた。

「こんな偶然があるでしょうか！」

と、倉田警部補は挑戦を受けた戦士のように、厳しく眉を寄せて、低い声で言った。

「昨夜十時、ミス全国ＯＬの候補者が、もう一人死亡したそうです。これも今のところ他殺の線は全く出ず、偶然の事故としか判断出来ないそうです」

——誰も、ものを言う者はなかった。

5

小河内エミが死んだ八月二十三日の同じ夜十時頃であった。
崩れ落ちて、壊れて転がる、という大音響が川俣家の二階、優美子の部屋から聞こえた。

階下の電灯が震動にゆらゆらと揺れて、天井から煤《すす》や埃《ほこり》が舞い落ちて来た。本を読んでいた中学生の妹は跳び上がって、アイロンをかけていた母親に縋《すが》りついた。蚊帳《かや》の中で、寝ていた父親と弟がむっくりと起き上がった。四人の眼は凝《じ》っと天井を見上げた。

それっきり森閑《しんかん》として、何の物音もしなかった。

「優美ちゃん、どうかしたかい！」

到頭《とうとう》母親が腰を浮かした。二階からは何の返事もなかった。

「行ってみろや」

蚊帳の中から父親が言った。

母親は立ち上がって部屋を出た。中学生の妹が怖々とそれに続いた。梯子段を上りきった所に、一枚襖の入口がある。母親は何の躊躇《ためらい》もなく、それを一気に開いた。

「わ……！」

母親の驚愕の叫びは、逆に喉の奥へ吸い込まれた。梯子段の中途にいた中学生の妹が、慌てて階下へ逃げて行った。

四畳半の部屋は、瀬戸物屋の店先を叩《たた》き潰《つぶ》したような有様《ありさま》だった。川俣優美子は頭を南側の窓に向けて寝ていたが、その上へ崩れ落ちた棚の上のテレビと磁器に被われて、顔も胸も見えなかった。水色の夏蒲団の裾から出ている足の先と、万歳する恰好に投げ出された二本の腕だけが、星明かりに白かった。

棚の左端の吊り木が、横へひん曲がって取れていた。このために重量に耐えきれず棚が四十五度に傾斜して、右端だけがやっと壁にしがみついていた。

これで、棚にあったテレビと磁器の多くが真下に寝ていた優美子へ殺到するように落下した事は一目瞭然であった。

開け放たれた窓で、事もなげに風鈴が鳴って、蚊取線香の臭気が強く流れた。

母親は無我夢中で夏蒲団をはねのけ、瓦礫《がれき》のように散乱した磁器とテレビを押しやり、優美子の背に手を入れて、膝の上に抱え込んだ。

「優美子！」

と、肩を揺すってみたが、反応はなく、頭が空しく上下するだけだった。前額部と頬が割れ、鼻血と後頭部から噴き出す血がシーツを染め、美しいだけに優美子の顔は凄惨《せいさん》であった。瞼が微かに痙攣したが、夜眼にもはっきりわかる土色の顔は、明らかに死相だった。

「早く救急車を！」

母親は階下に向かって怒鳴った。

やがて、サイレンが近づき、褌《ふんどし》ひとつの男や寝巻の胸をはだけた女達が見送る中を、担架《たんか》で運ばれる優美子と、付き添った半狂乱の母親が、白い救急車の中へ吸い込まれて行った。

磁器はかなり硬質であり、棚の上から落下したものの中には、二貫目近い置物や直径二尺の大きい額皿もあった。そして、それらのものと一緒に、十四インチのテレビが、高さ一米《メートル》九十糎《センチ》の棚の上から崩れ落ちたのである。その衝撃と圧力は強烈で、手に持って叩きつけるのと変わりはなかった。

被害箇所から推定すると、優美子は顔の左側面を下にして寝ていたものと思われる。そこへまず、直径二尺の大額皿が縦に落下して来た。このために右頭部側面から右耳にかけて深い裂傷を生じ、この部分の内出血もひどかった。優美子はこの衝撃を受けて、反射的に起き上がろうとした。同時にテレビを始め、大部分の磁器が一斉に滝のように雪崩《なだ》れ落ちたのである。これは優美子の後頭部と前頭部、顔面などに最大の強打と裂傷を与えた。

頭部はまた数カ所で内出血もしていた。

十一時五分、川俣優美子は救急病院で、脳内出血の主因により死亡した。

病院は「変死」として大森警察署に届け出た。

大森署の係官は、家族から変死前後の事情を聴取し、事故現場である優美子の部屋を点検した。その結果、一片の不審も疑惑も抱く余地のない「事故死」と判断された。

つまり、何者かの破壊行為によって棚が落ちたとするならば、その何者かは優美子の家族だったという事になってしまうのである。だが、ミスの有力候補であり、金持ちの一人息子と婚約した、いわば一家の柱である優美子を、家族が殺すなどとは狂気の沙汰であろう。

現場は、壊れた棚を除けば、何の異状もなく整然としていた。枕元に割れたコップと睡眠薬の錠剤が二粒残っていただけだった。

窓は開け放しであったのだが、これは優美子の習慣である。たとえそんな習慣はなかったとしても、これは優美子の手で開かれたものに間違いなかった。そして、この窓の開閉は事件と何ら関係がないと言えた。何故ならば、この窓からは羽や翼のない生物は全く出入り出来ないからである。真下は海であり、五米の岸壁とこの窓までのモルタル造りの三米半の壁は垂直であったし、眼下の岸壁に舫った古い網舟が一艘漂っていたが、そこから何の手掛かりもない平面をよじ上る事も出来るはずはなかった。

この優美子の部屋へ侵入する口は一方だけである。それは階下から梯子段を上ってくるのだ。だが階段の下へ到達するには家族のいる茶の間を横切らなければならない。これも絶対に不可能である。

その日の朝なり昼間の中に、茶の間から家族が出た隙を狙って忍び込み、二階へ上がって隠れていた者があった——と仮定しても、まず優美子の部屋には三尺の押入れが一カ所あるだけだという点で、その仮定は成立しないわけである。彼女が蒲団を出そうとして、その押入れを開けば忽《たちま》ち発見されるし、当然、優美子も悲鳴をあげたであろう。大音響を耳にして二階へ上がった母親も、人影は一切認めていない。

結局、優美子以外に、この二階へ人が入った形跡はないのである。

結論として、重量に耐えきれず棚の吊り木が取れた偶発的な事故による死亡と出た。そして、その結論は妥当だと見られた。

以上が、本庁へ大森署から報告された川俣優美子変死事件の概要である。

新洞京子の負傷、小河内エミと川俣優美子の死亡——この、「犯罪を予測させながら犯罪と断定出来ない」三つの事件の取り扱いについて、警視庁は苦慮していた。

事故は犯罪ではない。それを犯罪と仮定して捜査するのは「犯罪追及」ではなく、「犯罪作成」となる危険があった。と言って、新聞なども各々の見解を発表しているし、このまま放置するわけにも行かない。

事件の体裁は頑として「事故」を保っている。ガス中毒は最近、自殺手段や過失事故として頻繁《ひんぱん》に起こっている。また、自動車事故や、棚が壊れて重い物が就寝中の頭上に落下するという事も、さして異様な出来事ではなかった。三つの事件とも、いつ何処でも生活の周囲に発生しそうな災難である。もしこの三事件が、同じ日に同じ東京都内で起こったとしても、それは三つの三行記事となって、新聞の片隅に載った事だろうし、読む人も字面《じづら》を読み過ごして次の瞬間には忘れてしまうであろう。

しかし、問題は三人の被災者が、同じ繫がりを持つ一つの輪の中にあった、という関連性である。そして、これが同時に犯罪の悪臭ともなるのだ。
1　三人は知己《ちき》同士であり、同じ目標を目指していた。
2　三人が死傷すれば、ミス・コンテストの当選順位が混沌《こんとん》として、それによって利益を得る者もあるはずだ。
3　三人が十日間の中に、しかも二人までが八月二十三日夜、僅か一時間余の間を置いて連続死したのを、偶然と言いきれるか。
4　殺人だと明確になれば、コンテスト自体が中止となる恐れもあるので、事故死と見せかける計画犯罪を企図したのではないか。

警視庁は、捜査本部を設置するわけには行かなかったが、その代わりに内偵《ないてい》を主眼とする「特別捜査班」を設けた。捜査一課第一係には六つの捜査班があり、班はそれぞれの「部屋」を持っているが、この一つの班がそっくり「特別捜査班」となった。構成は、捜査主任の池田《いけだ》警部以下、警部補一、部長刑事四、刑事三の総勢九名であった。

そして勿論、倉田警部補と岸田井刑事は、この「特捜班」のメンバーであった。

6

磨きあげた銅板のようにチカチカする水平線へ眼をやりながら、倉田警部補は長嘆息《ちようたんそく》した。相変わらず蒸し暑く、窓に吊った風鈴も死んだように沈黙していた。

「駄目ですな、何もありませんよ」

取れた棚の吊り木の釘を丹念にいじっていた岸田井刑事が、倉田警部補の溜息に応ずるように言った。

川俣家は葬式を了えた後の暗い静寂に包まれて、岸壁に遊ぶ近所の子供の声だけが午後の海面へ散って行くように野放図に聞こえた。階下の茶の間では疲れ果てた母親がつくねんと坐って、コソとも物音をたてなかった。

「殺しの匂いだけは充分するけれど、実際に調べてみればみる程、事故死の線が濃厚になるんですからねえ」

と、岸田井刑事は煙草を出した。皺くちゃになった「新生《しんせい》」の袋には一本も残っていなかった。岸田井刑事はその袋をまるめてポンと窓から捨てた。袋は岸壁の下の古い網舟の縁にあたってから海に落ちた。

倉田警部補はケースごと渡しながら、

「巧妙なトリックだ」

と言った。

「トリック……」

ケースから一本抜き出して、岸田井刑事は呟いた。

「凶器は棚の上にあったテレビと磁器だ。その凶器をふり下ろしたのが棚だろう。要はその棚をどうして壊したかだ」

「人間の力でやった事ならば、その犯人が二十三日の夜十時頃この部屋にいた事になります」

「しかし、誰もいなかった事は確かだ。でなければ、いなかったと我々に錯覚させるトリックがあるわけだ」

「犯人がこの部屋にいない、つまり現場不在で棚を壊すトリックがあったとも考えられますよ」

「しかし、それは困難だろうね」

「時間の測定がですか？」

「何しろ被害者が寝てからでないと、棚を壊しても凶器の効用はないわけだ。そう適切な時間に棚の吊り木が取れるような仕掛けが出来るだろうか」

「そうなんです。しかも何か仕掛けをした残骸が残ってませんからねえ。出来たとすれば釘を抜くなり、吊り木に割れ目をつける位でしたでしょうが、それでは予《あらかじ》め棚の壊れる時間を計算した仕掛けとはなりません。種も仕掛けもないというのはこの事ですよ」

「しかし、何かトリックがあるはずだ。棚が落ちるなんて事は素人が作った以上珍しくはないが、被害者の就寝後、頭の上にある棚が壊れたというのが、どうも臭いんだ」

それだけ言って、倉田警部補は黙った。何かひどく無駄な事を自分達がしているような気がしたからだ。事実、テレビと磁器の重さで棚の吊り木が取れたとしたのなら、何とかしてそれを誰かの細工と結びつけようと努力している彼自身の行為はお笑い草である。それは恰度、及落がとっくに決定している試験の発表を期待しながら待っている応募者のようなものだった。

こんな空しい気持ちに襲われた事が、つい最近にもあったな、と彼は思った。それは小河内エミの死亡をめぐって思索を続けている最中であった。やっぱり、小河内エミは本当に過失からガス中毒したのではないか、という一抹《いちまつ》の不安を感じた時、ふと彼の胸に芽生えた虚無的な疲労だった。

《目先を変えて違った角度から考えようか》

と、倉田警部補が水平線から視線をはずした時だった。

「面白そうなものがありましたよ」

と、岸田井刑事が言った。その手には白い角封筒があった。

「この額の後ろに隠してありました。曰《いわ》くがありそうだ」

机の上にその中味を拡げて、二人は顔を寄せ合った。一枚半のレター・ペーパーに、女の筆跡で次のような事が書かれてあった。

「現代は宣伝の世の中です。巧みに時流に乗り、マスコミの寵児《ちようじ》となれば、日本一いや世界一の女王になる事さえ夢ではないでしょう。名もない娘が豪壮な邸宅に住む一流スターになるのも、世界有数の金持ちの花嫁となるのも、自分の特徴を活かして遮二無二《しやにむに》それを世間にアッピールする事で成功します。一種の賭けかも知れません。でも、それによって勝利を得れば誰も非難をしません。要するに目的だけに生きる世の中なのです。どんな人でも、何のかのと有名になれば代議士に当選するではありませんか。売名時代なのでしょう。貴女こそ一位になるべき女性です。必ずミス全国ＯＬコンテストで貴女が女王の座を占めるよう心からお祈り致します。この絶好の機会は二度とはないでしょう。何とぞ御奮闘下さって、私の期待を裏切らないように、その日の貴女のお姿を夢に見ております。不躾《ぶしつけ》なお手紙、お許し下さいませ。

一ファンより」

「ファン・レターですな」

落胆を投げ出すように、岸田井刑事は乱暴に言った。

「参考にはなるさ。貰って置こう」

倉田警部補は慰め顔で言ったが、事実、その手紙をキチンとたたんで手帳にはさんだ。

子供を灰にする火葬場へは、母親というものは同行しないのが普通だそうだが、この母親に愁傷《しゅうしょう》の言葉を述べて、二人は川俣家を辞した。悲嘆の母親は機械仕掛けのように頭を下げるだけで、到頭《とうとう》一言も発しなかった。

永年の刑事生活で、このような愁嘆場《しゅうたんば》には馴れているはずの岸田井刑事も、外へ出ると肩の荷を下ろしたように空を仰いで太く吐息した。

川沿いの道を歩くと、忽ち靴の表面に粉をまぶしたような黄色い埃の薄皮が張った。川の石垣を舟虫が忙しく這《は》い廻っていた。川面を金色の帯のように見せて、炎となった陽光が容赦なく照りつけていた。

貸しボート屋の小さな栈橋で、麦藁帽《むぎわらぼう》をかぶった爺《じい》さんがぼんやりと二人を見ていた。ボートは一隻残らず出払って、河口から海へかけて点々と浮いていたが、どのボートにも相乗りの女がさすパラソルが目印のように咲いていた。

「暑い……」

と、鍋のように熱せられた後頭部へ手をやった倉田警部補の横腹を岸田井刑事の肘が突いた。

「帰って来ましたよ」

岸田井刑事はそう言って、路地の出口を顎で示した。

橋の上に新品の自家用車が停まって、古ぼけた紋付き姿の優美子の父親と親戚の者らしい男女が降りた。一同は運転台の男にペコペコとお辞儀して礼を述べているらしく見えた。運転台の若い男は手を振って素っ気なくそれに応えていたが、間もなく微かな紫煙を残して車は走り去った。

「あの男ですよ、第一自動車の社長の息子ってのは」

車を見送りながら岸田井刑事が囁いた。

「内藤邦利だね」

「告別式の時も何かと采配《さいはい》を振ってましたが、火葬場へも行ったんですね」

「川俣優美子の婚約者だったという話だから、その位の事をするのは当然だろう」

「それにしては、あの男、あまり哀しそうな顔をしてませんでしたよ」

「優美子が普通の娘だったら、鼻も引っ掛けられない身分の相違だ。ただ、器量好みと有名趣味から内藤が結婚してみたくなったのさ。愛情があるわけでなし、死んでしまえばそれきりなんだろうね」

と言って、倉田警部補は口を噤《つぐ》んだ。父親達の一行が近づいて来たからである。

黙礼を互いに交わしてすれ違ったが、ふと足をとめた倉田警部補は岸田井刑事に早口で言った。

「これから別行動をとろう。僕は内藤の線を追ってみる」

「そうですか。……では私は、小河内エミの前歴を洗ってみましょう」

と岸田井刑事は頷いた。小河内エミの身辺捜査は「特別捜査班」の主任以下、大半の係官が日南貿易の本社を中心に行なっている。また小河内エミの死亡状況に関して重大な証言をした薬局の主人に対する内偵も進められていた。死亡当日の彼女の行動割り出しも徐々に運ばれている。まだ手がついていないのは、小河内エミの前歴調査だけだった。岸田井刑事は、この前歴を洗って歩いてみよう、と思ったのである。

二人は橋の上で分かれた。

とりあえず大森駅へ出るために、倉田警部補は大通りでバスに乗った。頸筋の汗を拭きながら手帳にメモした内藤邦利の住所を探したが、バスの振動で指先が思うように言う事をきかなかった。

やっとの事で見つけ出したそのページに、

「世田谷区《せたがや》経堂《きようどう》二ノ三〇〇五」

と書いてあった。

《小田急線《おだきゆう》か……》

倉田警部補はそう呟いた。内藤の家を張って、彼の外出を捉え、その後を追ってみるつもりであった。内偵である以上は、正面から堂々とぶつかるわけに行かなかったし、相手がブルジョアであるだけに、その家を下手に訪問するような直接法は、固い殻の中で無条件な拒否態勢をとらせる恐れがあった。

品川で山手線《やまのて》に乗り換えて渋谷へ出た。渋谷から井の頭線《いかしら》で下北沢《しもきたざわ》まで行き、更に小田急線に乗り換えなければならなかった。

今なら内藤は家にいる——と、倉田警部補には自信があった。告別式に参列した礼装のまま、内藤が何処かへ寄ったり、出掛けたりするとは考えられない。一旦は帰宅するはずだったからだ。

経堂駅で下車し、駅前の交番で訊くと、内藤家はすぐわかった。車の交通量が少ないのに立派過ぎるような鋪装道路に沿って、内藤邸の長い石塀が坂の下から坂の上まで続いていた。繁った樹木の間からクリーム色の壁と水色の屋根が垣間見《かいまみ》えた。一部が明るい感じの洋館であり、棟続《むねつづ》きに重量感のある豪壮な和風造りの邸宅があった。鉄柵《てつさく》の大きい門は左右に開かれていて、覗き込むとテニス・コートが見えた。そして反対側のガレージには二台の車があったが、その一台は見憶えのある内藤邦利の樺色《かばいろ》のブルーバードであった。

《やっぱり帰って来ているな》

と思いながら、倉田警部補は坂の上まで歩いた。地上に大きく影を投げかけた銀杏《いちょう》の樹の下にしゃがむと、涼を求めて休息する者のようにYシャツのボタンをはずし、眼だけはさり気なく内藤邸の門へやった。

張り込みは一時間近くで終わった。出入りする人影もなく、静まりかえっていた門から女中らしい女が顔を出したのと同時に自動車のエンジンの音が聞こえた。

倉田警部補は立ち上がった。そして通行人らしく真っ直ぐに坂道を下って行った。内藤邸の門のあたりまで来た時、女中に見送られたブルーバードが音もなく道路へ出て、若草色のポロシャツに着換えた内藤邦利の姿が運転台に見えた。

倉田警部補は足を早めた。幸い車は徐行しながら坂を下りて行く。あまり倉田警部補との差は開かなかった。坂を下りきると繁華街に出る。この道路まで出れば空車のタクシーを拾う事も容易だった。倉田警部補は七十円車を停めると、警察手帳を示して助手席に乗り込んだ。

「あれを追って下さい」

と、運転手に頼み、倉田警部補は二本の煙草に火をつけて、一本を運転手の唇にくわえさせた。

「どうもすみません。事件ですか?」

運転手は礼の言葉と質問を一度に言った。

「いや、大した事じゃないけどね」

倉田警部補は前を行くブルーバードから視線をはずさないで答えた。

「大丈夫ですよ。あの樺色は目立ちますからね。絶対に逃しません」

と、運転手は得意気に肩を振った。

内藤邦利の車は三軒茶屋《さんげんぢゃや》へ出て、玉川《たまがわ》線の通りを渋谷に向かった。

《何処へ行くのか?》

倉田警部補は期待めいたものを感じたが、同時に無駄骨に対する不安も、その胸裡《きょうり》にはあった。当たり前の用件のために出掛けたのかも知れないし、ただの友人訪問か父親の会社へ顔を出してみるつもりかも知れなかった。かえって倉田警部補の期待する方が無理だとも考えられた。

内藤邦利は渋谷のデパートで一旦車を降りたが、十分ばかりすると大きな買い物包みをぶら下げて出て来た。三十米程の間隔を置いた二台の車は再び走り出した。新宿《しんじゅく》へ出て四谷《よつや》を抜け、飯田橋《いいだばし》から更にお茶《ちゃ》の水《みず》へ向かって、内藤邦利の車は坦々と走り、倉田警部補のタクシーが黙々とそれを追った。

《遠っ走りする……》

炎天下の道路を行く疲労と倦怠《けんたい》に、思わず背を座席にもたせかけた頃、内藤邦利の車は秋葉原駅に近い白い大きな建物の通用口からその中へ滑り込んで行った。

「病院ですね」

と、運転手が言った。

「病院？」

正面玄関のアーチに、成る程「東京都立秋葉原病院」と銀文字が並んでいた。

《見舞いに来たのか……》

と、軽く失望しながら、倉田警部補は病院へ入って行った。受付の前で一人の男とすれ違った。右腕が付け根からすっぽりと切断されていて、空っぽのYシャツの袖をズボンのバンドにはさんでいた。それよりも倉田警部補をハッとさせたのは、その男の暗い表情だった。沈みきった眼と深く刻まれた憂鬱《ゆううつ》の皺が、男の実際の年齢の見当をつけさせなかった。倉田警部補は振り返ってその男を見送った。男は暗い建物の中から白っちゃけた強い光線が降り注ぐ外へ、俯《うつむ》き加減で出て行った。猫背の肩のあたりに孤愁が漂っていた。片腕の男が妙に印象的に倉田警部補の脳裡《のうり》に残った。

《病院だ。ああいう怪我人がいるのが当然だろう》

と思いなおして、倉田警部補はベンチが並んだ診療室前の廊下を、「病棟」と書いてある矢印に従って歩いた。通用口から車を乗り入れた内藤邦利は、入院患者を見舞いに来たのに違いなかった。

病棟に通ずる渡り廊下へ出て、倉田警部補は裏庭を見廻した。内藤邦利のブルーバードは四棟ある病棟の右から二番目の棟の入口に停車していた。その上の白い壁に「№2」と黒く書いてある。

倉田警部補は外科の第二病棟へ入った。壁も天井も白塗りの廊下が中央を走り、その両側に病室がならんでいた。午後の静閑《しじま》に包まれた病室から、時たまくしゃみや咳ばらいがびっくりする程大きく響いた。右側は個室であり、左側は三人用ないし六人用の大部屋らしかった。

廊下には人影もなく、内藤邦利がどの病室へ入ってしまったのか知る術《すべ》もなかった。仕方なく、病棟の中央にある看護婦詰所へ行った。五人の看護婦がいたが、倉田警部補はその中の四十年輩の主任らしい看護婦に声をかけた。

「警視庁の者ですが……ちょっとお訊きしたい事がありまして」

と小声で囁き、その主任看護婦を詰所から引っ張り出した。他の看護婦の口から妙な噂をばらまかれたら拙《まず》いからだった。

充分口止めをしてから、

「あの車の主ですが、今日初めて此処へ来たのですか?」

と、倉田警部補は尋ねた。

「いいえ、最近になって毎日来てますよ」

と、主任看護婦は答えた。

「規則では私どもに面会申し込みをする事になっていますが、大抵の方は無断で直接病室に入ってしまいます。ですから、どんな人が幾度面会に来たかという事は私どもにもわかりません。ただ、車でいらっしゃる方は、停まっている自動車に記憶がありますから、私どもも、ああ今日もまた面会に来ているなって気がつくわけなんです」

「彼はどの病室の人に面会に来るのか御存知ですか？」

「五号室の新洞さんをお見舞いに見えるんです」

「新洞……男ですか？」

「いいえ、綺麗な娘さんですわ。新洞京子さんっていうミス・コンテストで評判の」

「え！……」

「新洞さんの勤め先の社長の息子さんという関係からお見舞いに来られるそうですが、話によりますと恋人のような感じで、男の方が一生懸命に新洞さんの御機嫌をとっているらしいです」

「……」

倉田警部補は新洞京子が東京第一自動車のセールス・ウーマンである事を記憶していた。その社長の息子である内藤邦利が見舞いに来るのは、必ずしも筋違いとは言えない。

しかし、恋人のように振る舞っているらしい話だし、それに今日は婚約者の葬式があった日である。洋服を着換えて若い娘を見舞うために車を飛ばしてくるのは尋常ではなかった。

「新洞さんが交通事故で入院された次の日、八月十四日に会社の人達と一緒に来られたのが最初でした」

「それから毎日来るのですか？」

「はい、殆ど。他に見舞客がいない時を見計らって来て、短時間でさっと帰ってしまいます」

「恋人のように見えたり、御機嫌をとったりしているというのは、そんな様子をはっきり目撃したわけですか？」

「ええ……。十四日からあの五号室のもう一つのベッドに入院患者が入ったのですが、その患者さんの手前もあるでしょうに……」

と、看護婦は一度言い淀《よど》んだが、照れ臭そうな笑顔を見せて口を開いた。

「一眼見ただけで夢中になってしまった、とか、貴女以外の人とは結婚しない、とか……口説くって言うのでしょうか、そんな言葉を看護婦達が耳にしたそうです。それに新洞さんの手の甲に接吻しようとしたところを見てしまった看護婦もおります」

「新洞京子の方は男に対して……どうだったのでしょうかね」

「さあ……。新洞さんって不思議な魅力を発散する人ですけど、何を言われても本気に相手にならずに笑っているだけだという話でした。その不思議な魅力と謎のような微笑に煽《あお》られて男の方はますます焦ってくるのではないでしょうか」

看護婦達の推測に間違いはなかった。内藤邦利が新洞京子を口説いたり、御機嫌とりをしたのは事実だったのだろう。だから婚約者が火葬場で灰と化した同じ日に、この病院へ駈けつける位の事は当然だったのだ。

換言《かんげん》すれば、川俣優美子の死は、内藤邦利にとって痛くも痒《かゆ》くもない、むしろ邪魔者が消えて、思う壺だったのかも知れない。

もう一歩推し進めれば、内藤邦利には優美子を殺す動機があった、と考えられる。岸田井刑事が指摘したように、優美子の死を悼《いた》む感じが、内藤から汲《く》み取《と》れなかったのも、今になってみれば、納得出来る事であった。

倉田警部補は、優美子の死亡当日の行動をもう一度、頭の中で復習してみた。

涙ながらに語る母親の、とりとめもない話を総合すると、だいたいこんな様子らしかった。

八月二十三日は勤務先のデパートの定休日で、優美子は午前中を寝て過ごした。だが、昼食をすませると外出する支度をした。そして内藤と二人で遊びに行くと言い置いて、一時半頃出掛けて行った。三時過ぎ穂積里子が優美子を訪ねて来た。十五分ばかり待っていたが、優美子が戻って来そうもなかったので穂積里子は帰って行った。夜の九時には必ず帰宅する優美子だったが、その夜は珍しく九時半頃戻って来た。自動車で送られて来たらしく、橋の上で停まる車の音を母親は聞いたと言う。九時半就寝という習慣を守るために、優美子は大急ぎで二階に上がり、そのまま眠ってしまった様子だった。ただ顔色があまりよくなかったので、母親は内藤と喧嘩でもしたか、また、婚約したからと言って内藤に求められ、処女を失うような事をして来たのか、と思ったそうである。そうして十時頃、あの惨事が起きたのだった。

《ある意味で、内藤邦利は鍵だ》

と、倉田警部補は考えた。

何の気なしに見舞ってみた新洞京子に心を奪われて、内藤邦利の気持ちは急速に川俣優美子を離れたとするならば、二十三日の内藤と優美子の出会いで、何らかの形で悶着《もんちやく》が生じたに違いない。優美子が、内藤の金持ちの息子らしい移り気で気儘《きまま》な、そして一方的な変心を察知したら、その美貌のプライドからも激怒しただろうし、裕福であり、家の名が表面化する事を最も恐れる内藤の環境を計算に入れ、相当な、あるいは応じきれないような慰藉《いしや》手段を要求するだろう。そんな優美子は、人から逆らわれた経験のない、追い詰められた内藤にとって、この上もない邪魔者となっただろう。

あの晩、喧嘩別れのつもりで優美子を送って来た内藤に、ふと殺意が湧いたとしたら

——と、倉田警部補は想定してみた。しかし、どうやってあの棚の吊り木をもぎ取ったのだろう、という点で忽《たちま》ち行き詰まった。もし、あの棚が人の作為により落ちたものならば、その方法はたった一つだけ考えられる。それは、棚の吊り木に綱を廻して窓から垂らし、海の上に舟を浮かべてその綱を引っ張る事であった。それだけなら確かに内藤に出来ただろう。だが、その綱を棚の吊り木に通す事は、優美子の部屋へ入った者でなければ出来ない細工である。内藤は二十三日に優美子の家には姿を現わしてないし、優美子の部屋へ入った形跡もなかった。これだけでも内藤を容疑圏からはずさなければならなかった。

だが、婚約者の川俣優美子のほかに、同じミス全国ＯＬコンテストの最終予選通過者である新洞京子という恋人が、内藤邦利にはあった——この意外な新事実を摑んだ以上、このまま引き退がる気持ちは倉田警部補にはなかった。

主任看護婦にもう一度、自分が病院を訪れた事を他言しないようにと念を押してから、倉田警部補は第二病棟を出て、内藤邦利の車の脇で彼が出て来るのを待ち続けた。

暑さがやや圧迫力を緩和して、病棟の白い壁に派手な赤味を投げかける陽光に鋭さが欠け始めた頃、内藤邦利が細いズボンのために長く見える脚で大股に病棟から出て来た。

車のドアを半分開けた所で、倉田警部補は彼に近づき、声をかけた。

「内藤さんですね？」

内藤邦利はびっくりしたように、さっと振り返った。三十女に可愛がられそうな少年じみた美男子だったが、眼の動きが軽薄で品がなかった。

「川俣優美子の事で訊きたいのですが？」

「え？」

小さな驚きと同時に彼の表情に警戒の色が走って硬くなった。

「八月二十三日ですが、川俣優美子は貴方と一緒に出掛けると言って、午後から夜九時半頃まで家を明けているのですが、どちらへ行かれたのかお話し願えませんか」

そういう倉田警部補を、内藤邦利は横柄《おうへい》な態度で眺め廻していたが、

「あんた、警察の人？　それとも新聞記者なの？」

と言った。明らかに人を見下した口のきようであった。

「警視庁の者です」

と、倉田警部補は冷静に答えた。

「身分証明は？」

最初の狼狽《ろうばい》は、倉田警部補を優美子の身内の者とでも思ったからであるらしく、警察官だとわかると、内藤邦利は余裕を取り戻して急に貫禄《かんろく》を示しだした。

倉田警部補が無表情のまま黒い手帳を見せると、内藤邦利はニヤリと笑って運転台に坐った。窓ガラスに空と雲が映っていた。

「何のためにそんな事を調べるのかな」

「川俣優美子の行動を知りたいのです。貴方に迷惑のかかるような事ではありませんよ」

「勿論さ。迷惑なんて御免蒙《ごめんこうむ》るな」

「何処へ行かれたんです？」

「何処へも行かないさ。二十三日は全然優美と逢ってないもの」

「本当ですか？」

「二十三日の午後はこの病棟へ見舞いに来てたし、夜はガーデン・パーティで十一時までクイン・ホテルにいた。嘘だと思ったら調べてみるんだな」

言い終わると同時に、ドアがバタンとしまり、内藤邦利の車は倉田警部補を尻眼に風のように走り去った。人を小馬鹿にしたジグザグ走法で、間もなく通用門からその樺色を消した。

彼の勝ち誇ったような笑顔が、彼の主張が嘘でない事を証明していた。念のために看護婦詰所に引き返して確かめてみたが、二十三日の午後二時頃から四時近くまで内藤邦利は間違いなく五号室の新洞京子を見舞っていたという事だった。また、その場で電話を借りてクイン・ホテルに問い合わせたが、確かに二十三日夜、東京第一自動車の主催によりガーデン・パーティが開かれ、内藤邦利は主催者代表として最後まで残っていたと確認された。

優美子は、内藤と一緒だと言えば母親が外出先を詮索しないのをいい事に、面倒だと思った時は軽い気持ちで、内藤と一緒、という口実を使って出掛けていたのに違いない。これで一応、優美子の死と内藤邦利を結びつける糸は切断された。倉田警部補はまた振り出しに戻らなければならなかった。

秋葉原病院を出て、都会の真ん中で耳にするのは珍しい蜩《ひぐらし》の声を聞いた時、白紙にかえった倉田警部補の脳裡に、新たに一人の人物が浮き上がった。

《穂積里子……》

二十三日、川俣優美子を訪れて、あの二階の部屋で十五分ばかり優美子の帰りを待っていたという穂積里子こそ、棚の吊り木に細工を仕掛ける事の出来た唯一の人物ではなかったか。

倉田警部補は、自分が大きな落とし物をしていた事に気がついて、思わず足を早めた。

7

真っ昼間なのにどうしてこう閑人《ひまじん》が多いのだろう、と絶え間ない雑踏にもまれながら岸田井刑事は痛感した。恰度《ちようど》映画館の入れ替わり時間であったのかも知れないが、渋谷の道玄坂《どうげんざか》を下って来る人の流れに逆らって歩くのは、容易ではなかった。

もっとも、この暑さでは家の中で裸になって午睡《ひるね》しているよりも、冷房完備の映画館に入っていた方が賢い避暑法であった。

その酷暑と、持病の坐骨《ざこつ》神経痛の疼《うず》きに喘ぎながら、岸田井刑事は道玄坂を上った。映画街へ通ずる道へ右折した三軒目に、目指す喫茶店「ニュー・ラテン」があった。

入口には「冷房完備」という看板があったが、店内はそれ程涼しくもなかった。おまけに強烈なアクセントのレコード音楽が、岸田井刑事には暑苦しく聞こえた。

「最近、この女が客として現われなかったかね」

ドアを開閉してくれたウェイトレスに、小河内エミの写真を示した岸田井刑事は朴訥《ぼくとつ》な口調で訊いた。

「ちょっとお待ち下さい」

と、ウェイトレスはその写真を持って奥のカウンターへ行ったが、間もなくバーテンらしい蝶ネクタイの男と一緒に戻って来た。

「失礼致しました」

と、その男は揉《も》み手《で》をしながら言った。

「どうですかね、見覚えありませんか」

岸田井刑事は、男が頷く事を念じていた。小河内エミのハンドバッグにあった「ニュー・ラテン」のマッチを手掛かりに、何とか最近の彼女の交友関係を洗いたかったのである。

「参りました」

その男は媚びるような笑いを見せて、腰をかがめた。

「一人だったですか?」

「はあ。いつも一人です」

「ほう。という事は、この女はちょいちょい此処《こ》へ来るというわけですな」

「はあ。その人はもとこの店で働いておりましたんです。そんな縁で、今はお客様として一カ月に一度ぐらい顔を見せに参ります」

《しめた!》

と、岸田井刑事は腹の中で叫んだ。この糸口から糸を手繰《たぐ》れば、案外簡単に小河内エミの前歴やら隠されている男関係が引っ張り出せるかも知れない、と思ったからである。

「で、この店で働いていたっていうのは、いつ頃の事かな」

「そうですねえ……二年近くも前の事です。三カ月程この店におりましたが、大変綺麗な娘でしたから誘いの手が沢山ありまして、到頭新橋《とうとうしんばし》の『ベビーシュウ』というジャズ喫茶に引き抜かれて移ったわけです」

「そうですか」

と、手帳にメモしながら、ウェイトレスが銀盆に載せて差し出したコップの水を飲んだ。歯にしみるような冷たさだった。

「いやどうも……」

岸田井刑事はコップを銀盆へ戻して、生き返ったように唇を幾度も舐めた。

「新聞で読みましたが、あの娘も可哀想な事をしましたねえ」

男は、勿体《もったい》ないというように頭を細かく振りながら言った。

「この娘の交友関係、特に男との事で、何か御存知じゃありませんかね？」

「この店にいた頃は純情そのものでしたよ。お化粧も下手でしてね。交際も地味だったし、男関係も全くなかったようです」

「そうですか。その『ベビーシュウ』という喫茶店は今でも変わっていませんね？」

「はあ。その店の名前のままで続けております」

「いやどうも……」

それが口癖の、いやどうも、を連発して岸田井刑事は「ニュー・ラテン」を出た。

《幸先《さいさき》よし》

男の体臭と女の化粧香でムンムンする国電の中で、岸田井刑事はそう思った。飛び石を歩くように次の手掛かりが眼前にあると、神経痛の疼きが薄らいで行くから不思議だった。

そのジャズ喫茶は新橋駅の北側にあった。ホームから、黒地に黄色い横文字で「ベビーシュウ」と描かれたネオン兼用の看板が見えた。

入口の脇に「リクエスト・タイム午後7時～10時、本日の出演バンド」と記した紙が貼ってあり、三つばかりのバンド名が書き込んであった。

ドアを押して店内へ入ると、頭を下げたのは制服姿のボーイだった。奥のステージで演奏中のハワイアン・バンドの揃いの真紅のアロハシャツが、まず眼にしみるように飛び込んで来た。

「一年半ぐらい前の事を訊きたいのだがね、あんたはこの店新しいんですか?」

岸田井刑事は、声が音楽に消されそうなのでボーイの耳に口をつけて言った。

「はあ。この店は入れ替わりが激しくて、従業員の殆どが新顔ですから」

そのボーイは妙に恐縮しながら答えた。

「困ったな。一年半前にこの店で働いていた女の子の事なんだが……誰かいないかね」

「そうですねえ。マスターを呼んで参りましょうか。奥におりますから」

「うむ。すまないが、そうして貰いますか」

「では、どうぞこちらへ」

ボーイの案内で岸田井刑事は店の真ん中を歩いた。どのボックスも若い男女で占められていて、陽気なポーズやしんみりしたスタイルや様々の彫像となっていた。

奥へ通ずる革張りのドアの前で待っていると、すぐボーイがマスターと称する男を連れて出て来た。

「警察の方ですね？」

マスターは開口一番そう言った。頬骨《ほおぼね》が突き出した赤ら顔の小男で、言葉の訛《なま》りから察すると、どうやら外国人らしかった。

「この娘を御存知ですか？　一年半程前にこの店にいたという話だが……」

岸田井刑事の差し出した小河内エミの写真を受け取って、マスターは壁の電灯の下でじっくりと眺めた。

「ああ、エミですな。エミです」

愛想よく唇のあたりで笑いながら、彼は幾度も頷いた。

「やはり、この店にいたわけですね？」

「ええ、半年以上いました」

「貴方の見られた範囲で結構ですが、この娘と特に深い仲だった者は誰でしたか？　男でも女でも構いません」

「相沢昌という男がいましたね」

「相沢昌……？」

「エミの最初の男ですよ。いや、最後の男だったかも知れませんね」

「その男は……？」

「その頃、うちの店の専属バンドだった楽団のドラマーで、評判の女蕩《おんなたら》しでね。初心《うぶ》だったエミなど忽ちモノにされて、三カ月後には捨てられました。エミは気狂いのようになって男を追ってましたが、その後どうなった事やら」

「その相沢以外には?」

「熱をあげていた連中は大勢いましたが、エミは相沢オンリーでしたよ」

小河内エミが死ぬ直前にガス・コンロで灰にしようとした写真の、エミと抱き合うようにして写っていた男が、その相沢昌に違いない——と、岸田井刑事は確信した。エミの男関係が意外に綺麗だった事は、「特別捜査班」の聞き込みでもはっきりしている。日南貿易でも彼女が酒だけを愛する女だったと異口同音《いくどうおん》に言っているし、事実、恋人らしい男を割り出せなかった。上京以前のエミはまだ少女だったはずだから、男と二人だけの写真を撮って、それに「二人の将来を祝して」というような文句を書き込むとしたならば、その相手は相沢昌という女蕩しだったと限定出来るのである。つまり、小河内エミの愛のプロセスには相沢昌きりいなかったのだ。

「相沢昌は今何処にいるんですか?」

岸田井刑事は勢い込んで訊いた。

「そりゃわかりませんね。渡り鳥みたいな男だし」

マスターは大きく首を振ってそう言った。

「見当もつきませんか?」

「ええ……」

二人とも沈黙した。バンドの曲が変わった。歌手が登場したらしく、ボックスのあちこちから拍手が起こった。

「しかし、いずれにしてもドラムを叩いていなければ飯を食えないんだから、何処かのバンドにいるんでしょうな」

と、マスターが言った。

「バンドマン仲間から訊き出せますね」

「そうですね。東京駅の八重洲《やえす》口へ行ってみたら如何《いかが》ですか」

「東京駅？」

岸田井刑事は妙な事を指示されて、思わず聞き返した。

「東京駅の八重洲口にバンドマンの斡旋所《あっせんじょ》みたいな集まりがあるんです」

マスターは煙草の火を靴の裏で揉み消しながら言った。

「別に事務所があるわけではありません。自然にバンドマン達が集まってくるだけですよ。そこで需要と供給を充足させる取引が行なわれるんです。つまり、仕事にあぶれたり、手が空いたりしたバンドマン達がそこへ集まって来ます。一方急にバンドマンを必要とする需要者も来ているんです。そして、その場で契約が成立すれば、すぐその足で仕事へ向かうという仕組みです」

てだった。

岸田井刑事はそういう仕組みがある事だけは知っていたが、具体的な話を聞くのは初めてだった。

「その溜まり場へ行ってみれば、相沢昌の消息もわかるでしょう」

「成る程。しかし、その溜まり場にバンドマン達が集まってくるのは、一定した時間でしような？」

「だいたい夕方の四時から五時半頃まででしょう」

岸田井刑事は時計を見た。四時十分前であった。今から行けば恰度いい時間である。

「いやどうも、お忙しい所を恐縮でした。これからすぐ東京駅へ行ってみますから」

と、岸田井刑事は、はずしていた開襟シャツのボタンをはめた。

「どう致しまして。あのエミがどうかしたんですか」

と、マスターが言った。

「新聞にもあったでしょう、エミは死にましたよ」

そう答えて、岸田井刑事はもう真っ直ぐ店の入口へ向かって歩き出していた。背後で、マスターが息を飲む気配がした。

再び国電に乗り、東京駅の八重洲口の改札から出た時は、四時ぴったりであった。岸田井刑事は、行き交う人の群れが流れ続けるこの巨大な空洞の中をキョロキョロと見廻した。
改札口から遠くはないが、通行者の邪魔にはならない場所に五、六人の男が屯《たむろ》してい
た。一見して派手な服装だが、どこか垢抜けた感じの男達ばかりだった。中には楽器のケ
ースらしいものを持っている男もいた。
《これだな……》
と思った岸田井刑事は何気なく男達に近づいて行った。その耳に、彼らのこんな会話が
飛び込んで来た。
「駄目だね、あのジャーマネは。第一ケチンボだよ」
「この前もね、十日間でG千《ゲーセン》だって言いやがる。頭へ来たね。だから、こっちはいつも一
晩C千《ツエーセン》の計算で仕事してるんだって啖呵《たんか》きってやったよ」
「そういう時はC調《シーチヨウ》で行くさ」
「それが、あのバンマスがうるせえからね」
岸田井刑事は微笑した。彼らの会話にはバンドマンの符牒《ふちよう》が織りまぜてある。職業柄、
刑事というものは、あらゆる社会の符牒や隠語《いんご》を知っていなければならない。ちょっとし
た言葉の端くれから、どんな重大な手掛かりを得られるかわからないからである。同時に
またあらゆる社会の人間と接する機会が多いために自然と憶えてしまう場合もあった。
岸田井刑事は四カ月前に発生したバンドマン刺殺事件の際、第一線の捜査活動に加わっ

ていたから、そのおかげでバンドマンの符牒に詳しくなったし、その記憶も新しかったのである。

ジャーマネ（マネジャー）とかバンマス（バンドマスター）とかいう言葉は、ジャズ・ファンの若い男女なら大抵の者が知っている。C千《ツェーセン》とは千円の事であり、G千《ゲーセン》とは五千円を意味しているのだ。またC調というのは、手を抜く、適当にやる、と解釈すべきだろう。いずれも音楽用語から作り上げられた言葉であった。

これが「ベビーシュウ」のマスターが教えてくれたバンドマンの溜まり場である事に間違いはなかった。

岸田井刑事は思いきって、男達の中へ顔を突っ込んだ。

「すみませんが……相沢昌という男を探しているんですが、皆さん御存知ないですか？」

喋っていた彼らは一斉に口を噤んで岸田井刑事を瞶《みつ》めた。髪の毛を襟足《えりあし》まで房々とのばした二十歳位の男が、口が軽いらしく、二、三歩前へ踏み出して言った。

「何をやる男です？　ターギーですか、スーベーですか？　ヤノピ、オリン、ペット？」

「いや、ドラマーなんですがね」

岸田井刑事は一同を見廻すようにして答えた。

「タイコか……相沢昌ねえ」

と、若い男は首をひねった。

「相沢昌って『紅《くれない》』に出てるじゃないか」

背の高い中年の男が横から口を出した。

「『紅』……？」

「ええ。西銀座《にしぎんざ》のキャバレーですよ。田島負三《たじまふぞう》とスイーテットというバンドのトラになって出てますよ」

「トラ？」

「ええ、つまり替え玉って言いますか。正規のメンバーでなく、という意味です」

背の高い中年男は苦笑しながら、そう言った。

「いやどうも」

耳の横で挙手の礼をすると、岸田井刑事は身を翻《ひるがえ》して走り出した。四時十五分過ぎである。日南貿易の品川倉庫に、まだ島根勇吉がいるはずだった。弘済会《こうさいかい》の売店にある赤い公衆電話があいていた。飛びつくように受話器を摑んでダイヤルを廻した。

八月二十三日、小河内エミが氷水を買いに事務所を出た留守に彼女を訪ねて来た若い男が相沢昌と同一人物か、島根勇吉に確かめてもらうつもりだった。

島根勇吉は、六時にキャバレー「紅」の前で待ち合わせることを承知した。

そろそろ灯りの洪水に銀座一帯が生気を取り戻し始める頃、岸田井刑事と島根勇吉は「紅」の裏口から、まだ寝呆けた感じの宵の口のキャバレーへ入って行った。一応支配人だけには話を通したが、公式な捜査活動ではないからと断わって、勝手に歩き廻る事にした。だから、楽屋へもバンドの控え室にも、こっちから入り込むつもりであった。

島根勇吉は、相沢昌が小河内エミを訪ねて来た男であったら、岸田井刑事にそれとなく合図をして、そのまま帰るように打ち合わせしてあった。

バンドの控え室では、出番までにまだ時間があると見えて、二組に分かれたバンドマン達がポーカーに興じていた。

「相沢さんっていうのは……？」

と、岸田井刑事は、ソファで雑誌を読んでいた男に尋ねた。男は雑誌から眼をはずさず、無言で顎をしゃくった。鏡に向かって髪の毛に櫛《くし》を入れている美男子を示したのである。

岸田井刑事は背後を振り返った。島根勇吉はチラリと鏡の中の顔色が悪い美男子を見てから大きく頷いた。

《同一人物だ》

という合図だった。

岸田井刑事も一つ頷き返すと、ゆっくり相沢昌に近づいた。

「相沢昌さんですな」

と言う岸田井刑事が鏡の中で相沢昌と並んでいた。彼はピクリとして鏡の中から岸田井刑事を瞶めた。

「参考までに訊きたい事があるんですがね」

相沢は黙っていた。自分の後ろにいる男が刑事である事を充分に知っていて、それで口がきけないという感じだった。彼はただ幾度も同じ所を櫛でとかしているだけである。

岸田井刑事は委細構わず言った。

「八月二十三日の午後、貴方は日南貿易の品川倉庫に小河内エミを訪ねて行かれましたね？」

「……」

「お答え頂けませんか」

「僕は、僕は行きませんよ、そんな所へ」

と、相沢昌は視線をはずして、やっとの事でそれだけ言った。

「嘘を言われては困りますな」

岸田井刑事は微笑しながら、鏡の中の彼の眼を捉えた。

「嘘じゃないですよ。忘れたんです」

「忘れたなら思い出して下さい」

「しかし――」

「証人がいますよ」

「憶えがありません」

「証人を呼びましょうか」

「……」

「嘘つくのは無意味でしょう。何か後ろ暗い事でもしたんですか？」

「そんな馬鹿な！」

「じゃあ、本当の事を教えて下さい」

「……」

鏡の中で相沢昌は俯《うつむ》いた。そして鏡の前を離れると、崩れるように椅子に坐った。バンドマン達が、チラチラと二人の方を盗み見していた。

「そんな事を訊いてどうするんですか？」

やや反抗的になった相沢昌は、険《けん》のある眼で鋭く岸田井刑事を見上げた。

「参考ですよ」

岸田井刑事は相変わらず口許に穏やかな笑みを漂わせて答えた。

「何の参考にもならないでしょう。僕はただ三時頃訪ねて行ったが、エミがいなかったから帰って来た、というだけですからね」

「小河内エミを訪ねた目的は？」

「話があったんですよ」

「どんな話です？」

「そんな事まで喋らせるんですか？」

「つまり撚《よ》りを戻す話というわけですな」

「……！」

相沢昌は驚いて顔を上げたが、鼻を鳴らすと、不貞腐《ふてくさ》れたように股を拡げて両脚を投げ出した。

「写真を取り戻しに行ったんです。二人で写したやつです。それさえこっちの手にあれば、今更嫌だの逢いたくないだの言えないだろうと思ったからね」

「成る程。ただそれだけですか？　そのつもりで行ったのだが、小河内エミが留守だと聞いてすぐ帰って来てしまった……ただそれだけですか」

「そうですよ。六時半から此処で仕事があったし、急いでましたからね」

「それは嘘じゃないでしょうね？」

「本当ですよ。ねえ、二十三日の夜六時半から、僕はこの店のステージに出てましたよねえ」

と、相沢昌は控え室中の人に問いかけるように大声で言った。バンドマン達は無言で頷いた。殆ど全員が彼の主張が真実である事を証明した。

「ただそれだけの事なのに、何故最初嘘をついたんです？」

岸田井刑事は初めて厳しい顔で、そう言った。口調は詰問ではなかったが、声に斬り込んでくるような決然とした響きがあった。

「面倒だったからです。エミの事で警視庁が動き始めたと新聞で読んだものですから。僕なんか不利な立場に追い詰められる可能性もあるし、掛かり合ったら損だと思ったので、刑事さんが来たなと気がついた時、咄嗟《とっさ》に白ばっくれようって決心したんです」

と、思わず神妙になった相沢昌は一息にそう喋った。岸田井刑事の静かなる迫力に圧倒されたのである。

「私が刑事だって、どうしてわかったかな」

「刑事さんに逢ったんですよ、昨日ね。エミの仮葬式があったでしょう、あの時です」

「ほう、貴方も来ていたのかね」

「ええ。でも離れた所から眺めていただけですが……」

と、彼は言った。その顔にふと寂寞《せきばく》の翳《かげ》が走った。

この時、部屋の一隅でブザーが鳴った。出番を告げる合図だった。控え室は一斉にざわめき始めた。バンドマン達は一人ずつ鏡の前に足をとめ、蝶ネクタイや髪に手をやってから、次々に消えて行った。

「もういいですか?」

相沢昌が腰を浮かせて訊いた。

「結構です。手数をかけましたな」

と、ソファに坐りながら岸田井刑事は頷いた。

「刑事さん、僕に罪の意識が少しでもあったら、エミの葬式なんかに近寄ってもみませんよ」

相沢昌はそう言い残して、駈け足で部屋を出て行った。

無人の控え室に岸田井刑事はたった一人残った。ソファに身を沈めて両手で頰を包み、瞼を閉じた。小河内エミのハンドバッグから出て来た「ニュー・ラテン」のマッチを糸口に、手繰った線はここで終点であった。

《徒労だったのか》

と、自分に問いかけてみた。

二十三日午後、小河内エミを訪れた男は相沢昌だった。相沢は復縁を迫ると同時に、二人の仲を証明する切り札の写真を奪い取る目的で来たのだ。島根勇吉から、男の訪問者があったと聞き、エミはその男が相沢であると察し、彼の狙いが一枚の写真だという事も想像出来た。今までは何となく手放したくなかった思い出の写真ではあるが、エミは意を決し、酔った勢いで、それをガス・コンロへ投げ込んだに違いなかった。

そして、小河内エミの死亡には、相沢昌は直接関係がないという事が証明された。岸田井刑事の収穫はそれで全部だった。

ホールの方で拍手が湧き、華やかなバンド演奏が聞こえて来た。キャバレー「紅」は、岸田井刑事にとってこれ以上何の用もない場所だった。

《罪の意識があれば葬式には近寄らない》

そう言った相沢昌の言葉が、不思議と岸田井刑事の脳細胞に食い込んでいて消えなかった。そんな定義は必ずしも現実の事件に当て嵌《は》まらない。殺人犯人が被害者の葬式に列席して空涙《そらなみだ》を流したり、世話を焼いたりしていた実例は多くある。

しかし、今、岸田井刑事の脳髄《のうずい》が釈然としないのは、その定義ではなく、確かに小河内エミと川俣優美子の葬式に当然顔を見せるべき人間が、来ていなかった事を思いついたからである。

《穂積里子――！》

と、岸田井刑事は呟いた。

二人の葬式は、行政解剖などのために、死亡した次の日に出すというわけには行かなかった。小河内エミの場合、本葬は京都でやりたいと家族からの申し出があり、一先《ひとま》ず仮葬式を日南貿易社員が中心となって、品川倉庫の事務所で行なったのが八月二十五日、つまり昨日である。そして一日遅れて今日、川俣優美子の葬式があった。いずれも、勤務先の同僚やミス全国ＯＬコンテスト関係者、それに「特別捜査班」の係官も加わって盛大であった。

係官達は冥福《めいふく》を祈るばかりではなく、受付の傍に立って参列者一人一人を観察する任務を持っていた。特に、ミス・コンテスト関係者には関心をはらった。最終予選通過の東京出身候補者は五名いたそうだから、小河内エミと川俣優美子を除いて、三名が現われるはずだと係官達は計算していた。だが二つの葬式に姿を見せたのは、杉静子ただ一人であった。

自動車事故で入院中だという新洞京子は別としても、穂積里子が来ないのは可笑《おか》しい。ミス候補同士という繋がりだけではなく、里子はエミと同じ日南貿易の社員だ。同僚の間柄としても参列するのが当然ではないか。

また、川俣優美子の葬式にしても同じである。優美子が死んだ当日、里子は川俣家を訪れている。そのくせ、優美子の葬式に顔を見せないという不義理は、あまりにも不自然である。

《穂積里子……》

何となく岸田井刑事の胸につかえていた「矛盾」が、勢いよく吐き出された。

立ち上がって、足早に控え室を出ると、バンド演奏が始まっていて、既に嬌声《きようせい》さえそれに混じっていた。

その夜八時二十分から、警視庁鑑識課現場係警察犬班の部屋を借りて、「特別捜査班」の打ち合わせが行なわれた。

このような、とんでもない部屋を借用したのは、報道陣の眼を誤魔化すためであった。二つの変死事件に全く関係のない警察犬班を選んだのは苦肉の策で、朝、それぞれ聞込み捜査に出掛ける「特別捜査班」の係官だけに集合場所として耳うちされてあったのだ。

8

二、三の班員を除いて、定刻までには殆どの顔が揃った。ここで今日一日の成果を報告し、意見を交わして、今後の方針を決定するのである。

各係官の報告要旨は、だいたい次の通りであった。

「藤岡《ふじおか》部長刑事」

日南貿易品川倉庫の真向かいにあります曾根《そね》薬局の主人、曾根喜助《きすけ》の証言は、小河内エミ変死事件に重大な影響を及ぼしております。

つまり、小河内エミを他殺とするも、過失死とするも、曾根の証言がポイントとなるわけであります。

倉庫の事務所のシャッターが九時頃閉鎖されるのを目撃し、しかもその後に何ら異状も人影もなく、更に十時過ぎまで店の前で西垣という煙草店主と将棋をしていた、と曾根は証言しております。この証言により、シャッターは小河内エミ自身の手によって閉鎖されたのであるから、他殺説は成立しないという結論に達するのです。

しかし、曾根の証言を事実としても、たった一人だけ加害者となり得る人物がいるのであります。それは曾根喜助自身です。曾根以外に目撃者がいないという事は、彼が犯人であっても、それを知る者はいない事と相通ずるからであります。

従って、私はこの曾根薬局店主につきましては慎重に聞き込みを行ないました。

結論から言いますと、曾根喜助は「白」であります。

小河内エミと曾根は、相向かいの倉庫事務所と薬局にいて一日中顔を見合わせておりましたから、顔馴染み以上の親しさになるのは当然です。朝晩の挨拶から珍しい到来物《とうらいもの》の裾分け、留守にする時には声をかけ、貰い風呂も毎度であった、というふうに親密でしたが、これはあくまで小河内エミと曾根個人との交際ではなく、曾根一家がこぞって小河内エミを歓迎していた、という事であります。

八月二十三日の夜の曾根の行動を詳細に分析しますと、彼は店の前までは出ておりますが、それ以上、つまり道路を横断したり、倉庫事務所へ行ったりはしていない事が明らかになりました。

八時五十分までは、客の応対と家族との雑談で店と茶の間の境にある椅子に坐っていた事は確かであります。この茶の間から、薬局の店内は見透《みとお》しで、当夜茶の間では妻子三人と近所の主婦の一人が西瓜《すいか》などをつっ突きながら饒舌《じょうぜつ》を交わしておりました。八時五十分、曾根は茶の間へ上がり込んで西瓜を食べ始めましたが、間もなく、

「九時だな、店を閉めるか」

と言って、再び店先へ出て行きました。道路にぼんやり突っ立っていたが、やがて店の戸締まりにかかった、という曾根の一挙手一投足を、茶の間にいた近所の主婦が眼の隅で見ていたそうで、曾根は店先から二米《メートル》とは離れなかったと、その主婦は言っております。

そして、そこへ西垣煙草店主が通りかかったのであります。好きな将棋の事であり、戸締まりも途中でほっぽり出した曾根は、店の前の縁台に坐り込んでしまったのでありま す。それから十時過ぎまで、縁台から一歩も動かなかった事は、茶の間にいた者も西垣煙草店主も確認しております。

以上により、二十三日夜、曾根喜助が倉庫事務所に近づくなり、立ち入るなりしなかった事は明白でありますから、彼は小河内エミ変死事件に無関係と見るのが妥当です。

「海野《うんの》刑事」

日南貿易本社で聞き込みを行ないました所、小河内エミに関して次のような風評がありました。

まず小河内エミの交友関係は意外に簡潔でありました。親しい友人は一人もなく、誰とでも通り一ぺんの交際をするという程度です。現在、ボーイ・フレンドの域を出る男関係は皆無であり、一部の噂によると、これは小河内エミが過去において恋愛に失敗し、大打撃を受けた事が原因になり、意識的に男との交誼《こうぎ》を避けていたのだそうであります。

また、小河内エミは非常に酒好きで、アルコール分に対しては全く眼がなく、すすめられればその誘惑には必ず負けたそうであります。酔うとだらしなく、交通事故や階段から転落したりして、二度ばかり怪我をした事があると聞きました。

いわば単純でお人好しな性格であり、際立った男関係もなかった小河内エミが、痴情《ちじょう》怨恨《えんこん》から他人の憎悪を買うような事はない、というのが一般風評の結論であります。

ただ、日南貿易渉外部に勤務する穂積里子とは長い間犬猿の仲であり、特にミス・コンテストに二人揃って有力候補となってからは、事毎《ことごと》に反目《はんもく》し合い、周囲の者が固唾《かたず》を飲むような緊迫した争いを演じたそうであります。

「佐々木《ささき》部長刑事」

その穂積里子は静岡《しずおか》県の製茶店の四女であり、非常に高慢な性格で、交際相手は外国人一辺倒という傾向があったそうです。現在も外国商社の日本駐在員であるフィリピン人オルチスという男と親しく、結婚する予定だと噂されております。

その好みや生活態度も高望みで贅沢だと言われ、アパートの自室にはオルチスに買わせた数々の高級家庭用品を備え付けているそうです。

穂積里子の行動については若干疑わしい点がありました。八月二十三日、彼女は休暇届を出して勤務先を休みましたが、その後も今日までの三日間引き続いて、無届で欠勤しているのであります。

現在、河野《こうの》刑事が神楽坂《かぐらざか》にある穂積里子のアパートへ向かい、彼女の動静を探っておりますので、間もなく、その報告があると思います。

「倉田警部補」

川俣優美子の婚約者内藤邦利には他に恋人がある事が判明しました。それが何と、交通事故で入院中の新洞京子であります。父親の会社の従業員という事で見舞いに行ったのかも知れませんが、浮気な内藤にはミス・コンテスト有力候補者である新洞京子に対する特別な興味があったと思われます。そして、軽薄な彼は一眼で新洞京子に気持ちを奪われたに違いありません。

以上により、内藤邦利は川俣優美子と利害を一つにした準被害者だとは言えなくなり、むしろ川俣優美子との間に軋轢《あつれき》を有する、殺害動機を持った者と解釈出来ます。

しかし、この三角関係は単なる傍系《ぼうけい》のエピソードと考えなければなりません。内藤邦利の二十三日の行動線は、川俣優美子のそれと全く交叉《こうさ》しないのであります。二十三日の午後から夜十一時頃までの彼の行動は明確に事件と無関係である事を立証しております。

従って、二十三日の午後から九時半の帰宅時まで、内藤と出掛けると称して外出していた川俣優美子が何処で誰と何をしていたか、現在のところ不明であります。

さて、川俣優美子変死の直接原因である棚の落下について種々検討を加えましたが、あれを人為的なものとする限り、その手段はただ一つだけである事に気づきました。すなわち、棚の吊り木そのものには細工を施した形跡がありません。また、人知れず二階の部屋へ忍び込んだり、二階の部屋へ外部から侵入したりする事も全く不可能です。とするならば、棚の吊り木に鉤《かぎ》状のものを引っ掛けて、それに接続した綱《つな》を窓から外へ垂らし、海に浮かべた舟からその綱を強く引っ張る、という方法きり考えられないのであります。

しかし、これを実行するには、前もって二階の部屋へ入り、棚の吊り木に鉤を引っ掛けて綱を窓の外へ垂らす、という作業を完了しておかなければなりません。これさえ準備が出来ていれば、川俣優美子は窓を開放したまま就寝する習慣だし、遅くとも九時半には床に入るそうですから、ボートなどを借りて二階の窓の下まで漕ぎ出し、綱を握って時機を待っていればいいわけです。

川俣優美子は強度の近視眼であるから、灰暗い天井近くの物蔭に巧みに鉤を仕掛け、その綱もピンと張っていれば、気づかれない公算は大であります。落下させたのは南側、つまり窓の上についていた棚ですから、綱は部屋の中を走る事なく、すぐ窓外へ出てしまっております。図解しますと、このようになります（次頁参照）。

ボートを窓の真下から少しずらせば、綱は窓を出た瞬間に右へ引っ張られていますから、部屋の内部より窓を見ても、その視界に綱は殆ど入りません。日常の規律を守りたい川俣優美子は、九時半という遅い時間に、二階へ上がるやいなや直ちに寝支度をして睡眠剤を飲み、眼を閉じたに違いありません。近視眼に加えて早く寝ようと焦っていた川俣優美子が、鉤や綱の存在に気づかなかったのはむしろ当然と言うべきでしょう。

海上のボートから二階を監視していれば、そこに一度灯りがつき、川俣優美子の影などがチラついて、間もなく闇に戻ると、その就寝を確認出来ます。そして三十分後の熟睡時を見計らい、綱を思いきり引っ張れば、棚の吊り木はもぎ取れ、引っ掛かりを失った鉤はそのまま流れ落ちます。それは綱を手繰り寄せる事によって回収するわけであります。

もう一度、総体的に図解してみましょう（一八九頁参照）。

私は、これが唯一の人為的手段だと信じております。こうなれば、事前に準備をなし得た者が犯人でなければなりません。そして、なし得た者とは、穂積里子をおいて他にはないのであります。二十三日午後から川俣優美子が外出して後、この二階の部屋に入ったの

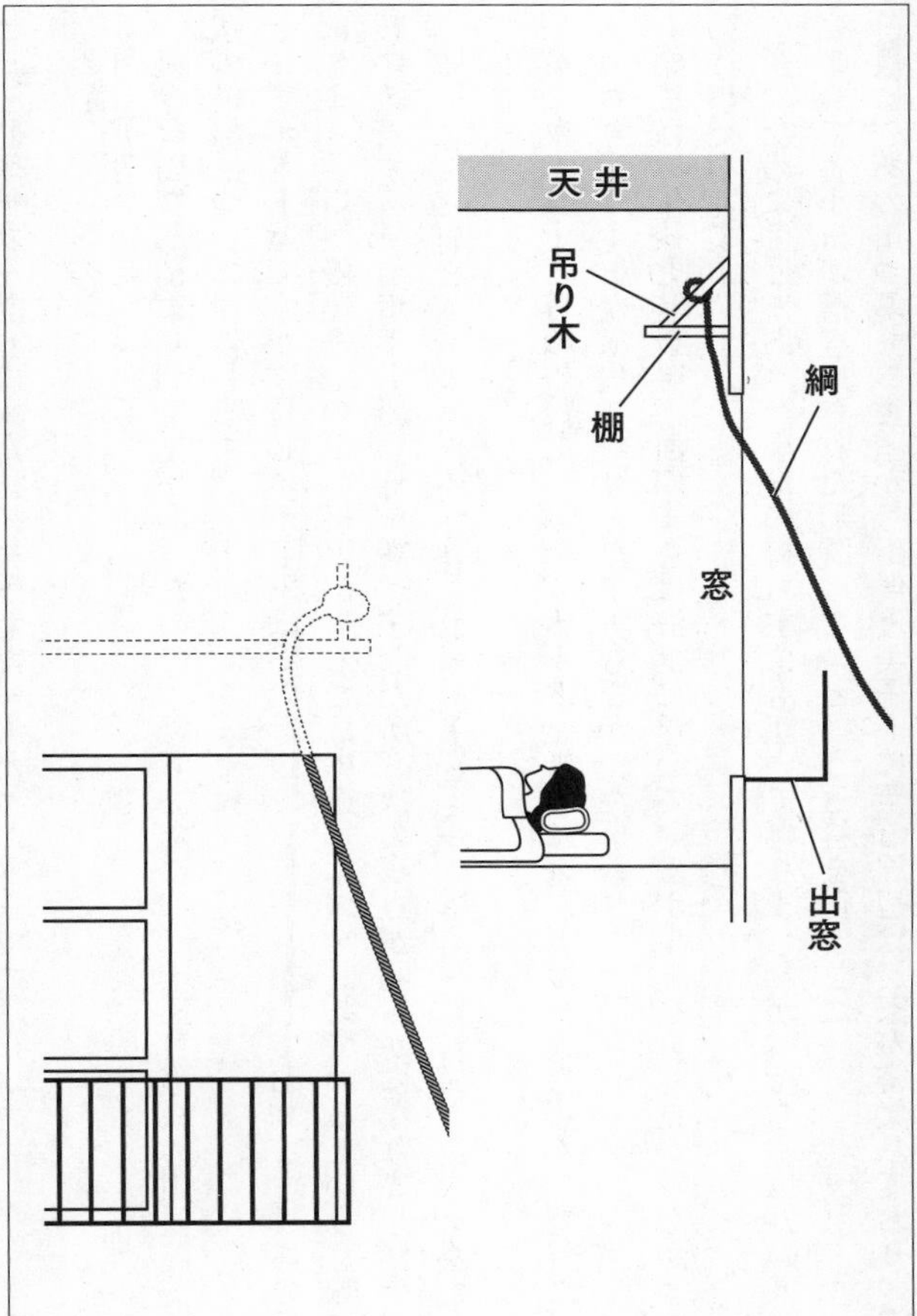
天井
吊り木
棚
綱
窓
出窓

は、三時頃彼女を訪れて来た穂積里子ただ一人だったからです。

「平山《ひらやま》刑事」

只今倉田警部補より御意見があったので、参考までに、二十三日当夜の川俣優美子宅周辺の模様について報告します。

まずボート屋ですが、貸しボート屋はあの近辺で三軒が営業しております。あの近辺とはつまり、川俣優美子宅の下へ接近出来るだけの遊舟水域を許しているという意味で、それに該当する貸しボート屋三軒を調べました所、次の三点が明らかになりました。

第一に、三軒とも営業時間を午後七時で打ち切って、それ以後はボートを全部繋留《けいりゆう》してしまう事。

第二に、二十三日の午後七時以降、ボートを借りに来た者は一人もなく、繋留に異状があったり、ボートが紛失したりした事実もなかった事。

第三は、午後七時以降、河口または海上に浮いているボートを全く見かけなかった、という事であります。

念のために付近にあった小舟の持ち主にも訊いて廻りましたが、持ち主以外の人間の手によって各小舟が漕ぎ出された形跡はないという返答を得ました。

次に、あの川っぷちの長屋から川俣優美子宅に至る周辺は、家が密集しており、家族の

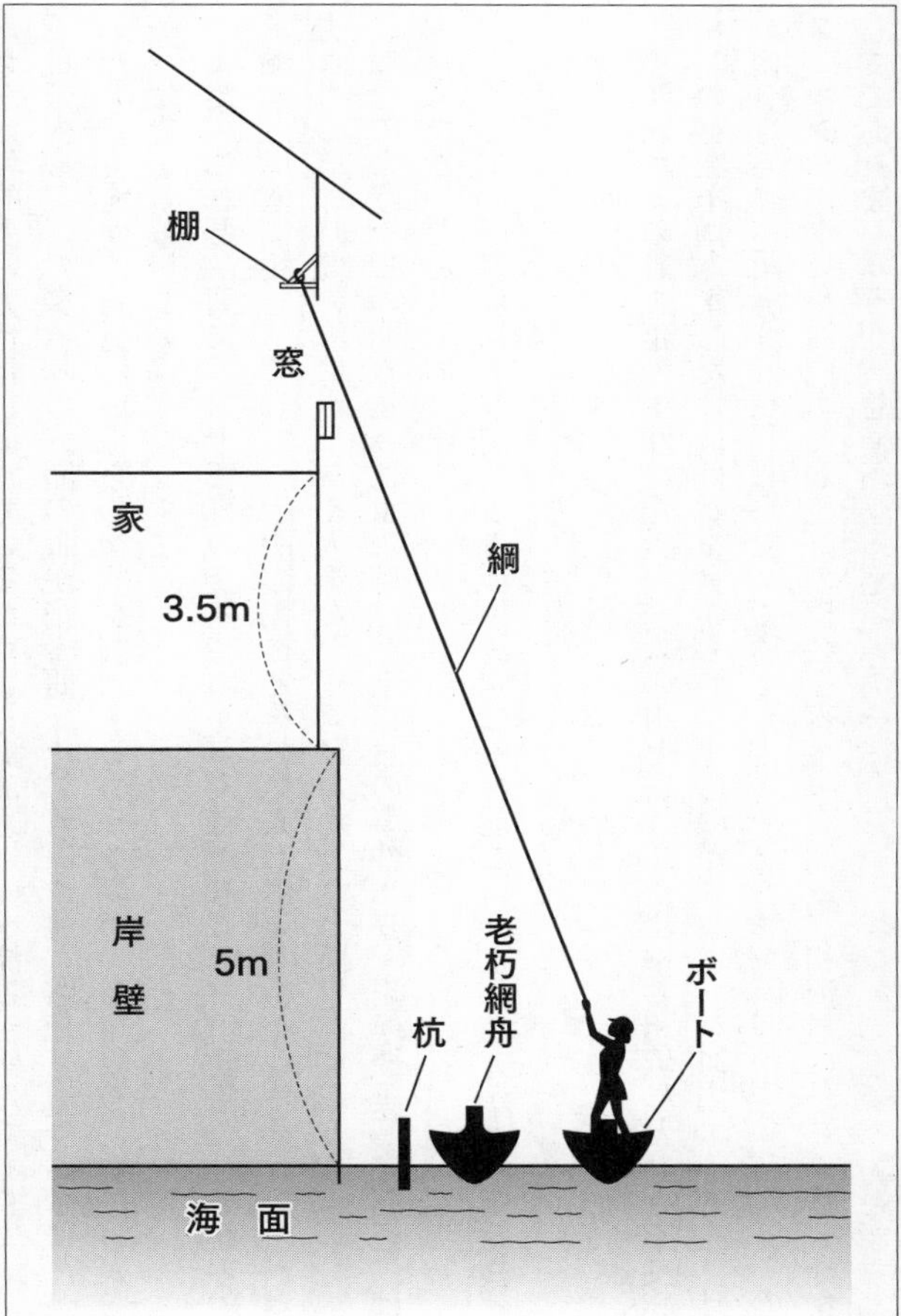
棚
窓
家
3.5m
綱
岸壁
5m
老朽網舟
杭
ボート
海面

人数が比較的多い大世帯が揃っているために、夏は家外の夕涼みが盛んであります。二十三日の夜も、この夕涼みの一団の眼が絶え間なく、河口や海、路地や川っぷちに注がれていたわけですが、物見高い彼らの神経を刺激するような変わった現象も、珍しい人影もなかったそうであります。

また、これとは別に、二十三日の夜九時頃から十時過ぎまで、川俣優美子宅から約二十米離れた岸壁に腰を下ろして、近所の工員とその恋人が海を眺めていたそうですが、この男女も、その時間の海にボートや人影など絶対になかったと断言しております。

以上のような私の聞き込みによれば、二十三日の事件当夜、川俣優美子宅周辺には何の別状もなかったわけであります。

従って、倉田警部補の推測による仮説設定は不可能と言うより仕方がありません。

「岸田井刑事」

小河内エミの二十年の生涯でたった一人の男と言う事が出来る相沢昌という不良バンドマンの存在を掴みました。彼は女を食いものにするのが副業で、小河内エミも三カ月間その餌食になった事がありました。その後、一年以上も絶縁しておりましたが、この度ミス・コンテストで小河内エミが絶好の機会を得た事を知り、相沢昌は恐らく甘い汁を期待してでありましょうが、急遽《きゆうきよ》復縁を迫ったのです。

八月二十三日、日南貿易品川倉庫の事務所に現われた若い男は、この相沢昌でした。そして、それと察した小河内エミは腐れ縁の唯一の証拠である二人の記念写真を、酔いにまぎれてガス・コンロで燃やしたのだと思われます。

しかし、この相沢昌も、先程の倉田警部補の報告にあった内藤邦利と同じように、直接事件に対する存在価値はないのであります。二十三日の午後に品川倉庫の事務所を訪れたのは、ただそれだけの事であって、小河内エミの変死に何の繋がりもありません。相沢昌には、キャバレーのステージでドラムを叩いていたという確固たるアリバイがあるのです。

ただ、私はこの相沢昌の言葉から、形にならなかった一つの矛盾をはっきり嚙みしめる事が出来ました。それは、小河内エミの葬式にも川俣優美子のそれにも、穂積里子が顔を見せなかったという事実であります。

しかも、佐々木部長刑事の報告にもあったように、穂積里子が二十三日来、会社へも姿を現わしていないとするならば、この彼女の一連の奇怪な行動は最早《もはや》、矛盾と言うだけでは済まされないと思います。

淡々とした口調で、岸田井刑事が喋り終わった時だった。池田捜査主任の眼の前に置かれた電話がキーンと背筋を突っ張らせるように、部屋の空気を裂いた。

「河野君からだ」

と、一言呟いたっきり、池田捜査主任は受話器を耳にあてて沈黙した。河野刑事の報告を聞いているのである。一同の視線はその池田捜査主任の顔に集中した。

「うん……すぐ行く」

そう言って捜査主任は電話を切った。待っていたとばかり、テーブルの上の幾つもの拳が一斉に握りしめられた。

「それぞれの報告や意見を聞いていて、ある一つの現象に気がついたのだが……」

と、捜査主任は重々しく言った。

「それは、的に向かって放たれた矢のように諸君の関心が放射線状に穂積里子に集中している事だ」

と言う顔に電灯の光を遮る隈が躍った。見上げると、蛾《が》が一匹電球に纏《まと》いついている。撒きちらす粉が銀砂のように光って舞った。

「河野君からの連絡も、諸君の考えを裏付けている」

捜査主任はその蛾を睨めながら続けた。

「穂積里子は、二十三日午後六時頃に姿を消したまま、神楽坂のアパートへは戻っていない」

誰かの椅子がガタンと音をたてた。

「河野君から、穂積里子の部屋をガサッてもいいか、と言って来たが、どうやら特別捜査班の進むべき方向は一致しているらしい。これから神楽坂へ行く事にする。佐々木君と、藤岡君は連絡のために此処へ残留だ。誰か廊下へ出て記者さんの姿を確かめてくれ」

そう言い終わった時、池田捜査主任はもう立ち上がっていた。そしてタオルにヤカンのお茶をぶっかけると、それで襟から頸筋へかけてグイと汗を拭い取った。

岸田井刑事が部屋のドアの前で手を振って見せた。捜査主任はテーブルの上に落ちた蛾を指先ではじき飛ばしてから、ドアへ向かって歩き出した。その面持ちに微かな緊張を漂わせた一同が、無言で捜査主任に続いた。

穂積里子のアパート「南平荘《なんぺいそう》」は飯田橋から約十五分、神楽坂の高台にあった。

「特別捜査班」の一行が「南平荘」に到着した時は十時少し前であった。シャツとステテコの管理人が、河野刑事の前で不安そうな顔をしていた。その不安そうな顔は、「特別捜査班」一行がアパートの入口に現われると、本物の不安の顔に変わった。

「夜分お騒がせします」

池田捜査主任はニコリともせず管理人にそう言った。

「はあ……」

三十前後の気弱そうな管理人は、オドオドしながら立ち上がった。女房が建てたアパートの管理人をやらして貰っているような感じの男だった。

「穂積里子が姿を消したそうですな」

「はあ、二十三日の夕方から……」

「今までにもこういう事はありましたか？」

「は……？」

「つまり、行く先も告げずに旅行したり、二、三日帰って来なかったり、そんな事があったかと訊いているんです」

「いいえ、そんな……」

「今度が初めてというわけですな」

「はあ」

二人の会話には、人力車とジェット機ほどの相違があった。池田捜査主任の口のききようは捜査一課でも評判の鋭さだったし、この管理人は漠として摑み所がないような喋り方なのである。

「穂積里子は二十三日の何時頃出掛けたのです？」

捜査主任は二階へ通ずる階段に眼をやりながら訊いた。

「それが……よくわからないんですが」

管理人は管理人室のガラスを指先でこすっていたが、その動作をやめて答えた。

「だって今、貴方は二十三日の夕方からいなくなった、と言ったじゃないですか」

「はあ、そうだろうと思うんです」

「どんな服装でしたか？　荷物を持っていたか気がつきませんでしたか？」

「いいえ……あの、出掛ける所を見たわけじゃないんです」

「ほう……。じゃあ、どうして姿を消したと言われたんです？」

「あのう……私は別に出入りする人をいちいち監視してはおりません。アパートの部屋数は十五もありますし、三十人の人間が住んでいるのですから。それに、この正面入口からでなくとも、裏口からも非常階段からも自由に出入り出来ます」

「それがどうしたのです？」

「だから、出て行く姿を直接見なくても、いなくなれば、その人は出掛けたまま戻って来ないのだ、と私は思ってしまいます」

漸《ようや》く管理人が言わんとする事が通じたらしく、池田捜査主任は小刻みに頷いた。

「では、穂積里子が出掛けたのが二十三日の夕方だ、という貴方の判断はどういう根拠に基づいているのですか？」

「はあ……」

くどくどしい管理人の話を要領よくまとめると、その根拠というのはこうであった。

八月二十三日の午後六時頃、管理人室へ、穂積里子は外出したのか、と声をかけた女があった。どうだかわからない、と答えると、女はさっさと二階へ上がって行った。だが、直ぐまた、その女が引き返して来て、今度は、穂積里子の部屋に鍵がかかってしまったから、開けて貰えないか、と頼むのである。わけのわからない話なので、管理人は詳しい事情を女から訊いた。

その女は非常階段から穂積里子の部屋を訪れた。ドアをノックすると、返事はなかったが、ドアが自然に開いた。室内へ入ってみると、穂積里子の姿はないが、どうも外出しているような様子もない。女は念のために、管理人の所へ来て、穂積里子は外出したのか訊いてみたのである。だが、管理人がわからないと答えたので、女は諦めて帰るつもりで、穂積里子の部屋へ引き返した。先刻室内へ入った時、ハンドバッグをテーブルの上に置いて来たからである。しかし、穂積里子の部屋のドアには、どうした事か鍵がかかってしまっていた。ほんの少し前には人影もなく、ドアに鍵もかかっていなかった部屋だったのに、管理人の所へ穂積里子の外出を確かめに来ている間に、突如として鍵がかけられてしまった、というわけである。

「しかし、その女が、自分で言う通り六時頃アパートへ来たものか、それとも、それ以前から穂積里子の部屋にいたものか、判断は出来ないわけでしょうな」

と、池田捜査主任は眼を熱っぽくした。

「ええ。でも、ハンドバッグが部屋の中に置いてあるし、ドアを開けて貰わなければ困ると言うので、合鍵を用意して私も一緒に穂積さんの部屋へ行ってみましたが、確かにドアには鍵がかけてありました」

「その女が自分で鍵をかけた、とも考えられる……」

「それなら、どうしてハンドバッグをわざわざ部屋の中へ置いといて、私の所へ開けてくれなんて言いに来たんです！」

管理人も、つい推理につり込まれて、そう言った。

「つまり、女自身が六時頃アパートを訪れて来て、その時は穂積里子の姿がなかったという事を強調するためです」

捜査主任は面倒臭そうに説明してから、思いなおしたように訊いた。

「で、穂積里子はその頃、本当にアパートにいたのだ、と貴方は思ってるんですか？」

「ええ。後で知ったのですが、五時四十分頃にラーメンを二つ届けに来た中華そば屋の出前持ちが、あの部屋で穂積さん自身にラーメンを手渡しているのです。だから、その時刻までは、穂積さんは確かに部屋にいたのです」

「ラーメンを二つ……」

「恐らく客がいたのでしょうね。その穂積さんが煙のように消えてしまったんですからね」

「貴方は、その女に部屋を開けてくれと言われた時、一緒に室内へ入ってみましたか？」

「ええ、その女のハンドバッグを取り出すためにね。成る程テーブルの上にラーメンの空《から》丼《どんぶり》が二つ置いてありましたよ」

「別に部屋の中に異状はなかったのですね」

「別に気がつきませんでした、乱れている様子もなかったし。ただ部屋の中には誰もいなかった事だけは確かです」

「その女客に挙動不審な点はありませんでしたかね？」

「というのは……例えば……」

「態度が芝居じみている、とかね」

「そうは思いませんでした。部屋の中にあったハンドバッグを受け取ると、女は困惑しきった顔で帰って行きましたし、また穂積さんって人は、その位の身勝手をやりかねない女ですからね。都合によっては、客のハンドバッグを部屋の中へ閉じ込めたまま、さっさと姿を消す芸当なんて朝飯前でしょう」

「穂積里子は平常裏口から出掛けますか？」

「非常階段から出入りしていたようです」

「で、その二十三日の夕方に姿を消したっきり穂積里子は帰って来てない、と言うわけですな」

「私も二度ばかり声をかけたし、近所の中華料理屋からとった例のラーメンですが、何回その器を貰いに来ても廊下に出してない、ドアを叩いても返事がない、と出前持ちがこぼすんです。他の部屋の人に訊いてみても、穂積さんを見かけた人はいないしね」

「穂積里子の部屋の鍵は失くなっていましたか？」

「勿論です。内側から差し込んでもありませんでした。つまり、穂積さん自身が外からドアに鍵をかけ、その鍵を持ったまま外出したという普段のドアの状態と同じでしょう」

「例の女客の記憶、確かでしょうな」

「ええ、何しろ綺麗な人でしたから」

　客が訪れて来た時は姿を見せず、その客がちょっと席をはずした隙《すき》に、その持ち物を室内に残したままドアに鍵をかけて行方をくらまし、それっきり帰って来ない、という穂積里子の行動は唐突で奇怪過ぎる。明晰《めいせき》な判断を下せないまま、捜査主任はくわえたホープのフィルターを前歯で噛んで、背後の一同の意見を求めるように、ゆっくりと振り向いた。

「部屋の中にいるとしたら、当然死体でしょうな」

　と倉田警部補が言った。「死体」という言葉に管理人が血相を変えた。

「しかし、この暑さですからねえ、腐敗は早いですよ。悪臭がアパート中に拡がるはずでしょう」

　平山刑事がそう反駁《はんばく》した。

「では逃亡……ですか」

と、岸田井刑事が天井を仰ぎながら、呟いた。誰も何も言わなかった。岸田井刑事の言葉を黙殺したわけではない。逃亡ならば——穂積里子は、小河内エミと川俣優美子の死亡に重大な作用をもたらした人間、ひいては計画殺人の犯人である、と一様に考えていたのである。二十三日の夕方六時頃に姿を消したならば、それから穂積里子は小河内エミを訪れた客にもなり得たし、十時頃X方法により川俣優美子の頭の上へ棚の物を浴びせかける事も出来たはずである。

「行方不明すなわち逃亡とは限りませんよ。呼び出されて、何処かで殺されているかも知れません」

と、河野刑事が言った。

「うん……」

池田捜査主任は嚙んでいたフィルターをペッとはき出して頷いた。

「穂積里子が逃亡するわけがないからな」

「しかし、犯人だとしたら——」

と言いかける平山刑事を抑えて、捜査主任は不機嫌そうに続けた。

「怨恨物盗りとは違うんだ。穂積里子が犯人ならば、好敵手を葬《ほうむ》ったというのがその動機じゃないか。実行してから逃亡する位なら、最初からそんな無駄な殺しなどしないよ」

一行は黙り込んだ。管理人室の大時計の振り子の音だけが、異様に大きく響いていた。

「とにかく穂積里子の部屋を……」

と、倉田警部補がその大時計を横目で見てから一歩進み出た。

池田捜査主任は意を決したように、管理人の方へ向きなおった。

「一応二階の七号室を見せて貰いましょう。管理人用の合鍵、ありますね」

「でも、あのう……もう遅いですし、他の部屋の人達にも……」

蒼黒く顔色を変えながら、そう言って管理人は迷惑そうに表情を歪めた。

「静かにやるし、迷惑はかけません」

捜査主任は厳然と言いきった。

「あの、令状か何か――」

「ありません。しかし事は重大です。一切の責任は私が負いますから」

と言って、捜査主任は名刺を一枚抜き、管理人の手に押しつけた。それに威圧されたのか、管理人は眼を瞬《しばたた》いて後ずさった。

一行は靴音に気を配りながら階段を上り、二階の廊下を歩いた。七号室は鉤型《かぎがた》に折れた廊下の突き当たりにあった。「穂積里子」と印刷した女性用の小型名刺が、ドアの脇に貼りつけてあった。

怖気《おじけ》づいたように突っ立っている管理人の手から鍵を取った平山刑事が、それを鍵穴に差し込んだ。カチカチと音がして、張りつめたような一行の視線が、それに集中した。

ドアが甲高《かんだか》く軋《きし》って開いた。

「貴方も立ち会って下さいよ」

と、管理人に囁いて、捜査主任は部屋へ入って行った。それに続く誰もが、咳一つ抑制するように無言だった。眼だけが忙しく部屋中を舐め廻した。

三坪ばかりの洋間である。一行が靴をぬぐと、入口のコンクリートの部分は一杯になってしまった。南側一面の大きな窓は閉まっているし、部屋は全く乱れていなかった。奥のカーテンが半分引かれていて、小さな台所が見えている。水道の蛇口から水滴がポトポトと落ちていた。台所の隣りが水洗便所で、開いてみたが、勿論空っぽだった。穂積里子の部屋はこれで全てである。

何事もなかった——と、入口に立《た》ち竦《すく》んでいた管理人がホッとしたように上《あ》がり框《がまち》に腰を下ろした。変事も悪臭もなかった。

「いませんね……」

指先でテーブルの上を一こすりした倉田警部補が初めて口を開いた。その指先は黒く汚れた。埃はそう厚くはないが、万遍《まんべん》なく溜まっている。二、三日、人の動きがなかった事を証明している。

「待てよ。みんな足をとめてくれ」

突如、池田捜査主任が鋭い声で言った。動き廻っていた一同が静止すると、部屋は一瞬海底のようにひっそりとなった。

「音がしないか……」

と、捜査主任が小声で言った。

クーン――という連続音が、低く空気を揺るがせていた。微かだったが、高圧電線の唸りのようなその音波の発生源は、この室内にあるに違いなかった。

誰も動こうとはしなかった。しばらくは、その音に耳を傾け続けていた。

「あれだ！」

河野刑事がそう叫んで、部屋の一隅を指さした。其処《そこ》には、白い大型の電気冷蔵庫が、新品らしく輝くばかりの肌に蛍光灯の光を反射させて、冷然と据えられてあった。

「スイッチを入れっぱなしなんだ」

という捜査主任の言葉が終わるか終わらない中に、駈け寄った岸田井刑事の手によって冷蔵庫はパックリと口を開いた。

「わあっ――！」

管理人がその中を真面に覗き込んで名状《めいじょう》し難《がた》い声の絶叫を発した。百戦錬磨の刑事達も思わず胸のあたりで息をとめ、眼を剝《む》いて冷蔵庫の中を瞶《みつ》めた。

三段に仕切られているはずの棚はそっくり取り除かれており、冷蔵庫一杯にノースリーブのブラウス、ショート・パンツ姿の若い女が詰まっていた。その頬のあたりに薄く氷の結晶が見えて、死体という言葉から連想する醜悪さは少しもなかったが、それだけに今にもムックリと冷蔵庫から抜け出て来そうな、不気味な印象を与えた。

「穂積里子に間違いありません」

と、誰に言うともなく河野刑事が呟いた。

9

もう夜中に近かったが、「南平荘」は蜂の巣を突っついたような騒ぎであった。正面入口には数台の自動車が停まって、制服警官が物々しく出入りを拒《こば》んで立っていた。アパートの住人達は部屋から出る事を禁じられていたが、一階の者は寝巻姿で階段の下へ集まって怖々と二階を仰いでいるし、二階の各部屋のドアは半開きになって重なるように顔が覗いていた。

七号室は「捜一」とか「鑑識」とか書いた腕章をつけている係官で、溢《あふ》れんばかりだった。唇の色まで失った管理人が、その中で放心したように人の動きを見やっていた。

「死亡推定時刻は？　大ざっぱに言って」

池田捜査主任が鑑識課員の一人を捉えて訊いた。

「むずかしいですね。解剖と先生の判定を待つより仕方ありません」

その鑑識課員は若いのに似ず分別臭そうな顔で答えた。

「死因は？」

「窒息死でしょう。外傷はないですよ」

「凍死って事は？」

「考えられません。地球上の空気は普通〇・〇三パーセントの炭酸ガスを含んでますが、この炭酸ガスの量が〇・一パーセント以上になると、人間は呼吸が苦しくなって頭痛がしたり、顔色を変えたりします。そして炭酸ガスが〇・五パーセントから〇・七パーセントにもなると、我々は眩暈《めまい》を起こし、長く呼吸すると窒息します。で、この電気冷蔵庫の大きさですと、中にいる人間の呼吸回数が一分間に二十四回として、一分間で炭酸ガスの量は約三パーセント、三分間で七パーセント、それ以上過ぎれば危険状態でしょう。従って、凍死するより、窒息死の方が早いのです」

「最終的な鑑識結果はいつわかるかな」

「さあ、明日の午後でしょうね」

「それまで待っていられない」

と、池田捜査主任は不満の表情で言った。

「特別捜査班」の一行も、その不満に同調するように頷いた。

「しかしですね」

と、鑑識課員が言った。

「死亡推定時は状況判断でも割り出せるでしょう。冷蔵庫の中に嘔吐物《おうとぶつ》がありましたが、これは被害者が苦しがって吐いたのに違いありません。その嘔吐物はラーメンです。そして殆ど消化されてません。つまりラーメンを食べた直後に冷蔵庫で死亡したわけです」

その言葉に、一行の眼は傍の卓上へと飛んだ。そこには、汁だけ残ったラーメンの丼が二個、割箸《わりばし》と一緒に放置されてあった。

「河野君——」

と、捜査主任が目顔で何事か命じた。河野刑事は頷いて、管理人に近づき、二、三の言葉を交わしたが、間もなく部屋を出て行った。

穂積里子は、九分通り他殺と考えられた。電気冷蔵庫はまだ一度も使用してない新品である事は明らかで、三段階に差し込める金属製の網棚は引き抜かれて冷蔵庫の上に載せてあった。すっかり空洞にしたその内部へスッポリ入ってしまったら、押しても叩いてもビクともしないし、内部から開けようのない扉だし、穂積里子は完全に閉じ籠められてしまう。密閉された鉄製の小さな箱である。泣こうと喚《わめ》こうと声は洩れないし、暴れて息遣いが多くなれば、それだけ窒息死への時期を早めただろう。

ただ、里子を冷蔵庫へ押し込む手段が、問題である。余裕のある空洞ではなし、そう簡単に里子を押し込む事は出来ない。予測されるのは、ある程度里子の身体の自由を奪ってから押し込んだという事である。また、巧みな口実を設けて、里子が自分から冷蔵庫の中へ入るように仕向けたか、最も押し込み易い体勢をとらせたか、とも考えられる。

「しかし、冷蔵庫で殺害するとは奇妙な方法を考えたものですね」

と、平山刑事が言った。

「奇妙でなくて巧妙だよ」

池田捜査主任は、舌うちをして答えた。

「被害者の悲鳴や物音は全く聞こえない。血痕を付着させずに済むし、凶器も不要だ、手掛かりを残す心配はなく、死体発見を遅らせるという、こんな世話のかからない百点満点の殺害方法は少ないよ」

「それに死亡推定時を多少でも狂わせる、という効果もあります」

「死後に起こる人体の変化は、体内にある酵素による分解作用で、この反応は十度から六十度の温度内で行なわれるわけです。従って、あまり高温であったり、この冷蔵庫のように低温である場合は、その反応速度が違って来ますから、死亡推定時の判定が面倒になるのです」

「考えやがった……」

若い平山刑事が、姿なき殺人者に立ち向かうように、怒りの呟きを低く口走った。

窓から、走って行く玩具のような国電が見下ろせた。終電車らしく、一直線となった灯影に黒々と詰まった人の姿があった。

七号室を出て階段の方向へ曲がろうとする角にある電話を使っていた海野刑事が、頭を掻《か》きながら戻って来た。

「いやあ、この夜更けにそんな電話をかけて来るとは何事だ、と大分ゴネられました」

「で、わかったかね」

捜査主任は海野刑事のぼやきなど斟酌《しんしやく》せずに報告を促した。

「はあ。ここへ届けたのはやっぱり八月二十二日の午後だそうです。鈴木電機商会《すずきでんきしようかい》の社員が三名、運送屋と一緒に来て、この部屋へ運び込んだそうで、管理人の言う事と一致しています」

「よくそのドアから入ったな」

「いや、こっちの南側の窓から運び込んだのだそうです」

「贈り主は？」

「やはりオルチスというフィリピン人です」

「電気冷蔵庫が揃えば、穂積里子も文句はなかったろう」

と、池田捜査主任は完璧に近い室内の電気器具設備を見廻した。

《俺の家にもあるものはトースターと扇風機ぐらいだ。よくもこれだけ買わせたな》

自嘲や羨望《せんぼう》や非難ではなかった。彼は心底から改めて驚嘆したのである。

「ところが妙な事が一つあるんです」

と、海野刑事が言いたした。

「オルチスが鈴木商会へ現われて電気冷蔵庫を注文したのは、八月初旬でしたが、八月十四日になって、女と別れたから冷蔵庫はいらなくなったと断わって来たそうです」

「別れたって？　じゃあ、この冷蔵庫はどうして届けられたんだ」

「その点なんです。八月二十日になって再び必要になったから、八月二十二日にこのアパートへ届けるように、とオルチスから電話連絡があったというのです」

「オルチス自身からの電話かね」

「いや代理の者だった、と記憶しているそうです。代金は来月支払うという約束ですが、鈴木商会の方も顔見知りでお得意さんのオルチスの注文だからと、それを承知したという話です。だが妙なのは、二度目の注文は最初の注文と電気冷蔵庫の型が違ってしまった事なんです」

「どう違ったのかね」

「最初のオルチスの注文の時は、N―二〇〇型という内容積二〇五リットルの冷蔵庫を指定して行ったのですが、二度目の電話注文では、内容積三〇〇リットルの大型に変更したのだそうです」

「何だって！」

捜査主任はキリッと眉をつり上げた。

「前のやつは家庭用ですが、三〇〇リットルの冷蔵庫となると、パン屋とか学校給食などに使う、いわば業務用向きの大型で、普通のアパート生活なのに何故こんな大きいのを必要とするのか、鈴木商会でも不思議に思ったそうです」

刑事達は一様に唸った。この聞き込みは重大である。家庭用の冷蔵庫では人間一人を押し込むのは困難だが、この高さ一米六十糎の大型なら、あらかじめ身体の自由を奪うかして、はずみさえうまくつけば、穂積里子を呑み込む事は可能である。すなわち、大型冷蔵庫を注文した者こそ殺人を企図した犯人と言う事が出来る。

オルチスが穂積里子へ冷蔵庫を贈る事を知って、巧《たく》みにそれに乗じ、殺人道具としてこのアパートの部屋へ送り込んだに違いなかった。勿論オルチスの代理である事など出鱈目《でたらめ》で、その電話注文の主が犯人自身であろう。

その時だった。

「鍵がありました！」

という岸田井刑事の声が聞こえた。

「何処にだ？」

捜査主任は怒鳴り返した。

「新聞受けの中です」

と、岸田井刑事がドアの脇にある新聞受けから、ゴッソリと溜まった新聞を引っ張り出しながら答えた。

溜まった新聞は朝刊夕刊合わせて七回分あった。いちばん下のが八月二十三日付の夕刊であり、その上に二十六日の夕刊までが順に重なっていた。最後のは、新聞配達が無理に押し込んだとみえて、破れたり捩《ねじ》れたりしていた。

「鍵はいちばん下の二十三日の夕刊の間に入ってました」

老練の岸田井刑事も、さすがに頰を紅潮させて言った。

「どの新聞も手付かずだな」

「そうらしいですね」

「すると、穂積里子は二十三日の夕刊から読んでなかった事になる。鍵は犯人がドアの外からかけて、新聞受けに投げ込んだのだ。鍵を室内へ入れて置く事によって、あわよくば穂積里子の死が自殺だと判断されるよう望んだのだろう。馬鹿野郎、そんな幼稚な細工が墓穴を掘る結果になるのさ」

「その鍵が二十三日の夕刊の間に入っていた事は……」

「そうだよ。犯人がこの部屋を出たのは、二十三日の夕刊が配達されてから二十四日の朝刊が配達されるまでの間という事になる。それも、二十三日の夕刊が手付かずなのだから、その夕刊が配達されて間もなく、と見るべきだろう」

いつの間にかその新聞の束の周囲に集まった係官達は、眼前の霧が晴れて行くのを見るように、会心《かいしん》の笑みを洩らして佇んだ。卓上に拡げたハンケチの上の小さな鍵が、謎を解く鍵のように鈍く銀色に光っていた。

その係官達の輪を断って、帰って来た河野刑事が割り込んだ。

「御苦労さん」

池田捜査主任が期待をこめて、それを迎えた。

「神楽坂の通りへ出た所の山水亭《さんすいてい》という中華料理屋です。穂積里子はお得意だったそうですが、ラーメンの注文は二つ、八月二十三日午後五時三十分頃、穂積里子の声の電話で頼まれて、五時四十分頃にこの部屋へ届けたそうです」

「受け取ったのは？」

「ドアの所で穂積里子自身が受け取りました。ショート・パンツ姿だったそうです。客は一人でしたが、出前持ちはチラッと見ただけで具体的な印象はないし、ドアの蔭《かげ》で上半身は隠れていた、と言ってますが、ただ入口にキチンと揃えた白いハイヒールがあり、椅子に腰かけた客の下半身は肉付きのいい白いタイト・スカートで綺麗な脚が見えたから、女の客だった事は間違いないそうです。そして、出前持ちがドアをしめようとした時には、既に二人ともラーメンを食べ始めていたという事です。八時頃になって、空の丼と代金を貰いに来たのですが、その時はもう部屋に人がいる気配はなく、それから日に一度ずつ来たそうですが、鍵穴から覗いても部屋の中には少しも変化のない様子だったとの事です」

河野刑事は一気に報告した。その間、部屋には潮騒《しおさい》のような響動《どよめき》が拡がり、やがてそれは静かなる緊迫感に変わった。

二十三日の午後五時四十分頃、ラーメンを運んだ出前持ちが目撃したこの部屋の女客と言えば、六時頃アパートの管理人に穂積里子が外出したものかどうか尋《たず》ねた若い美貌の女である事は、ほぼ間違いなかった。

「どうです！」

捜査主任が、幽霊のように悄然《しょうぜん》と突っ立っている管理人を振り返った。

「ええ、その女も確か白いハイヒールを……」

管理人はかすれた声で肯定した。

穂積里子は女客と一緒にラーメンを食べ、それと同じラーメンを殆ど消化せずに冷蔵庫の中で嘔吐している。しかも、その嘔吐物の中から睡眠剤と思われる薬物が検出《けんしゅつ》された。睡眠剤によりある程度、身体の自由を奪っておき、冷蔵庫内へ押し込む――これが穂積里子殺害事件である事は明らかである。

倉田警部補が管理人の眼の前に、九人のミス候補の写真を並べた。管理人は丹念に、端から写真を睨みつけた。

「これです、女客はこの女でした」

管理人の指が、清楚な美女の写真の上に置かれて、一斉に集中する係官達の視線を浴びた。

「杉静子だ——二葉電機事務員の」

直感が狂った時のようにやや戸惑った口調で、倉田警部補は言った。

10

白々と夜が明けて、今日もまたその猛暑を予告するかのように、茫邈《ぼうばく》と緑色に拡がった空の、うっすらと頼りないただ一片の雲の縁がほんのりと紅色に染まる頃、まだ乳色の靄《もや》に包まれている神楽坂警察署に「ミスＯＬ候補殺人事件特別捜査本部」が設置された。「特別捜査班」は勿論その主力として編入され、いよいよ公式の捜査活動を許されたのである。

捜査本部の壁には、二米四方の大きな紙が貼られて、それに墨汁で黒々と図解がしてあった。それを見るどの眼も充血していたが、困憊《こんぱい》の曇りや鈍さは全くなく、むしろ爛々《らんらん》と生きていた。

図解とは左（次頁参照）のようなものであった。

ミス全国ＯＬの最有力候補五名の中の四名までが死傷した。しかも、その中の三名は、

●穂積里子

8月23日午後
1時　アパートで過ごす
2時　外出する
3時　川俣優美子を訪れる
4時
5時　アパートへ帰る
　　杉静子が訪れる
6時　死　亡
7時
8時
9時
10時
11時

●川俣優美子

1時〜　内藤邦利と一緒に出掛けると称して外出する
　　穂積里子が訪れる
　　この間の行動先不明
9時　帰　宅
10時　就寝中、棚が崩壊する
11時　死　亡

●小河内エミ

1時〜　勤務先で平常通り執務
3時　相沢昌が訪れる
4時　平常通り執務
5時　この間の詳細不明
　　ただし、外出したものと推察出来る
7時　来　客
　　この間、酒を飲んでいた
9時　戸締まりした
10時　この間に死亡

八月二十三日の夕方から五時間余りの間に連続して死亡した。もう偶発事故とか過失死とか、見る人の錯覚《さっかく》を招く表面的な錯綜《さくそう》に惑わされる必要はなかった。

ただ皮肉だったのは、「特捜班」がその追及を期していた穂積里子が、実はいちばん最初に死亡していたという事実である。死人の穂積里子が他人の葬式に顔を出すわけがなかったし、また既にこの世の者でなかった里子が小河内エミや川俣優美子に害を加えるはずもなく、彼女はこれ以上ないアリバイを持っていたのである。

しかし、事態がここまで発展すれば、総体的な眺望は容易になる。

払暁《ふつぎょう》に開かれた第一回の捜査会議でも、この連続殺人事件は、計画的な一連の行為であり、六時に穂積里子を、九時に小河内エミを、十時に川俣優美子を、それぞれ順次に殺害した単独犯行を認める、という捜査方針が決定された。

三人にはそれぞれ、相離反するか、またそれに準ずる男関係があり、一つ一つを取り上げてみれば、稀薄《きはく》ではあるが、殺害の動機も皆無ではない。だが現実的にその男達を「黒」とすべき要素は発見されていない。

それに、五時間内に限定された八月二十三日夜、足並みを揃えて三組の男女が絶望的な争いを演じた、とこのような暗合は考えられない。

三人殺しの犯人は一人である。犯人の企図する成果は、言わずと知れたミス全国ＯＬの栄冠を自分の指定する者の頭上に戴《いただ》かせるために、事を有利に展開させようというのだ。

そのために、小河内エミも川俣優美子も事故死と見せかけなければならなかったし、穂積里子の場合も歴然とした他殺と見られないように苦心している。犯人が最も期待したのは「三人とも事故死」と解釈される事だろうが、そうなれば儲《もう》け物であり、最悪の場合でも「小河内エミと川俣優美子を殺したのは穂積里子で、穂積里子はその後、殺人の恐怖に苛《さいな》まれて自殺した」と当局なり世間なりが判断してくれる事ではなかったか。従って、穂積里子が最初の犠牲者である事を誤魔化そうと電気冷蔵庫なる手段を考え出したのではなかったか。

もう一つの特徴は、三人殺しとも自らの手を血で汚すような凶行を避けている事だ。また刺殺、撲殺《ぼくさつ》、絞殺《こうさつ》などという直接被害者の肉体に手を下すような事をせずに、いずれも何か媒介物を応用して殺害を計っている。

この共通の特徴から言える事が四点ある。その一は、出来るだけ偶発事故を偽装《ぎそう》しようと心掛けている。その二は、その場で殺意を生ずるような報復や激怒といった、感情的または心神喪失状態の犯行ではなく、練り上げた計画殺人である。第三点は、殺人という重労働に対して体力的に自信がなく、凄惨《せいさん》な殺害方法を嫌悪し、また非常に繊細な心算と精《せい》慮《りょ》に基づいている、という一面から解義《かいぎ》すれば、犯人は女子と思われる。その四は、それらの共通点が、計画犯行者が同一人物である事を証明している。

とりあえず捜査線上に黒点となって炙《あぶ》り出《だ》されるのは杉静子と新洞京子、およびその関係者である。ミス全国ＯＬコンテストの上位を占める東京代表五名の中、三名が失格すれば、残った杉静子か新洞京子が利益を独占するからであり、五人は互いに生活状況や習癖、性格に精通しており、犯行計画を容易にたてる事が出来たはずだからだ。

特に杉静子は、穂積里子の死亡時刻に現場またはその付近にいた事が確実である。また小河内エミを中国酒と鳥肉持参で訪れた客は現在のところ女だった公算大であるが、それが杉静子であっても可笑《おか》しくない。五時五十分頃、穂積里子を冷蔵庫へ詰め込んだ杉静子は、アパートの管理人を対象に穂積里子が行方不明となったような認識を与える演技をしてから、神楽坂を後に品川へ直行した。とすれば七時頃には品川倉庫事務所の小河内エミの仮住居へ客となって姿を現わせたわけである。九時に小河内エミ訪問の目的を達すると、今度は大森海岸の川俣優美子宅へ急行した。品川から大森海岸まではタクシーで二十分と見ても、川俣優美子にテレビと磁器の雨を降らせた十時までには充分な余裕がある。

というふうに、杉静子を犯人と仮定して、そこには別段時間的誤差も有機的不自然さもないのである。ただ障害は殺害方法であった。電気冷蔵庫の穂積里子を除いて、他の二つの場合は、その時点と周囲の状況を詳察したにも拘《かかわ》らず、殺害方法の明快な解明は得られていない。容疑者の身辺探索とその追及によってトリックの自然解明を待つより仕方がない状況にある。

また新洞京子は、入院中という確固たるアリバイを持っているため、容疑者とする事は困難である。というより、新洞京子はむしろ被害者の一人ではないだろうか。八月十三日、自動車事故で負傷しているが、これが左脚の怪我だけに終わったのは奇跡的な幸運であり、不慮の災難と言いきれないものがある。彼女の主張するように、何者かの作為によって仕掛けられた自動車事故だったとも充分考えられる。

さて、五人の有力候補の中で、杉静子だけが無瑕《むきず》である。という事は、この事件によって最大の利益を得るのは杉静子だ、というのと同じである。一つの犯罪によって、最も得する者こそ犯人だ、という鉄則からも、まず杉静子に重点を置かなければならない。

以上のような趣旨で、第一回の捜査会議は終わった。都電の響きや、朝の早い勤め人の足音が、電車通り沿いに建っている神楽坂署の二階の窓へ、生きている現象となって舞い込み始めた早朝五時半である。

早速、各分担が決められた。「杉静子班」「新洞京子班」「穂積里子班」「川俣優美子班」「小河内エミ班」「ミス・コンテスト関係者班」などが、その分担の主なものであった。

倉田警部補と岸田井刑事は「杉静子班」であった。分担の指示を受け終わると、

「また一緒ですな」

岸田井刑事はニヤニヤ笑った。

「僕達二人でやっと一人前ってわけか」

と、倉田警部補は痛む眼を瞼の上から指圧しながら答えた。

「実はね、穂積里子の部屋から妙なものを見つけたんですよ」

岸田井刑事が懐中《うち》ポケットから白い角封筒を出して見せた。

「何だね」

「手紙ですよ。穂積里子の部屋の電気ストーブの上に置いてあったのですがね」

「どんな手紙だ?」

「まあ、読んでみて下さい」

そう言われて、あまり気のなかった倉田警部補もその角封筒を手にして、片眼だけを抑えながら、中味を読んだ。だが、二、三行を読んだだけで、

「何だこれは……」

と、思わず両方の眼を剝いた。

『現代は宣伝の世の中です。巧みに時流に乗り、マスコミの寵児《ちょうじ》となれば、日本一いや世界一の女王になる事さえ夢ではないでしょう。名もない娘が豪壮な……』

眉を寄せる倉田警部補を見て、岸田井刑事はしたり顔で笑った。

「川俣優美子の所にあったファン・レターと全く同文でしょう」

「うん……」

「しかし、まだ驚くのは早いです。何と、小河内エミの持ち物の中からも、これと全く同

じファン・レターが発見されたそうです」

「本当かね！」

倉田警部補は唸った。

「封筒もレター・ペーパーも同じだし、一ファンよりという結びの言葉もその通りです」

「筆跡も同じ女かね」

「悪戯ですか？」

「わからん、まるで死の通告状みたいじゃないか」

「鑑識へ廻しましょう」

岸田井刑事はそう言ってから、もう一度ニヤリと笑った。

「もう一つ新事実が鑑識から報告されましたよ」

「穂積里子が飲まされた睡眠薬と同じ錠剤が、あの部屋の床に十個ばかり散らばっていたという話なら、知っているがね」

「それがね、更に、川俣優美子の死亡当時、枕元に置いてあった睡眠薬と全く同じものなんだそうです」

「市販されている錠剤なんだろう？」

「残念ながら、誰もが知っているというありふれたやつなんです」

「しかしね、そういう二つの殺しに共通性があるって事は重大だよ。ファン・レターと睡眠薬か……」

倉田警部補は額をゴシゴシこすった。

やがて、徹夜と煙草で、えがらっぽくなった口の中へ冷たい牛乳を流し込むと、係官達は一斉に、もう汗を呼ぶ日射しの中へ散って行った。

しかし、午後二時までの捜査本部は、大した収穫の報告もなかった。オルチスは、八月二十一日、羽田《はねだ》発午後九時四十五分、マニラ経由バンコック行き定期便でフィリピンへ帰省したと確認された。この外国人は穂積里子殺しとは無関係だった。法医学教室に鑑定を依頼した穂積里子の死因と死亡推定時間は、「特別捜査班」の断定通りであった事。具体的に結論付けられたのは、この二点だけであった。

だが、午後二時になって、捜査本部を色めきたたせる電話連絡があった。報告者は「杉静子班」の倉田警部補だった。だが電話の声も心持ち顫《ふる》えを帯びて、敗北を物語っていた。

「青山一丁目の下宿先から、勤務する二葉電機へと歩いてみたのですが、杉静子はおりません。同僚の話によると、三、四日旅行してくると言って昨日から四日間の休暇をとったそうですが、下宿先の主婦も、杉静子がボストン・バッグを提《さ》げて昨日の昼頃出掛けて行くのを見たと言ってます。杉静子の足取りは、現在、岸田井刑事が追っていますが、誰にも行く先を告げていない完全な雲隠れですから、見当をつけるのも困難です……」

電話が切れると、池田捜査主任は唇を噛んで黙考《もっこう》した。
杉静子は重要参考人であると同時に、容疑者の範疇《はんちゅう》にも属するのである。今日にも任意同行を求めるつもりだったのだ。
《何処へ行ったか——》
底抜けに明るくて果てしない青の空間を、窓から仰いだ捜査主任は、そこに一筋《ひとすじ》直線を描いた飛行機雲の鮮烈さを見た。

11

捜査本部への連絡を終わった倉田警部補は、廊下の隅に備えつけられた赤い公衆電話を離れて、エレベーターへ向かって歩いた。

杉静子が雲隠れしたとなると、もうこの二葉電機本社に用はなさそうであった。捜査本部へ戻って、彼女の足取りを追っている岸田井刑事の報告を待つより仕方がないと考えながら、倉田警部補は自動エレベーターのボタンを押して、それが来るのを待った。

その時、エレベーターの脇を曲折している階段を下りてくる人影があった。何気なくそれに眼をやった倉田警部補は、

《おや……？》

と、軀《からだ》を固くした。

見憶えのある男だった。虚無的に暗い顔、そして右腕が付け根からすっぽりとない男――内藤邦利を尾《つ》けて都立秋葉原病院へ行った時に、病院の玄関ですれ違ったあの男だ。

《偶然だろうか》

倉田警部補は小首をかしげた。捜査活動の出先で同じ人間に二度出会う。こんな偶然はないでもない。しかし、杉静子の行方不明により捜査の推進を阻《さまた》げられて、いわば途方に暮れていた倉田警部補にとって、どんな小さな疑点も見逃す事が出来なかった。

秋葉原病院には新洞京子が、この二葉電機本社には杉静子が、と捜査線上にクローズ・アップされた二人の女がいる場所に、それぞれ姿を現わした片腕の男――となれば、事件と何らかの糸で結ばれている事も想像出来た。

片腕の男は倉田警部補を全く意識していなかった。上から覗かれている事も知らずに、男はゆっくりと階段を下りて行った。白い麻のズボンにYシャツ姿だったが、左手に同じ白い麻の上着と大型の革鞄《かわかばん》を提げていた。

《尾《つ》けてみるか》

手ぶらで捜査本部へ戻るより、たとえ無駄骨に終わるとしても今の倉田警部補は何かに食いついてみたかった。

一瞬の逡巡《しゅんじゅん》に階段とエレベーターとを交互に見やった時、折りよく書類を胸一杯に抱えた女事務員が階段を上って来た。

「今の人、今、貴女がすれ違った片腕の男の人は、二葉電機の社員ですか？」

と、倉田警部補は急き込《せこ》むように訊いた。唐突な質問に、その女事務員は瞬間呆気《あっけ》にとられていたが、階段の下へ視線を走らせてからおもむろに頷いた。

「あの人の名前、御存知ですか？」

「小牧さんっていう、社長のお嬢さんのお婿さんで、総務の物資係長です」

「あの人と、杉静子さんね、何か特別の関係ありますか？」

「関係？」

「つまり、親しいとか、仕事の上で繫がりがあるとか」

「さあ……」

女事務員は長々と考え込んでしまった。階段を下りきったらしく、片腕の男の靴音の反響が消えた。下腹がムズ痒くなるような焦燥感を抑えて、倉田警部補は辛抱強く女事務員の顔を瞶めた。

「特別な関係なんかないでしょうけど、以前杉静子さんが物資係にいた事がありますから、お知り合いだとは思います」

女事務員は口禍《こうか》を恐れてか、当たり障りのない表現でそう言った。

「今の恰好では外出でもしたのでしょうか」

と、倉田警部補は一歩二歩階段の方へ歩きかけていた。

「早退されたのでしょう」

女事務員の言葉が終わると同時に、

「どうも！」

片手を挙げながら、倉田警部補はもう階段を脱兎《だつと》の如く駈け下りた。四階から三階、三階から二階へと、片手に摑んだ真鍮《しんちゆう》の手摺《てす》りを頼りに、足は階段の表面を滑り、空を蹴った。ビルの入口から飛び出すと、倉田警部補は、素早く左右を見て片腕の男の姿を求めた。白熱の日光が眼に痛く、白一色の通行人の服装が網膜《もうまく》を麻痺《まひ》させた。

《いた！……》

信号が青になって交叉点を横断して行く一団の人の中に、空っぽのYシャツの袖をなびかせながら歩く猫背の姿があった。

倉田警部補は走った。信号が黄色になり、赤に変わったが、走り出す車の真ん前を突っ切った。交通巡査がピーピーと鋭く笛を吹き鳴らして咎《とが》めたが、意に介する隙がなかった。

片腕の男の背後にピッタリと食いついた倉田警部補は初めて歩調をゆるめた。二米の間隔を置いて、男の背に視線を当てると、もうそれは磐石《ばんじやく》の絆《きずな》となった。雑沓《ざつとう》を縫って、男はやがて地下鉄の階段を下り始めた。

《何処へ行くつもりか》
そう思いながら、倉田警部補は続いた。背後から観察すると、男はどうやら遠出するらしかった。Yシャツも真新しく、クリーニング後の清潔さと違った布地の白さである。ズボンの筋目も絵に描いたようにピチッとついていて、一点の乱れもない。それに上着まで持っている。提げた大型鞄は詰め込んだ中味でふくれ上がっている。その丸味あるふくらみ方から推して、詰め込まれたのは書類や書籍ではなく、着替えの衣類から雑用品に違いなかった。会社を早退して出掛けるのだとしたら私用の旅行ではないだろうか。
美女中の美女と折り紙のついた杉静子と、片腕の陰気な中年男――確かに常識破りの妙な取り合わせだったが、この男に対する興味は完全に倉田警部補の心を占めていた。事件を中心として八方に拡がった犯罪機構と、その中に蠢《うごめ》く複雑な人間関係とに、この男が全く無縁であるとは考えられなかった。以前、杉静子はこの男の下に勤務していたという。にも拘らず、二葉電機本社の聞き込みで、男の名前は一度も浮かび上がって来なかった。誰の記憶にも片腕の男と杉静子との些細な連繫《れんけい》など残っていなかったのだ。つまり、二葉電機本社の社員達は、杉静子に関する限り、小牧という身障者の存在を無視していたのだ。
しかし、見落としたり、見逃したりする事は、裏を返せば、そうするべく仕向けられたのだとも言える。小牧と杉静子が自分達二人の関連を極秘に保持していたとしたら、結果として、周囲の者はそれを見落とし、見逃した事になる。だから、整い過ぎたアリバイを持つ者や聞き込みで全然人の口《くち》の端《は》に上らない者こそ、最初に疑え、という逆説的な捜査技術もあるわけだ。もし倉田警部補が秋葉原病院と二葉電機本社でこの片腕の男を見かけなかったならば、彼に疑問を持つような事には絶対ならなかっただろう。それだけに、倉田警部補は、

《何かある……》

と、小牧の姿に感じたのである。

地下鉄の三越前《みつこしまえ》から、小牧は浅草《あさくさ》行き電車に乗った。吊り革三本の余裕を置いて、倉田警部補も並んで立った。窓ガラスに小牧の姿がはっきりと映っている。前の座席に坐っていた中年の女性が、片腕に同情したらしく、大型鞄を膝の上に乗せてやった。小牧は相変わらず摑みどころのない無表情で、慇懃無礼《いんぎんぶれい》な態度の礼を述べている。

窓ガラスを媒介にして監視を続けたが、小牧は変わった素振りも見せずに、終点の浅草まで地下鉄を降りなかった。

地上へ出た小牧は、予定コースを歩むように少しも躊躇《ためら》わず、真っ直ぐに東武《とうぶ》線の浅草駅へ向かった。ホームへ上がる階段の下に旅行案内所と特急ロマンス・カー専用の切符売場があった。小牧はその切符売場へ行き、ポケットから金を出した。

「日光《にっこう》……」

と言うその言葉が、傍の週刊誌売りの出店の前に何気なく佇んだ倉田警部補の耳に辛《かろ》うじて届いた。

《日光――》

どうする、日光まで追うか。見込み違いだったら時間の浪費だ、やめて置くか――と、どぎつい裸体写真の週刊誌の表紙を瞶めながら、倉田警部補の脳裡に意志の断片が争って閃いた。小牧は階段を上って行く。はげしい人の往来の中に、その姿はすぐ溶け込んだ。

「やあ！」

と、声をかけられて、倉田警部補は驚いて振り返った。顔の汗を拭いながら岸田井刑事が立っていた。

「どうして、こんな所に……？」

杉静子の足取りを追っているはずの岸田井刑事が突如として浅草に現われたのは意外だった。倉田警部補は白昼夢でも見ているように唖然《あぜん》として、そう訊いた。

それは岸田井刑事の方も同様だった。

「倉田さんこそ、どうして浅草へ？」

「道草のつもりである男を尾けて来たんだ」

「私は、杉静子の足取りを追っている中に此処へ来てしまったんですよ」

「何だって！　では杉静子が此処へ来た形跡があるのかね」

「ええ。東武線の浅草駅までは、はっきりしたのですが、その先は雲を摑むような話で」

「君、間違いないと思うよ。これから日光へ行こう」

「日光？」

「詳しい事は電車に乗り込んでから報告し合おう」

倉田警部補は小躍《こおど》りせんばかりに勢い込んで岸田井刑事を促した。

杉静子を追って、倉田警部補と岸田井刑事は全く違った出発点から糸を手繰り始めた。それが東武線浅草駅という一点で、予期もしていなかった合致を見た。この一点から先は、糸は一本になるのが当然である。

三時三十分発、東武日光行きロマンス・カーに乗り込んで、白いカバーに覆われたロマンス・シートに腰を下ろすと、二人は思わず顔を見合わせて苦笑した。四人掛けのボックスと違い、前の座席の高い背に遮蔽された恋人同士用の二人掛けの椅子に坐るには、どうもしっくりしない二人であり、その旅行の目的であったからである。

「どうも野暮だね」

倉田警部補は照れ臭そうに言った。

「同感です。せいぜい楽にしましょうや」

と、岸田井刑事は高校生の娘から教えられた知識を応用して、シートの脇のボタンを押し、座席の背を傾けた。

「眠ってしまいそうだ」

躯を横たえながら倉田警部補が言った。連日の疲労が蓄積されている上に、昨日から一睡もしていない。眠ってしまいそうだ、というのは実感であった。

小牧は前の車輛《しゃりょう》にいる。姿は見えないが、頭の上の網棚にある大型鞄が目印となっていた。同じ車輛に乗りたかったが、指定席制だし、空席のない車輛に乗り込むわけには行かなかった。

「停車駅は殆どないそうですから、この尾行は楽ですよ」

と、岸田井刑事は煙草を取り出したが、新生の袋はくしゃくしゃで、中味は一本もなかった。倉田警部補がケースごと差し出すのを、当然のように待って、一本引き抜くと、

「毎度どうも」

と言った。

「ところで、東武電車の浅草駅を割り出した経緯《けいい》は？」

周囲の座席の人に聞きとれないように、倉田警部補は声をひそめて訊いた。

「思ったより簡単でした」

岸田井刑事は顔だけ横に曲げて答えた。

「杉静子の下宿は青山一丁目の今川焼き屋《いまがわや》の二階ですが、そこのおかみさんが、昨日の午前十一時半頃ボストンを提げて出て行く杉静子を見たそうです」

黙って出て行こうとする杉静子に気がついて、見れば旅行するような様子なのに一言も断わらないとは、普段几帳面な彼女にも似合わないと、今川焼き屋のおかみさんは、

「お出掛けですね」

と、声をかけた。杉静子は肩のあたりに狼狽《ろうばい》の動揺を見せながら、微かに顔を赤らめて振り返った。

「ええ、ちょっと……」

どちらへ？　いつ頃お帰り？　と訊こうとしたが、その時はもう杉静子は逃げるように歩き出していた。きっと恋人と旅行でもするので恥ずかしいのだろう、と見送りながら、今川焼き屋のおかみさんは単純に解釈した。

岸田井刑事は、せめて杉静子が歩いて行った方角ぐらいは摑めるだろうと思った。どうせ杉静子の存在はこの近所でも評判であるに違いないから、付近の商店を一軒一軒訊いて歩けば、彼女を目撃したという人間がいるかも知れなかった。

予想通り、今川焼き屋から三軒目のパン屋の店員が、杉静子の姿を見ていた。パン屋の店先にある公衆電話をかけていたというのである。時間も午前十一時半頃だったという話だし、ボストンを提げていたそうだから、下宿を出た直後に、公衆電話に寄ったのである。店の奥から見ていたのだから、杉静子の電話の内容はパン屋の店員にわかるはずもなかった。だが、その店員はもっと肝腎な事実を知っていた。それは、電話をかけ終わった

杉静子がその場でタクシーを停めて、それに乗って行ったという事であった。

そのタクシーが非常に印象的な色分けで塗装《とそう》されていたのが好都合だった。下半分が朱色で上半分がグレイだったとパン屋の店員は記憶していた。朱とグレイに塗り分けたタクシーと言えば、「大急《だいきゆう》タクシー」の車に違いなかった。

岸田井刑事はそのまま「大急タクシー」の青山営業所へ行って、問い合わせた。青山営業所から都内の各営業所へ連絡が行き渡り、「昨日午前十一時半頃、青山一丁目のパン屋の前で、旅装《りよそう》した映画スターのような女を乗せた」運転手を至急探すように指示された。

交替時間の関係や、給油や料金精算で出入り時間が一定してないタクシーの運転手だったから、結果はおいそれと出なかった。五時間ばかり粘《ねば》った岸田井刑事に朗報をもたらしたのは、三田《みた》営業所の若い運転手であった。乗せた客は杉静子に間違いなく、行く先は東武線の浅草駅の前である。岸田井刑事は盛りそばを掻き込むと、その足で浅草へ飛んだ。

だが、それから先は推《お》し測る術もなかった。多忙で非情で混雑の東京の雑沓の中にまぎれ込んだ一人の女を探すのは、海に投じた米粒を見つけ出すのに等しいのである。杉静子の足取りは全く杜絶《とぜつ》した。

どうしたらいいか、と途方に暮れて、人の流れを眺めながら汗を拭っていた岸田井刑事の眼に、週刊誌を物色しているような倉田警部補の後ろ姿がひょいと映ったのであった。

「絶対だ」

話を聞き終わった倉田警部補は言った。

「女が前の日に行き、男が一日遅れて後を追う。示し合わせた行動だよ」

「密会ですか?」

「男には妻がある。秘密裡に事を運ぶのも当然だ。しかし、密会と言っても色恋とは限らない。別の目的があるのかも知れないね」

「日光まで行って逢うというのは、徒事《ただごと》ではありませんよ。自殺の名所もありますしね」

杉静子の単独犯行か、あるいは小牧も共犯か、とにかく事件に直接関係がある二人だとしたら、事件の全貌が意外に早く明らかになり、詭計《きけい》の暴露も切迫したと覚悟して、日光行きを死出《しで》の旅路に、数日の名残《なごり》を惜しんだ末、心中するという事も考えられた。

《容易な事ではない》

倉田警部補も岸田井刑事も、そんな凶事を重苦しく想像したのか、急に押し黙った。

ロマンス・カーは、二人のそんな憂悶《ゆうもん》などを余所事《よそごと》に、行楽を愉《たの》しむ人々の笑い声を充満させて、関東平野を北上していた。

東武日光駅に到着したのは六時恰度であった。暮色《ぼしょく》が漂い始めている駅前は、大都会の混雑とは違った慌ただしさで、この土地特有の匂いが旅愁を誘った。団体らしい人の列が右往左往《うおうさおう》して、みやげ屋の売り子の声が空しくそれに向かって飛び交った。

小牧は駅前に停車中のバスに乗った。

「もっと上へ行くんですな」

「日光市内ではないらしい」

「湯元《ゆもと》」と出ているバスの行く先標示を見て、倉田警部補と岸田井刑事はそう囁き合った。

バスはかなり混んでいた。土地の人と旅行者が半々で、旅行者は殆どが男と女の二人連れであった。倉田警部補は出来るだけ小牧の近くに寄って、乗客の肩越しに彼を覗けるような姿勢をとった。岸田井刑事は入口の傍に立った。二人で尾行する場合の典型的な態勢である。乗り物の中に目標がいる時、一人がその近くに位置し、もう一人が出入り口付近に位置する。目標が尾行に気づいて逃げようとしたり、偶発的な状況変化により一人が目標を見失っても、出入り口を固めている限り遅れをとる事がないのである。

小牧は黙然と立って、窓の外を凝視していた。

バスは動き出した。表参道へ出ると、暮れかかった前方の空に男体山《なんたいさん》が見えた。バスは唸りながら走り、ちょくちょくと停留所で人を乗り降りさせて、また唸りながら走った。馬返《うまがえし》から、いろは坂を上ると、旅行者の眼は窓外に奪われて、華厳滝《けごんのたき》とかケーブルとかいう囁きがあちこちで交わされた。驚嘆と讃美の声に埋もれながら、倉田警部補は苦痛な位に途方もなく長い時間を感じた。

中宮祠《ちゆうぐうじ》に出て、眼前に鏡のような中禅寺湖《ちゆうぜんじこ》が展開したが、小牧は依然としてバスを降りる気配を示さなかった。この中禅寺温泉で、旅行者の大半が下車した。バスは俄《にわ》かにガランとなった。倉田警部補は小牧の斜向《はすむ》かいに腰を下ろした。岸田井刑事は入口の脇に坐って、中禅寺湖の秀麗な山水美に見入っていた。

バスはまた動き出した。絢爛《けんらん》たる大ロマンを窓外に織りなして宵闇《よいやみ》の湖辺を走り、やがて、菖蒲《しようぶ》が浜《はま》、竜頭滝《りゆうずのたき》、戦場《せんじよう》ヶ原《がはら》と通過したバスは、到頭終点の湯元温泉に着いた。

「涼し過ぎますな……」

バスを降りると、岸田井刑事は半袖の開襟シャツの肩をすくめた。真夏とは思えない冷たい夜気が、昼間の汗で湿った肌に寒気を呼んだ。もう七時半であった。旅館の灯りが湯の香りに滲んで、人懐かしい情緒に瞬いた。

二人は、小牧が女中の案内で奥へ消えるのを待って、その旅館へ入った。「滝《たき》の家《や》」と入口のガラス戸に金文字が浮き出ていた。

「いらっしゃいまし」

と言いかけた番頭らしい男は、シャツ一枚で手ぶら、鋭い眼付きの二人を見て、ただの客ではない事を察していた。

「今、ここへ入った男だが、勿論予約してあるんでしょうな、部屋を」

倉田警部補は黒い手帳を示しながら、低い声で訊いた。

「はい」

「お連れさんは？」

「はい、昨日からお待ちで……」

「この女に間違いないね？」

岸田井刑事が差し出した杉静子の写真を覗き込んだ番頭は、無言で頷いて怖々《こわごわ》と二人を上眼遣いに見た。

倉田警部補はホッと吐息した。見込みが狂わなかった時の安堵が、解放感となって体内から放出されるのだ。

「今夜はもう動きが取れんわ」

また倉田警部補が言った。杉静子はあくまでも参考人の域を出ていない。行楽を阻《さまた》げて、今すぐ同行を求めるわけには行かなかった。せいぜい明日になってから事情を訊き、その結果によって諒解《りようかい》の上で任意同行となるか、帰京後、改めて参考人として出頭を求めるかである。

「そうですね。我々の任務はむしろあの二人に間違いがないよう監視する事でしょうな」

岸田井刑事はそう答えた。

「あの二人の部屋の近くに入れて貰いたいのです。それから勿論、我々の事を二人に知らせるような言動は困ります」

倉田警部補は神経質そうな貧乏揺すりをしながら、番頭に言った。

山の温泉の深い静寂を裂いて、ドロドロと雷鳴が轟《とどろ》いた。

「早いとこ、お湯につかりたいですな」

岸田井刑事は事もなげにそう言って、穏やかな微笑とともに、靴を脱いだ。

危険な立場〈追ワレル者ノ章〉

1

霧雨だった。

巨大な墨筆《ぼくひつ》で刷《は》いたような闇の中に、迫るような山々が、一際《ひときわ》黒々と夜空を覆っている。山の温泉宿は安らぎを呼ぶ静けさの中にあって、それが人の心を空虚にした。都会の喧噪《けんそう》を逃れてここへ来た人は、何か人生の終着駅に辿《たど》り着《つ》いたような、そんな気持ちになるだろう。

私は濁った湯の中に首までつかり、ぼんやり窓を見た。ガラスには、外側から霧雨が、内側から湯気が、時たま水滴となって素早く流れ落ちた。

東京の暑さが嘘のようであった。お湯に入ってホッとする位で、丹前《たんぜん》姿で宿の廊下を歩いていてもひんやりとした冷気が流れてくる。その気候の相違が、奥日光《おくにっこう》などではなく、もっと遠い遠い山の奥まで来てしまったような気持ちにさせた。それだけに、私は今夜こそ小牧と二人きりになれた、という実感を強く味わった。

この「滝の家旅館」で、昨夜一晩を真空地帯にいるような寒々とした気持ちで過ごした私は、今夜の小牧の到着する時間を、一秒一秒待ち続けて来たのである。そのくせ、彼が来ると時間はアッと言う間に経過してしまった。夕食を了《お》えて、彼は階下の娯楽室へ行き、私は彼の洋服や荷物の整理をした。そして、こうしてお湯につかりに来ただけなのに、もう十時を過ぎてしまっている。

長湯をしてはいけない、と思いながらも、私は新婚旅行先の花嫁さんみたいに、馬鹿丁寧に肌を磨《みが》いた。そして隣りの家族風呂へアベックが入って来たらしい様子を耳にして、私はやっと湯から上がった。

私達の部屋「美鈴《みすず》の間《ま》」は、入口が半坪ばかりの自然石を固めた玄関になっていて、廊下との境を格子戸で仕切ってある。その格子戸を開くとカラカラと音がした。

襖を開閉しただけで、自分の湯上がりの匂いがムッと部屋中へ拡がった。

もう二組の夜具がのべられてあった。一方の枕が緑色で、もう一つの枕は赤いビロードだった。その枕元の衣桁《いこう》に、私の白いタイト・スカートとピンクのブラウスが、ひっそりとかかっていた。

小牧はテーブルの前で手紙を読んでいた。一昨日、総務からの書類を小牧の所へ持って行った時、書類のいちばん上にさり気なく置いて来た私の手紙である。横浜のホテルでの写真事件以来、努めて知らん顔を装っていた私達の間に、久しぶりに交わされた通信であった。

「また読んでいるの？」

私は軽く彼を睨んで、そう言った。

「幾度読んでも、直《す》ぐまた読みたくなる手紙だよ」

彼は照れたように笑った。たとえそれがお世辞であっても、私は嬉しかった。先刻も彼は素晴らしい事を言って私を有頂天にさせた。「この手紙を読んで、僕は初めて全身で君を信ずる事が出来たよ。君こそ僕だけのものだ、君のために生きて行こうって能動的な愛情が沸々《ふつふつ》と湧いて来たんだ。本当にこの世の中で、僕達は二人きりなんだ」

私にはこの彼の言葉が胸の底から出たものである事がよくわかって、思わず涙ぐんでしまった。だからこそ、彼は、奥さんが入院中という好条件もあったが、「福島の友達の所へ行って来ます」と決然と義父母に宣言して、この日光行きを果たしてくれたのだろう。今はもう二人一緒でさえあれば、明日の生命を保証されなくても毅然《きぜん》として行動出来るような気がする私達だった。

「しかし、君には相変わらず妙な癖があるな」

と言って、彼は私の手紙を眼の前に拡げた。羞《は》ずかしさはあったが、私は自分が書いた手紙を読んでみた。

「逢いたくて逢いたくて気が狂いそうです。二人の将来のためにと辛抱していたのですが、もうたまらなくなってしまいました。何とか御都合つきませんかしら。私、出して置いた休暇願が許可になりましたので、これが絶好の機会だと思います。明日から四日間の休暇です。思いきって東京を遠く離れたら、他人の眼につく心配もないでせう。奥日光の湯元温泉がいいと思います。同じ日から二人一緒に休むと目立つでせうから、私は明日、午前中の川俣優美子さんのお葬式に出てから、お昼頃東京を離れ、一日先に行って待ってます。貴方は明後日にいらして下さい。湯元温泉の滝の家という旅館です。費用は私の方で用意しますから御心配ないようにね。大変でせうし、無理ばかり言って……でも、お話も溜《た》まってますし、何とぞ私に待ち惚《まぼう》けさせないように。逢えなければ、死んでしまいそうです」

「何が妙な癖なのかしら？」

私は別に気づいた点がなかったので、鏡台の前へ坐りなおしながら訊いた。

「……でしょうと書くべき所を……でせうと書く癖だよ。今までの君の手紙も全部そうだった」

「あら、そう？」

「今日まで気がつかなかったんだね」

「だって、手紙を書くなんて貴方だけなんですもの」

言ってしまって、また羞ずかしくなった。私は鏡の中から、彼に困ったように笑いかけた。

その時だった。ヘヤ・ブラシを右手に髪を梳《す》こうとした私の上半身は、後ろから息が詰まる程、一本の腕で抱きしめられていた。のけぞる首筋に唇が押しつけられ、眼を閉じる隙もなく私の唇は烈《はげ》しく掩《おお》われていた。耐えて来た半月ばかりの空白と積極的な彼の愛撫が、私の脳を空っぽにして、その代わりに、憑《つ》かれたような狂喜が私の肉体を躍動させた。雰囲気とか技巧というものは不必要だった。羞恥《しゅうち》も体面もなかった。私達は、ただ互いに溶け合う事によって相手と自分を確かめようと必死だった。そうする事で、もう心から信じている、絶対に離れない、と無言で誓い合っていた。私達は溶解して一個に凝固した。

いつの間にか本降りとなったらしく、雨だれの音がせわしく聞こえていた。

充足の後の虚心に、二人は黙り込んでそれを耳にした。熱い私の肌に触れている彼の肌は氷のように冷たかった。

「私達、だんだん勇敢になるのね」

彼の左腕の中で、凝《じ》っと天井を瞶《みつ》めながら私は弱々しく言った。

「最初は、ちょっと逢うだけで、逃げるように別れたわ。それが横浜のホテルで一泊して、今度はこんな遠くの温泉へ来たのね」

「もう僕も怖くなくなったらしい」

「私もよ。六日後にはミス決定だわ。そうしたら間もなく決行出来るのよ」

「決行？」

「貴方の家出よ」

私は彼の髪の毛に指を絡ませた。

「事前に知られなければいいんでしょう。用意万端整ってから、貴方は軀一つであの家を逃げ出せばいいんだもの」

私には、あと半月余り、二人の秘密を保つのは簡単な事のように思えたのである。今日まで隠し通せたのだ。この日光旅行さえ無事に終われば、このまま誰にも勘づかれず、スムーズに宿願が達成されるような気がした。

ふと彼が軀の向きを変えて、私を見た。

「ずっと気になっていたんだが、例の盗み撮りされた写真の事は、その後どうもなかったのかい？」

当然問われるべき事だったが、出来るならば私はこの話に触れたくはなかった。しかし隠しようもない事だし、黙っていれば彼は余計に心配するだろう、と私は思いきってハンドバッグを引き寄せ、中から白い封筒を取り出した。

「やっぱり、何かあったんだな」

「ええ。でもこれは取り戻せたのよ」

私は封筒の中味のキャビネ判の写真二枚と、そのネガ・フィルムを、白いシーツの上へ抛《ほう》り出《だ》した。

「一体どうしたんだ、これは！」

彼は愕然《がくぜん》として軀を起こすと、むさぼるように写真を瞶めた。

一枚は、横浜の山下公園を抱き合って歩く二人の写真である。彼は横顔を、私は真正面から撮られて、表情までが鮮明だった。もう一枚は本牧のホテルのベッドで抱擁している情景だった。この方はピントがやや甘かったし、のしかかって唇を寄せている彼は、頭の脳天だけで顔は殆ど見えなかった。でも、心持ちのけぞった私の顔は、眼を閉じて喘ぐような表情を的確に捉えられていた。そして捩《ねじ》った下半身から突き出ている片一方の白い脚が、煽情的《せんじようてき》とでも言うのだろうか、幾度見ても、見る度にカーッと頰が熱くなるのだった。

「誰が写した犯人かは、わからないの」

私は写真から眼をそらして言った。

「じゃ、どうして取り戻せたのだ？」

「あの次の日、会社の私の所へ電話がかかって来たの。脅迫電話よ」

「何て？」

「命令通りにしろってよ」

「どんな命令を？」

私はあの脅迫電話の、無理に圧《お》し殺《ころ》したような女の声をはっきり思い出していた。

まず姦通《かんつう》の現場を写真に撮ってある、もし交換条件を承諾しなければ焼き増ししてあらゆる関係者にバラ撒くが、指示に従えばネガごと返す、と言って来た。そして一週間後の八月十八日、二度目の電話で、その具体的な指示を伝えて来た。私はその指示通りに従った。すると、八月二十一日にこの写真とネガが郵送されて来た。横浜中局の消印で、勿論差出人の住所や名前は封筒に書いてなかった。

「横浜中局……脅迫者は東京の人間だな。わざわざ横浜へ行って投函《とうかん》したのさ」

私の話を聞いて、彼は苦笑した。

「で、その交換条件って言うのは？」

「大した事じゃなかったわ。真剣になって脅迫したわけではないのよ、きっと。悪戯《いたずら》よ。だから交換条件だなんて言っても、馬鹿馬鹿しい事なの」

私は努めて軽く言った。彼をこれ以上苦しめたり、陰鬱《いんうつ》にしたくなかったからだ。

「僕に言えないような事なのか！」

彼は怒ったように私を睨んだ。

「何もかも終わって、貴方と二人きりになった時、話すわ。とにかく大した事ではなかったと言うだけで、今日は堪忍《かんにん》して」

「今でも二人きりだ」

「約束なの。警察は勿論、誰にも話さないって。ネガを返して寄越しても、相手はまだ焼き増しした写真を握っているに定まっているわ。二人が一緒にさえなってしまえば、そんな写真、どう使われても怖くも何ともないのよ。ね、お願いだから、それまで待って！」

「その脅迫者が、日光まで尾いて来て、この部屋の様子を窺《うかが》っていると言うのか」

「まさか……」

「それなら話してくれ」

「話を聞いて一体どうするの？　貴方が変な風に詮索《せんさく》したりしたら……私は相手の出方が恐ろしいのよ。ね、私を信じてくれるなら、その日まで、これ以上の事を訊かないで」

私は哀願するように、言葉の終わりは彼の胸に顔を埋めて言った。それが彼との仲を裂かれるような事だったら、私は憤然と抵抗しただろう。しかし、逆に、彼との仲を保たんがためには、私はどんな事にも唯々諾々《いいだくだく》と従い、耐えて、慎重に振る舞うつもりだった。

だが彼は、私の顔を押しのけてムッツリと黙り込んだ。その顔が平常と違ってしまった事に私は気づいた。しきりと考え込んでいる表情だったが、私を見る眼は、まるで裏口から訪れた乞食に向けるような、就職試験の時の品定めをする試験官の視線のような、「恋人の眼」とは程遠いものだった。

《やはり何かを疑っている》

と、私は思った。それでも精一杯に明るさを見せて、ちょっぴり拗《す》ねるように言った。

「何を考えているの？」

彼は、妄想を自分の頭から払いのけるように首を振って、突然口を開いた。

「君、新聞読んでないのか？」

「昨日の朝刊まで読んでいるけど、何かあったの？」

私は奇妙な質問に、思わず彼の胸から顔を離して、上眼遣いに答えた。

「あの穂積里子っていうミス候補ね――」

「穂積さんが、どうかしたの？」

私は急き込んだ。ある予感が私の胸に不安の芽を植えつけた。

「昨夜、屍体《したい》で発見されたよ」

「え！……」

私の肢体が彼の腕の中でギクンと跳ねた。

「アパートの部屋の電気冷蔵庫の中からだ。明らかに殺されたのだそうだよ」

「じゃ、今までの小河内さんも川俣さんも」

「うん。三人とも……。それから最初に怪我した新洞京子っていうのも、殺人および殺人未遂事件として、捜査本部が設けられたって、新聞に出ていた」

私の息遣いは乱れていた。頬の筋肉が俄《にわ》かに固くなって、睫《まつげ》がピクピクと顫《ふる》えるのが自分でもわかった。

「どうしたんだ。そんなに驚いたのか」

彼が顔を覗き込んだ。

「だって……怖いわ」

「怖いか……僕には別の意味で恐怖があったんだ」

「どんな?……」

「怒らないか?」

「言って!」

「君が、その加害者ではなかったかって」

「何ですって!」

「いや、今はもう思ってない。ちょっと、そんな考え方をしてみただけなんだ」

「一体、どうしてそんな――」

私の非難と抗議の眼差しを抑えて、彼は静かに言った。

「訳があったんだ。二つばかりね。一つは先刻ここの娯楽室のラジオで聴いたのだが、現在捜査本部で最も重視しているのは、穂積里子の死亡時間に彼女を訪れていた女の事なんだ。ラジオでは特に名を秘すと放送していたが、その女は白いタイト・スカートに白いハイヒール、二十歳位の映画スターのような容姿だったというんだ。この部屋へ戻って来たら、君のその白いタイト・スカートに気がついた。そう言えばまるで君みたいじゃないか、もう一つは例の写真の脅迫者の交換条件さ。君は隠している。交換条件というのは殺人かそれに関係するものかも知れない……。ふっとそう思ったんだ。一時的な悲観的空想だよ」

「穂積さんが殺されたのは何日なの？」

「やっぱり他の二人と同じ二十三日の夕方六時頃だそうだ」

私は口を噤《つぐ》んでいた。しかし顔色は蒼白となり、五体は凍りついたように硬直して、私の受けた衝撃は隠しようもなかった。

「何か思い当たる事でもあるのか！」

宙を瞶めて凝然《ぎようぜん》と動かなくなった私を、彼は二度三度ゆすぶった。

「その女って……私の事かも知れないわ」

私の機械人形のような渇《かわ》いた唇が、やっとそれだけの事を呟いた。涸《か》れた声が萎縮して、ただカサカサと言っているような気がした。

彼は跳ね起きて、蒲団の上に坐りなおし、驚愕とも恐怖ともつかない眼を見張った。

「二十三日の夕方、私は穂積さんのアパートへ行ったわ、確かに。……でも、その時、あの人は部屋にいなかったの。そのくせ、部屋のドアに鍵をかけてしまった人間がいたのよ。それが犯人だったのよ、きっと」

私は、あの時の情景を想い浮かべた。しかし、私を忌避《きひ》するように、離れて坐っている彼を見た時、私自身が現在とんでもない立場に置かれている事をハッキリと意識した。

「ただそれだけよ。それ以上、何も知らないのよ。それを殺人犯だなんて……。私は潔白だわ！」

体当たりするように、私は全身で彼に武者振《むしゃぶ》りついた。彼は反《そ》り身になりながら、辛うじて左腕で支えた。

「私が人殺しなら、今頃温泉宿でのんびりしていられるはずがないわ。第一、私が何のために人を殺すの！　私は貴方と二人で幸福になりたいの。その二人の未来を破滅させるような事をやるわけがないでしょう！　お願い、信じて！　貴方だけはそんな眼で見ないで！」

私は彼の眼に自分のそれが触れそうなまでに近づけて、眦《まなじり》が痛くなる程凝視した。

「信じるよ」

と、彼は虚《うつ》ろな声で言った。

「しかし、信じるだけではすまないんだ。君の行方は、今頃警察で探しているに違いないんだ」

「探し出されたら、どうなるの！」

「取調べを受けるだろう」

「犯人とされてしまうのかしら？」

「真犯人が出て来ない限りは、君に対する容疑が最も濃厚なんだ」

「……」

私は沈黙した。いや、口をきく事が出来なくなったのだ。

私の脳裡には、冷然と聳《そび》える警視庁の建物があった。女であろうと容赦のない取調べ、個人として歯向かう事の出来ない社会制裁——何処へ逃げようと隠れようと、探し出されて自由の生活から隔離される。誰も救ってはくれない。生きている限り束縛の世界に置かれるのだろう。犯人でなくても犯人とされたら、もう血を噴く程絶叫しようと、巨大な歯車によって「死」の門へ送り込まれてしまうかも知れない。

そして、彼との未来も消えてしまうのだ。

背筋を氷の線が走った。私は初めて、追われる者の孤独と恐怖と絶望を知った。私の明日が既に容易な人生でない事を、緊々《ひしひし》と感じた。

「どうしたらいいの？」

私は虚脱したように言った。

「冷静になるんだ」

彼は私を叱った。夜気の冷たさか不安か、悪寒が軀を顫《ふる》わせた。彼は私を抱いたまま横になり、蒲団を頭からかぶせてくれた。

「潔白なら警察でも立証出来る」

私の背をあやすように叩きながら、彼は言った。

しかし、この場で百万《ひやくまん》べんの希望的観測や慰めを言い交わしても、全ては実際にそうなってみなければわからない——という事を私達は知っていた。次第に口数が減って、やがて全く沈黙した私達は、ただそうしなくてはいられないように身を寄せ合っていた。

それは哀しい抱擁であった。

2

長いような一夜が明けて、雨上がりの乳色をした濃い霧を透して、白々と光が部屋の中へ射し込んで来た頃、まんじりともしなかった私も冷静になった。と言うより、なるようになる、と観念した諦めだったのかも知れない。でも、落ち着いた証拠に、私はずっと先の事の心配に考えが及んでいた。

警察での取調べと、小牧と私の関係とが、重大な関連を持つような事になったら、私は一体どうしたらよいのだろうか。

私の潔白を立証するためには、小牧との間柄を喋らなければならない、という破目に追い詰められたら、私は両側絶壁の尾根に立たされたようなものだ。

しかし、私はそう迷う事なく、固く心を決める事が出来た。

《絶対に彼の事は口にすまい》

たとえ、そのために私が犯罪者としての扱いを受ける結果となってもいいように思えた。今の世の中に、武士の妻みたいな女の考え、と笑う人がいるかも知れない。でも、それは感覚の上での事で、もし私と彼の関係が公表されたとしたら、彼は絶体絶命の窮地に立たされるのが現実だ。批判はしても実際には何の援助もしてくれない世間が、どう思おうと構ってはいられない。やはり私自身が最善の道と判断した通りに進むより仕方がないのだ。

「どんな事があっても、貴方との事は隠し通すつもりよ。だから貴方も早まった行動をしないでね」

天井をポカッと見開いた眼で見上げている彼に、私は囁きかけた。

「僕の事なんてどうでもいいんだ」

彼は抑揚《よくよう》のない声で答えた。

「どうでもよくないわ」

「君自身、それどころじゃないんだぜ」

「いいえ。私が潔白だって事になれば、まだ二人の未来は引き続いてあるのよ。それに、もし何かの事情で、私が貴方のために何もして上げられなくなった時、一人残される貴方の立場を考えれば、やっぱり私達の仲を知られない方が賢明よ」

「君！……」

「ね、私に後悔させないようにして」

小牧は耐えられなくなったように、私を引き寄せた。私の誠意が通じたらしく、彼は情熱的で、そして愁《うれ》いを含んだ視線を、穴のあく程私に注いだ。

「静子！」

突然、彼の口から迸《ほとばし》った言葉が、熱い稲妻となって私の軀を貫いた。

「嬉しいわ、貴方、初めて静子って呼んでくれたのね」

何故だかわからなかったが、ただ感動だけが胸と目頭《めがしら》をジーンと締めつけた。私達は力の限り抱き合った。

「静子、静子は僕のものだ。何万人を相手にしようと、静子を誰の手にも渡さない！」

「貴方……」

「いいか、静子、心配するなよ。警察がどうしようと、僕は必ず君を取り戻す。僕は、警察だろうが社会だろうが真犯人だろうが、君を僕から引き離そうとする奴らに、生命を賭《か》けても挑戦するんだ！」

「もう、その言葉だけで満足よ……」

私は泣いていた。顔が痙攣《けいれん》する度に涙が烈《はげ》しく流れ出た。気がつくと彼の顔もクシャクシャだった。接した頬と頬を伝って私達の涙は混じった。一つになった二人の、その熱く辛い液体が唇を刺した。

「人間の本当の気持ちというものは、その人が絶壁の上に立った時、あらわれるものだ。今の君が、そうまで僕の事を考えていてくれる、これは僕が死ぬまで忘れる事は出来ない。そして僕には、あらゆる敵から君を護る義務があるんだ」

何という力強い彼の言葉だろう。あの無気力で優柔不断な彼と同一人物とは思えなかった。愛される女の気持ち――その安定した、甘い温か味に溢れた柔らかい褥《しとね》、蜜の湯舟に横たわるような幸福に、私は陶酔した。

二人の間の愛の絆が、私達を怖いもの知らずのように強くした。互いに二度ずつ、ゆったりと温泉につかり、朝食をすませると、私達は当たり前のアベックと変わらない朗《ほが》らかさで、「硫化水素泉　泉温40℃～65℃　滝の家旅館」と書かれた大きな看板を後にした。

曇っていたが、倖《さいわ》い雨は上がっていた。私達は湯ノ湖《ゆのこ》を眺めながらブラブラ歩いた。日光発の電車には午後から乗ればいい。それまでは湯ノ湖や戦場ヶ原、中禅寺湖の自然美を満喫するつもりだった。

泥濘《ぬかる》んだ湖畔に佇んで、水面を見た。何の物音もなく、山と水、ただそれだけであった。神秘的に蒼い水をバックにして立った背の高い片腕の男とピンクのブラウスの女——天然色映画のシーンになるわ、と私は思わず忍び笑いをした。その眼の隅に、二十米《メートル》ばかり離れて立っている二人の男の姿が、チラッと映った。あの二人の男が私達に続いて、滝の家旅館を出て来た時から、私はその存在に気づいていた。

《変な奴》

私は男達を見返した。そして小牧の腕をとって、もっと湖水に歩み寄ってみようとした時だった。二人の男は脱兎《だっと》の如く私達を目がけて駈けつけて来た。

「待《ま》ち給《たま》え！　早まるな」

若い方の男が鋭く声をかけ、中年男の方は素早く私達と湖水の間に立ちふさがった。まるで私達の退路を遮断したような行動であった。

私は反射的に小牧に寄り添った。彼はゆっくりと暗い眼で侵入者を見廻した。

「何を早まるって言うのだね」

彼は片腕で私を抱き寄せて、昂然《こうぜん》と言い返した。その声に凄味《すごみ》さえ加わっているような気がして、私は思わず彼を見上げた。

《貴方、本当に強くなったのね》

私はそう言って上げたかった。事実、彼に寄り添っていると不思議な位に平然としていられた。

「では、死のう……なんて考えたわけではなかったのですね」

拍子抜けしたような若い方が苦笑した。

「馬鹿な事を言うな。僕達が何故死ぬんだ。それとも湖の岸辺にいる男女は、みんな心中すると定まっているのかね」

小牧が吐き出すように言った。

「失礼しました。我々は、貴方達に自殺の恐れがあると解釈して、保護するつもりだったものですから」

若い方の男が冷たい口調で言うと、背後の中年男が悪意のなさそうな笑い声をたてた。

「いやいや、勘違いで何よりでした。失礼ですが、杉静子さんと小牧さんですな」

「え！」

私はギクリとして、二人の男を改めて交互に見やった。

《警察……刑事だわ》

小牧も同じ考えらしく、心持ち蒼白になった顔で、男達を鋭く睨んだ。その横顔が悽愴《せいそう》なまでに敵意に燃えている。

「警察の方ですの？」

来るべきものが来たと思えば、さして慌てる事もなかった。私は事務的な口のききようを維持するつもりだった。

「警視庁の倉田です。そちらは岸田井刑事」

若い方がそう言って、二人の刑事はそれぞれ黒い手帳を差し出した。

「こんな所まで、手廻しが早いんですのね。驚きましたわ」

「商売ですからねえ」

中年男の方がニコニコ笑って答えた。

「で、私をどうなさるつもりなんです？」

「現在正式な手続き上のものは用意してありませんが、出来たらこのまま一緒に東京へお帰り願いたいのですが」

倉田と名乗った刑事が言った。

「承知しました」

私は頷いた。そして小牧を振り返った。

「貴方、嫌な事は早くすましてしまいたいから、ね、帰りましょう」

彼は私を瞶めたっきり何とも答えなかった。

「ただし、条件があるんです」

私は二人の刑事に言った。

「どんな条件です？」

「小牧さんとの事はあくまでプライベートの問題だし、事件にも関係ないはずです。この人に迷惑をかけないように、日光で見られた私達の事は一切忘れて頂きたいのです」

「わかりました。約束しましょう」

「では……」

私は自分から進んで歩き出した。一つの試練へ踏み出す時の恐ろしさ、そしてともすればガクッと崩れそうになる気持ちを隠すためにも、私は多少の虚勢を張らなければならなかったのである。

四人は湖水の岸辺を離れて、道路へ向かって歩いた。小牧と私を間にはさんで、左右を刑事が歩を運んだ。

「いいね、しっかりするんだよ」

彼が私の耳許で囁いた。

「大丈夫よ」

私は唇を嚙みしめた。

「必ず救い出す」

と言った彼の言葉を小耳にはさんだのか、刑事がジロリと私達を一瞥した。その無表情な眼に気を取られた瞬間、私は泥濘《ぬかるみ》に足を滑らせて後ろへのけぞった。背中は小牧の腕で支えられたが、白いハンドバッグだけは私の手を離れて宙を飛び、道路へ転がった。ハッと思う間もなく、バッグの口が開いて種々雑多な中味が路上へ散乱した。駈け寄っ

た四人の手で、品物は拾い集められたが、突然、岸田井という刑事が、

「倉田さん！」

と叫んだ。その刑事の指先でキラリと光ったのは楕円形の鏡であった。

「小河内エミの死体の傍にあった錦織りの袋の中味ですよ」

「うん。金糸の房という点も一致している」

そう囁き合った刑事達の険しい視線が、言い合わせたように私に注がれた。かがみ込んでいた私は夢中で腰を浮かした。

「何ですか、一体！」

「この鏡さ」

「知りません、見た事もない鏡ですわ」

「自分のハンドバッグに入っていたものじゃないか、これは小河内エミ殺しの犯人が持ち去ったはずの鏡だよ」

「そんな馬鹿な事ありません！」

「話は捜査本部で聞こう」

刑事達の態度も言葉も俄かに変わった。

私は「絶望」という槌《つち》でガンと打ちつけられたように、眼前が白っぽく霞《かす》んで行く気持ちだった。私は今、逃れる事の出来ない危険な立場にある、と蛇の巣に踏み込んでしまっ

たような戦慄を感じた。

クワーッ……

異様な山鳥の啼《な》き声《ごえ》が湖面に響いた。

崩壊《ほうかい》〈片腕ノ男ノ章〉

1

深々と青い夏空と銀色の積乱雲が、国電の車窓から眺めていると、電車と一緒になって走っているように見えた。

残らず開放された窓から風は吹き込んで来るが、それは清涼を呼ぶ爽快《そうかい》なものではなく、汗に湿った衣服をじっとりと肌に絡みつかせるだけであった。

乗客の誰もが、この暑さの圧迫感に喘いでいた。眼を半眼に見開いて、力なく鈍い視線を宙に迷わせている。定まったように口を半開きにして、ハンケチや手拭いを持った手だけが、忙しく額や鼻のまわりや襟元へと運ばれていた。

僅《わず》かに元気そうなのは、サングラスをかけた男達と腿《もも》まで覗きそうな短いスカートの女達だけであった。

隣りの、胸を拡《ひろ》げた労働者風の男の汗まみれの体臭に閉口しながら、倉田警部補は座席だけが埋まっている車内の最前部を見た。

《まだ、いる……》

警部補は軽く舌うちをした。じりじりしてくるような不快な暑さに拍車をかけるようなあの男の執拗《しつよう》さが煩《わずら》わしく、焦燥を掻《か》き立《た》てるのである。

男は、そうする事が当然というように、遠くから倉田警部補を睨みつけていた。その暗い眼の周囲にはハッキリと黒い隈《くま》が浮き上がって、眼球だけが烈《はげ》しく燃えていた。片腕のない事が、執念深い男の行動を陰性なものに感じさせた。

杉静子を奥日光から連れ戻した一昨日、八月二十八日から今日八月三十日まで、片腕の男は寸時《すんじ》たりとも倉田警部補の身辺から離れなかった。昨日の朝、片腕の男から面会を求められたが、会う必要がないと倉田警部補は拒絶した。その時以外は、常にこうして影のように付き纏《まと》い、一定の間隔を置いて、まるで愛犬を取り上げられた少年が抗議するように、ただ黙々と尾いてくるのである。

今朝も、神楽坂署の捜査本部を出る倉田警部補の姿を認めると、神楽坂へ通ずる道の角のパチンコ屋の前に佇《たたず》んでいた片腕の男は、獲物を追う猟犬のように、もうピッタリとその後に食いついて来た。

それから青山一丁目の杉静子の下宿先、渋谷の映画館、神宮外苑《じんぐうがいえん》入口のそば屋、日本橋の二葉電機本社、と、杉静子の供述を裏付けるために倉田警部補は歩き廻ったが、片腕の男は少しの逡巡《しゅんじゅん》もみせずに追跡して来る。何度か撒《ま》こうと試みたが、失敗した。いわば専門家の倉田警部補が匙《さじ》を投げた片腕の男の鋭い尾行勘であった。

そして今、品川の日南貿易倉庫へ向かっている警部補を監視するかのように、片腕の男の執着が国電の中で放光しているのだ。

《まるでダニだ……》

あの奥日光湯ノ湖畔の澄みきった大気の中で、杉静子を庇《かば》って立ちはだかった片腕の男の烈々《れつれつ》たる闘志、そして敵意を露骨に燃やした彼の眼——胸をうつような生々しいその印象を、倉田警部補は未だに忘れる事が出来なかった。

《杉静子は犯人ではない》

という片腕の男の信念が厳しく窺《うかが》えた。

倉田警部補も、感情の上だったが、杉静子を犯人と思いたくなかった。気品とか理智とかは別として、血の温か味を感じさせる優しさと、家庭的な柔和《にゅうわ》さ、豊かに発達した肢体でありながら、なよなよと弱々しい軀《からだ》の線、そんな女らしさに溢れた彼女の魅力は、犯罪とは程遠い感じだった。倉田警部補の勘だけでは、杉静子を「黒」とする要素をどうしても嗅《か》ぎ出せないのである。

しかし、犯罪捜査は勘や感情では左右されない。実際証拠が、全て杉静子を「不利」と指す以上は、忠実にそれに基づかなければならなかった。

まず、あの簡単な算術計算からして、杉静子は重要人物という答えを出している。

5－4＝1　この1が杉静子なのだ。五人のミス候補の中、三人は完全に失格した。残りの二人の中の新洞京子も、奇跡に恵まれなかったとしたら当然失格したに違いない。足なり腕なりを骨折したら、生命に別条なくともミス決定審査に欠場したろうからである。

また、新洞京子の自動車事故は全くの偶発事として考慮外に置いたとしても、彼女は、都立秋葉原病院の外科病棟に入院して以来、未だにただの一度も外出していない事が明白となった。病院を秘密裡に抜け出すのは、容易のようで困難な事である。医師の回診の外《ほか》に、食事、検温、巡回などで一時間に一度ぐらいは看護婦が病室へ入ってくる。それに新洞京子の場合は、二人用の部屋にいたから同室の患者の眼を誤魔化す事は全く不可能であった。従って、新洞京子には完璧なアリバイがあり、一応容疑圏からはずさなければならなかった。

という事で、どうしても杉静子が焦点として絞られてくるのである。それに、杉静子には容疑者としての条件が揃《そろ》っていた。

——釈然としない気持ちで、倉田警部補は眼を開いた。

品川駅だった。警部補の眼の隅を、続いて電車の隣りの口からホームへ降り立つ片腕の男の影が掠《かす》めた。

階段を登り、京浜急行寄りの改札口から駅を出る。歩道に濃い影を落として、真っ直ぐに京浜急行の高架線に沿って歩く。上り気味の道をしばらく行って左へ曲がると、東海道《とうかいどう》線や国電の上を跨《また》いだ陸橋である。

陸橋の中程で、倉田警部補は足をとめ、橋の鉄柵に手をかけて佇んだ。憑《つ》かれたように追って来た片腕の男も、五米《メートル》ほどの間隔を置いて鉄柵に寄りかかった。

炎天の下で、二人の男はさり気なく、そして冷たく横眼で睨み合った。

「何か用ですか！」

口火をきったのは倉田警部補だった。

小牧は答えなかった。ただ、その暗い面相に一瞬翳《かげ》がよぎっただけだった。

「用がなければ尾けるのをやめてくれ給え。捜査の邪魔になる」

「用はあるのだ……」

小牧は、下の線路へ視線を落として言った。

「事件に関する事だったら、話し合えませんよ。いずれ貴方にも参考人として来て頂くでしょうから、その時に話は聴きましょう」

それだけ言い残すと、小牧に背を向けた倉田警部補は鉄柵を離れた。だが、五歩も行かない中に意外に強い力で肩を摑まれていた。

警部補は激しく小牧の左腕を振りはらって、

「公務執行妨害になりますよ」

振り向きざまに鋭く言った。

「どうでもいい！　静子はどうした、静子をどうしたんだ！」

詰め寄って来る小牧の言葉は烈しかったが、思ったより彼の気持ちが冷静である事は、その眼に狂暴さが感じられないので、倉田警部補はすぐわかった。

「事情聴取は進んでいます」

相手が冷静である以上、倉田警部補は一方的に無視するわけには行かないと思って、そう答えた。

「しかし、静子は下宿へも帰って来てない……」

「重要参考人ではありますが、捜査本部としては杉静子の身柄を拘束《こうそく》していません。ただ、あの人は報道関係に非常に神経を使っています。だから下宿へは戻らないで何処《どこ》かの旅館に身を隠しているのでしょう。事情聴取が終わると、今夜の宿泊は何処其処《どこそこ》、と捜査主任だけに伝えて、あの人は帰って行きます。……それも、みんな貴方のためではないんですかねえ？」

倉田警部補の話から、まだ任意出頭の域を出ていないと知った小牧は、幾らか安堵《あんど》したらしく、遮《さえぎ》る何物もない眼前の景色を眺めた。何本もの線路が足下から白糸のように延びて、その糸の上を前方から走って来る列車が次第に大きくなり、やがてブレーキのかかった音と共に吸い込まれるように足の下へ消えて行った。

「しかし、静子がそんな気を遣う必要はもうないんだ……」

小牧は列車が通り過ぎるのを待って、呟いた。

「刑事さん、静子に伝えてくれませんか」

そう向きなおった小牧から、初めて敵意が消えていた。

「出来る事ならね」

「僕を庇うために不利になっては損だ。僕は、日光から帰って来てから既に家へは戻っていない。もう僕は家出を決行してしまった……と、これだけで結構です」

「すると貴方は二葉電機の方へも——」

「養子が家出したんです。義父の会社へ出勤なんか出来ませんよ」

小牧特有の虚無的な嘲笑が口許を歪めた。

「その軀で……無茶しますな」

倉田警部補の口調に、ふと同情が籠《こも》った。

「静子があんな事になって……あの家で今までのような老犬みたいな生活はしていられませんよ」

「寝食はどうしているんです？」

「持ち金は、最初の一泊の旅館代でふっ飛びました。何しろ僕は、殆ど自分の金っていうものを持たされてないんでね。昨夜は飯田橋の駅で寝ました。食う方は……終戦後苦労しましたからね、二日や三日は馴れてます」

「何も食べてない？……」

と、倉田警部補は瞠目した。

詳しくは知らないが、この片腕の男の境遇が彼の眼許と同じように明るくないものだとは、察しがついた。そして、彼と静子とのひたむきな悲恋が、きっと人情として加勢してやりたくなるような純粋なものに違いない――と、倉田警部補は、小牧に対して急にこみ上げて来るような憐憫《れんびん》と親近感を感じた。

見れば、白いYシャツは薄汚れ、ズボンも作業衣のように皺《しわ》くちゃにたるんでいた。持っていたはずの上着と大型鞄は、売ってしまったのか、小牧の手にはなかった。

顔は眼と隈と不精髭《ぶしようひげ》だけが目立って昆虫のように尖《とんが》っていた。肌は中風病《ちゆうぶうや》みのようにカサカサと蒼黒く、それはまさに落魄《らくはく》した人のものであった。

彼は既に自らの生活権を放棄している。その覚悟は尋常なものではない。人間は必ず一カ所の逃げ道なり、一つの救いを用意して置いて行動する。最低の寝食の手段は確保して、それでも背水の陣《ひ》だという悲壮感で物事に立ち向かうのである。しかし小牧の場合は、文字通り、後には退けない断崖絶壁を背にして立ったのだ。成り行き次第では、彼は野垂れ死にするかも知れない危機へ、躊躇《ためらい》もなく自分を投げ込んだのである。自分を捨てるという事は親子夫婦の間でも容易ではない。静子を救いたい一心で、敢然《かんぜん》としてそうした、この身障者の情熱を、倉田警部補は貴重なものだと思った。そんな情熱を猪突猛進《ちょとつもうしん》と言って笑う人が殆どである。損得を冷徹に計算出来ないものは馬鹿であるという世の中なのである。だが、この馬鹿さ加減こそ、人間の感動を呼ぶものだ、という事を最近の人は忘れている——倉田警部補は、陸橋の上を吹き抜ける熱風に眉をしかめながら、そう思っていた。

小牧といい静子といい、逆境にあってただ一途に愛し合っている。互いに掛け替えのない相手と信じ込んでいる男女なのだ。

《何とか力になってやりたい》

倉田警部補の気持ちはその一点に固着した。

「どうです、その辺で何か食いませんか？」

警部補は二、三歩、歩きかけて言った。

「はあ……」

櫛《くし》も入れていない髪の毛を逆立《さかだ》てる風に嬲《なぶ》られながら、小牧は当惑したように倉田警部補を見た。

「私も昼飯がまだなんです。さあ」

警部補の笑顔に促《うなが》されて、小牧はやっと鉄柵から軀を離した。

だだっ広い大通りに面しているそば屋へ入って、そばがいいと遠慮する小牧に天丼を取り、倉田警部補は自分にカレーなんばんを注文した。

「静子は容疑者なんでしょうか？」

小牧は開口一番、そう訊《き》いた。

「小牧さん、個人的であっても事件に関する事は一切喋れないのです」

倉田警部補はテーブル越しに正面の小牧を瞶《みつ》めた。

「ただし、今の私は素っ裸です。裸であるからには、私という人間の職業も任務も立場も抜きでしょう。貴方もそのつもりでいて下さい」

小牧は頷いた。視線をそらしたのは感謝の意を表わす方法がなかったからである。

「杉静子は最も重要な参考人です。という事は最も容疑者に近い事を意味しています」

「その理由は？」

「まず、穂積里子の死亡時間に杉静子がアパートの部屋を訪れていた事です。訪れた時には穂積里子の姿はなく、管理人室へ訊きに行ってる間に、誰かの手によって部屋のドアに鍵をかけられた、と杉静子は主張していますが、捜査本部もそれだけでは納得の仕様がない。その事実を証明出来ない限りね」

「静子は嘘は言いません」

「警察の犯罪捜査には観念論は通用しません。全てが事実と現象に基づくのです」

運ばれて来た天丼の蓋《ふた》を取り、割箸を割ってやりながら警部補は続けた。

「あの八月二十三日、杉静子は穂積里子から電話を貰った。今夜遊びに来てくれという電話の内容だったそうです。会社の帰りに、そのまま寄ってくれという里子の指示もあったので、杉静子は五時の退社時間とともに、真っ直ぐ里子のアパートへ出掛けた、と言ってますがね――」

杉静子は前々から、里子のアパートへ行く約束をしていた。既に二度ばかり遊びに行ってはいるが、今度別れた恋人がいやがらせに贈ってくれた馬鹿デカイ冷蔵庫を見せるから是非《ぜひ》来てくれと、二十三日に里子から連絡を受け、静子もその気になった。里子のアパートへ着いたのは六時少し前だった。非常階段からアパートへ入り、里子の部屋の前へ行ってドアをノックした。返事はなかったが、二、三度叩いている中にドアが開いた。留守ではないらしいと思って、静子は室内へ入った。香水の匂いが漂っているし、テーブルの上の二つのラーメン丼に触れてみると、まだ温かい。静子は管理人に里子が外出したか訊いてみようと思い立ち、そのまま階下へ行った。管理人はわからない、と言うので仕方なく二階へ引き返して来てみると、驚いた事に里子の部屋のドアに鍵がかかっている。バッグを室内に置いたままだし、静子はもう一度管理人の所へ行き、里子の部屋のドアを開けて貰い、バッグを受け取って帰った。

「――と、まあ事情を説明しています。しかし、今の所、その真偽《しんぎ》を確かめる術がありません。次に問題になるのは、それから引き続いての杉静子の足どりです。小河内エミと川俣優美子の死もその後間もなくでした。犯人は、穂積、小河内エミ、川俣、と一晩の中に三人を襲ったのですから、事件の容疑圏からはずれるには、この二十三日夜のアリバイが成立しなければなりません。杉静子は、まず穂積里子の場合でアリバイが成立しません。それどころか現場にいた事が証明されています。では、次の小河内、その次の川俣の場合はどうかというと、やはり杉静子のアリバイは非常に曖昧《あいまい》なのです。今日、小牧さんは私を尾行されたから説明し易いのですが、今朝から私が歩いているのは、杉静子の二十三日夜の行動を裏付けるためなんですよ」

「どうして静子のアリバイが曖昧なんでしょうか？」

「つまり、下宿に帰っていたとか、貴方と一緒にいたとか、はっきりしていれば文句はないわけです。しかし、二十三日夜、杉静子が下宿へ帰って来たのは十一時すぎなんです」

倉田警部補はここで、フウフウ言いながらカレーなんばんを口の中へ流し込んだ。

「静子は、何処へ行っていたと釈明しましたか？」

と、小牧は箸をとめて不安そうに湯気の中の警部補の顔を瞶めた。

「渋谷の映画館へ行った、と言っています」

忽《たちま》ち噴き出した顔の汗をハンケチで拭って、倉田警部補は言った。

「どうもこの映画館というやつは、アリバイに窮《きゆう》した犯罪者がしばしば主張するのですがね。確実に裏付けようのない事なんです。まして渋谷の大劇場ともなると、何日の何時から何時までこういう人が入場していたか、と確認を取るのは不可能です。ただ、映画の帰りに寄ったという、神宮外苑入口のそば屋では、二十三日夜十時四十分頃、杉静子が店に現われた事を認めてましたがね。もっとも、それが即彼女のアリバイとはなりませんよ。最後の川俣優美子に対する凶行は十時ですから、それをすませてから、十時四十分に神宮外苑入口のそば屋に現われる事は可能です」

「静子への疑問はまだ他にもあるのでしょうか？」

「二つばかりあるのです。一つは、貴方も見たでしょう。湯ノ湖畔の道で、杉静子のバッグから転げ出た楕円形の鏡です。あの鏡は穂積里子のものなのですが、事件の前夜、小河内エミの部屋でマージャンをやった時に、その場へ忘れて行った鏡なんです。つまり小河内エミの所にあるべき代物だったんですよ。ところが、小河内エミの死体の傍《そば》には鏡の錦織りの袋が残っていて、その鏡だけが消えてしまったんです。事件直前までその鏡が小河内エミの手許にあった事は証言する者もいます。とすると、小河内エミの死を境として鏡は消えた、言い換えるならば、犯人こそこの鏡を持ち去ったか、何かの拍子に身につけて行ってしまったか、する事の出来る唯一の人物なのです。従って杉静子が小河内エミの死の前後にその現場へ行った事だけは明らかなのです」

これに対して杉静子は、鏡がどうして自分のバッグに入っていたのかは勿論、誰の持ち物かも知らないの一点張りだったのである。

「――知らぬ存ぜぬで通すには、あまりにも歴然とした物的証拠なのです。余程、思いきった推理で、理論的にハンドバッグへ鏡が入った経緯を解明出来ない限り、杉静子は著しく不利ですよ」

「もう一つと言うのは……？」

「手紙です」

「手紙？」

「これが、その写しですがね」

と、倉田警部補は手帳の間から一枚の紙片を抜き取って、水滴の散っていないテーブルの上の部分を選《よ》って拡げた。

「一読して、何の変哲もないファン・レターです。だが、同文で同じ筆跡のこの手紙が、死亡した三名のミス候補の所へ届けられていたとしたら、簡単に見逃すわけには行きません。何を意味する手紙で、また何の目的で、それぞれ三名の許《もと》へ届けられたのかはわかりませんが、少なくとも茶目や悪戯《いたずら》の埒外《らちがい》です。この手紙を貰った三名が三名とも怪死したのですからね。ところが筆跡鑑定の結果、この手紙は杉静子によって書かれたものだと確証されました。しかし、杉静子はこの手紙に関する限り、頑《がん》として喋りません。言いたくないから言わないと、応答を拒否しています」

倉田警部補は吐息と共に、口を噤んだ。

《事情聴取に応答を拒否するのは、何かを隠したいからだ。隠すという事は、可哀想だが彼女の立場をますます苦しくしている》

警部補はふと、そう思ったのである。容疑者に対する同情——これは捜査係官として、自己嫌悪を招くものであった。自身に対する気拙《きまず》さが、油ものを食べた口の中のように、心をネチネチにさせるのである。

その時、手紙の写しから眼を上げた小牧が興奮気味に口走った。

「違う！　これは静子のものじゃないです」

「ほう……」

倉田警部補は落ち着いて答えた。

「だが、筆跡鑑定では、紛《まぎ》れもなく杉静子のもの、と断定されたのですよ」

「ええ、書いたのは静子でしょう。静子の字ですよ」

「それなら——」

「筆跡が同じだから、その人のものとは限らんでしょう」

「え？……」

「つまり、書いた人がすなわち書く目的を持っていたとは言えません。世に代書屋《だいしょや》という商売さえあるのですから」

一瞬、小牧の言葉の意味が飲み込めず、倉田警部補は押し黙った。

「……すると、杉静子が代筆したとでも言うんですか？」

「そうです」

と、小牧は瞬《まばた》きもせずに言った。何か確信がある如く、その口振りに仄《ほの》めかした。

「代筆というより、誰かに書かされたのでしょう」

「では、どうして杉静子は事情聴取に際してそのように打ち明けないのです？」

「静子は脅迫されているのですよ」

「脅迫？」

脅迫という言葉は、警察官としての倉田警部補の脳裡に、本能的な衝撃を与えた。

「どういう事です？　それは」

警部補は、この聞き捨てならない一語に、俄《にわ》かに開きなおった。

「静子は、僕との……そうだ、今となっては秘密も宿願もないんです。貴方にはお話ししましょう。実は僕達は、先日密会の現場を写真に撮られてしまったのです――」

と、小牧は、静子との交際の始まりから、奥日光の「滝の家旅館」で彼女から聞いた脅迫者の話に至るまでの一部始終を、残らず倉田警部補に告白した。

飾り気のない小牧の話し方であったが、それが宿命ででもあるかのように結びついた男と女の経緯も、愛情と現実の相違から苦悩する二人の苦境も、倉田警部補には無理なく理解出来た。また、密会の場をフィルムに収めた脅迫者の存在も、興味深く聞いた。だが一つ、難点があった。どうして、この手紙は杉静子が代筆したものだ、と言いきれるのだろうかという事である。

「代筆の根拠はあるのですか、単なる推定ではなくて」

「あります」

倉田警部補の問いに対して、小牧は言下に頷いた。

「どういう事です？」

「これらと比較して見て下さい」

小牧は札入れを出すと、中から五、六通の手紙をテーブルの上へぶち撒けた。手紙とは言っても、それらは連絡用のメモらしく、手紙の体裁を保っているものはなかった。便箋、ザラ紙、手帳から剝《は》ぎ取《と》った紙、事務用紙の裏面、と雑多なものに書き込んである文章の字は、全て杉静子の筆跡に間違いなかった。

倉田警部補は遠慮勝ちに手をのばしては、一枚一枚を丹念《たんねん》に読んだ。照れるというよりも、女の真情を冒瀆《ぼうとく》するような引け目を感じたのである。

読《よ》み了《お》えても、これと言って代筆を思わせるような特徴に気づかなかった倉田警部補は小牧を見返した。

「わかりませんね」

「その前に刑事さんにお訊きしますが、このファン・レターの写しは、本物と一字の違いもないでしょうね？」

小牧は、杉静子の恋文とファン・レターの写しをならべながら言った。

「文章に関係なく複写機で写したものですから、絶対に間違いありません」

「そうですか。では、これを見て下さい」

と、小牧は指さした。倉田警部補は乗り出して、その指先を覗き込んだ。

「静子には妙な癖があります。どういうわけか知りませんが、『……でしょう』と書くべき所を、『……でせう』と書くのです。戦前の人ならともかく、戦後に教育を受けた静子にしては妙な癖だと、いつも読む度に苦笑していたのですが、こういう癖は誰にも一つ位はあるものです。御覧なさい、僕にくれた手紙の『……でせう』は全部がそうなっています。ところが、このファン・レターの写しの方は、三カ所とも『……でしょう』と正しく書いてある……」

「うむ……」

と、倉田警部補は思わず唸《うな》っていた。確かに小牧が指摘する通りであった。

「間違った癖、それも無意識にやっている習慣的な癖は、注意されても改まらないのです。現に日光旅行を連絡して来た手紙でも、やはり『しょ』と『せ』を取り違えてますから、依然としてこの癖はなおってないのです。それを、このファン・レターに限って、

『……でしょう』と書いたというのはどうした事です？」

小牧は、そう言って倉田警部補を瞶めた。自分の信念を披瀝《ひれき》する人間のように、彼の眼には少しの澱《よど》みもなかった。

「静子は、恰度《ちょうど》このファン・レターの写しを取るのと同じように、手本を見て書いたのですよ。手本通りに写せ、という脅迫者の命令に従って書けば、『せ』を『しょ』とするでしょう。それとも貴方は、静子が今日ある事を慮《おもんぱか》って、一年も前から故意に『せ』と『しょ』を違えた手紙を僕に寄越していた……とでも考えますか？」

沈黙を続ける倉田警部補に業《ごう》をにやしたのか、小牧の口調は鋭かった。

そば屋の女店員が、のび上がってこっちを覗いた。

「静子は、脅迫者の注文は大した事ではなかったと言って僕には教えませんでしたが、こんな重大事だったのです。これだけでも、静子を罠《わな》にかけた何者かが存在する事は明白でしょう。そして、その脅迫者こそ、今度の事件の犯人ではないでしょうか」

「わかりました」

倉田警部補は重苦しく頷いた。一つの決意が、やっと警部補をある方向へ踏み切らせたのである。それは、ある意味では捜査方針に反するものであったかも知れない。だが、杉静子を救いたい一心で火の塊《かたま》りのようになったこの片腕の男の言う事が、自分の主張を正当づけるために詭弁《きべん》を弄《ろう》しているものだとは、思えなくなったのである。小牧に協力して、少なくとも杉静子にとって有利な手掛かりを摑んで行く線で、犯人追及を試みようというのが倉田警部補の偽《いつわ》らざる決意であった。

「刑事さん、これからどちらへ？」

倉田警部補の立ち上がる気配を見て、小牧が訊いた。

「小河内エミの……現場へ行きます」

警部補は女店員に金を払いながら答えた。

「行っても構わんですか？」

「いけないと言っても、貴方は尾いて来られるでしょう」

と、含みのある微笑を見せて、倉田警部補はさっさとそば屋を出て行った。

瞬間、小牧の顔は喜色《きしょく》に輝いた。左手で空っぽのYシャツの袖を押えると、脱兎の如く警部補の後を追った。店の中から飛び出した途端に、クラッと眩暈《めまい》を感じた程、外は灼熱《しゃくねつ》の直射日光が溢れる白昼であった。

2

小河内エミが寝泊まりしていた小さな仕切りの中の部屋は、そっくり取り壊されて、その部分だけ事務所が拡張されていた。

事務員も以前より一人増えて、小河内エミの後釜《あとがま》と思われる女事務員の外に、守衛のような感じの初老の男が、事務机の前に所在なさそうに坐っていた。ただ一人の顔馴染みである島根勇吉だけが、倉田警部補とならんでソファに腰を下ろしていた。新顔の女事務員は帳簿に熱中しているかのように見せかけて、実は、しきりと片腕の男の方を窺っている。

刑事の同伴者として、零落《れいらく》しきったような薄汚れた者は、確かに奇異な印象を見る人に与えた。コンビでもなければ、連行中の犯罪者でもない、とはすぐわかったが、では、どういう取り合わせかと臆測するのも難しかった。

倉田警部補は、今度こそ犯人の築いた偽装壁を崩そうという意気込みで此処《ここ》へ来てみたのだが、目前にしたこの倉庫事務所から目新しい発見も、痒《かゆ》い一点を指摘されるような刺激的な心証も得られなかった。相変わらず凡々とした、一個の建物としか、眼に映らなかったのである。

倉田警部補から現場の状況を一通り説明してもらった小牧も、それから約一時間、

「きっと難しく考えているんです。極《ご》く簡単なトリックだと思います」

と、一言呟いたっきり、ずっと黙りこくっていた。勿論、小牧には専門的な知識も分析力もなかった。彼にあるのは、どうしても解かなければならない、という切羽詰まった人間の一心だけである。だが、窮鼠《きゅうそ》猫《ねこ》を噛《か》む、の譬《たと》えもあるように、彼の精神力が全くの

「無」から「ある形」を引き出したのである。

一時間余の沈黙の後、ふと立ち上がって事務所を出て行った小牧は、裏の倉庫を隈なく歩き廻ったと見えて、煤《すす》と埃《ほこり》にまみれて戻って来た。

「刑事さん、だいたい出来そうですよ」

と、小牧は顔の汚れも気にならないのか、事務所へ入って来るやいなや、そのまま倉田警部補の前に立ちはだかった。

「え！……」

警部補は戸惑っていた。メンツとか敗北感のためではなく、信ずる事の出来ない驚きであった。

「やってみましょう」

小牧は委細構わず、事務所の中を歩き廻った。その彼には少しも誇らしさや勝利感がなかった。真剣に、真っ黒になって働く農夫の表情に似ていた。

彼は事務所の机の上に扇風機を持ち出し、

「これが、小河内エミの頭の所にあったガス・コンロとします」

と、一冊の部厚い帳簿を指さした。そして扇風機の方向をそれに向けた。

「これで扇風機が回転すれば、コンロのガスは消えるわけです」

小牧は倉田警部補の同意を求めて言った。警部補は深く頷き返した。

「そして、泥酔した小河内エミは既に其処で眠っています。犯人は戸締まりを厳重にして廻りました。その表のガラス戸も一枚を残して全部閉めたのです。それを了えた犯人は……僕が犯人として行動してみましょう」

と言うと、小牧は事務所から奥の倉庫へ通ずるドアを開いて、倉庫の中へ姿を消した。だが二分も過ぎない中に、再びドアから事務所へ戻って来て、ドアには内側より鍵をかけてしまった。

「これでシャッターさえ下ろせば完全な密室となるわけです」

小牧は、そう言いながら扇風機のスイッチに指先で触れた。そして今度は事務所の壁際にあるシャッターのスイッチ箱の所へ行きスイッチを操作した。

これだけをすませると、彫像のように立ちすくむ四人の人間を残して、小牧は表の入口から外へ出てガラス戸をきちんと閉じた。と思う間もなく小牧の姿は、ふっと見えなくなった。

殺人手段の再現は、奇異な雰囲気をかもし出した。ムンムンと圧するような熱気の中にありながら、事実これから自分が殺されるのではないか、という錯覚に寒気さえ感ずるのである。誰一人、口を動かす者はなかった。

重い静寂《せいじやく》を破って、微《かす》かに軋《きし》るような音がして、表口のシャッターが徐々に下降しだした。

「は！……」

女事務員が小さな声をあげ、慌てて口を抑えた。同時に、背後の扇風機が突如として回転し始めたからである。

これでシャッターは閉鎖され、扇風機によってガス・コンロの火は消されたわけである、しかも犯人の軀は既に事務所の外にあった。小河内エミは密室の中で、中毒死を遂げたという結果になる。

《間違いない……》

倉田警部補は感歎《かんたん》した。今こそその細工の正体を見たのだが、こんな簡単なトリックを何故見逃したか、と自分を責める気はなかった。事件解決に際して過去の捜査活動を振返ってみると、発生時に直面してどうしてあんな事を見逃したのかと、自分の未熟さに呆《あき》れる場合がよくあるが、何事もコロンブスの卵で、出発点を針の先程も狂わせると、もうわかりきった核心を摑めなくなるのである。

倉田警部補はシャッターのスイッチを「開放」の矢印に向けた。再びシャッターは上昇し始めて、やがて事務所は元の明るさに還った。女事務員がホッとしたように凍った表情を解いた。

「これでは如何《いかが》でしょうか？」

戻って来た小牧が、心配そうに訊いた。

「完璧です」

倉田警部補は自信をもって断言した。犯人は、小河内エミが転た寝《うたね》したのを見すましてから戸締まりをして、奥のドアを開いて倉庫へ入り、裏口脇の電気メーター器の所にある電源を切ったのである。そして懐中電灯なりマッチの火なりを頼りに事務所へ引き返し、ドアには内側から鍵をかけ、扇風機のスイッチを「回転」に、シャッターのスイッチを「閉」に向けた。だが建物全体の電源が切れているから、扇風機もシャッターも動かない。犯人はそのまま事務所の表口から出て、外からガラス戸を閉め、隣りのビルとの間の細い通路を抜けて裏口から再び倉庫へ入り、電源を元へ戻したのである。電流が通ずる事によって、扇風機は回転を始め、シャッターがおもむろに下降するわけである。

シャッターが下降する場面を、通路の向かい側から薬局の主人が目撃したのだが、人影が見えるはずもなかった。犯人はこの時、通路の奥にいて、薬局の主人が背を向けるか、人と話を交わすか、その機会を窺っていたのだからである。

電灯は点いている、扇風機は回転している、シャッターは閉まっている、という現場の状況を見て、人は無条件にスイッチを入れる事によってこうなったのだという先入観に捉われる。電気があまりにも日常生活に密接な関係にあり、人は百万べんもスイッチをひねって電気を使っているから「電気はスイッチにより」という固定観念を易々《やすやす》と白紙に戻せないのである。だから、電源を切ってからスイッチを入れ、また電源を元へ戻す、とこん

な簡単な方法で普通にスイッチをひねった場合と全く同じ結果になる事を、忘れてしまっていたのだ。気がついてみれば、

「なんだ、アイロンのスイッチが壊われて役立たない時など、ソケットの嵌《は》め込《こ》みによって操作するのと同じ事ではないか」

と、思い出すのである。

倉田警部補の脳裡《のうり》に、八月二十四日の事件発見当時、品川警察署の捜査係長が、何気なく言った言葉の記憶が甦《よみがえ》った。

「この電気時計は五分ばかり遅れてますな」

と、捜査係長は事務所の壁の電気時計と自分の腕時計を見比べながら言ったのである。

それに対して島根勇吉が、

「遅れた事がない時計だが？」

と、不審そうに答えている。

遅れるはずがない電気時計が、何故五分ばかり遅れたのか――そもそもこの疑問に神経が反応を示さなかったのは愚鈍《ぐどん》であったと、現在の倉田警部補は思っている。

故障でない限り、電気時計が止まったり遅れたりするのは、停電によるものである。僅か五分の停電――これは、この建物の電源を切ったという人為的な停電ではないか、ぐらいの事を推測するのが当然だった。と、そんな囁きが倉田警部補の胸の中で疼《うず》いた。

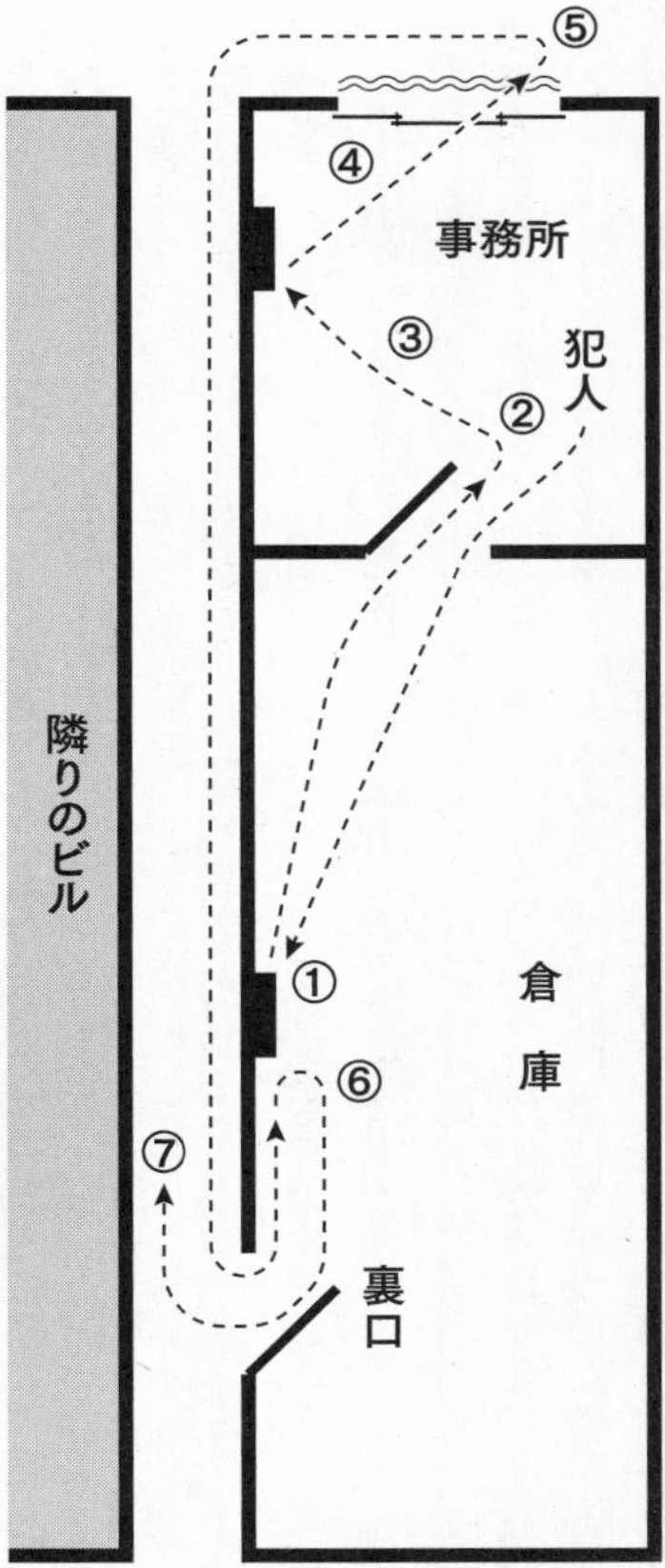

犯人の行動経路

①電源を切る
②ドアの内側から鍵をかける
③扇風機にスイッチを入れる
④シャッターにスイッチを入れる
⑤外からガラス戸を閉める
⑥電源を入れる
⑦逃走

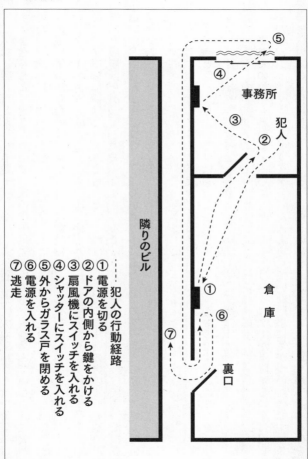

二人は、再び品川駅へ引き返し、国電で大森へ行った。大森駅前から倉田警部補はタクシーを奮発した。暑さと疲労で、靴の中の足先が火の中へ突っ込んでいるように火照《ほて》っていたし、それに小牧の労を犒《ねぎら》う気持ちもチョッピリはあった。

「電源に気づかれたのは、私から言えば賞讃に価《あたい》しますよ。感服しました」

タクシーの窓から吹き込む風を、少しでも余分に軀《からだ》にあてるように上半身を窓際に寄せて、倉田警部補はしみじみと言った。それは決して、この片腕の男の才能を認めたり、また警部補自身が自信を喪失したりしたのではなく、経験という旧型に嵌まった捜査力にはいつしか盲点が生じていて、虚心坦懐《きよしんたんかい》で事に当たったズブの素人の勘に、脆《もろ》くも破れる場合があるのだ――そんな考えに対する感慨であった。

「まぐれです」

小牧はニコリともしないで答えた。

「扇風機とシャッター、これは両方とも電気によって動くものです。この二つを操作するのは、それぞれのスイッチか、電源か、それだけだと考えました」

「どうして、電源を選んだのです?」

「刑事さんの説明を聴いている中に、薬局の主人はシャッターが下降するのを目撃していながら、シャッターのスイッチを入れた人影を見ていない事に気がついたのです。スイッチを入れるのと同時に、シャッターは動き始めますから、シャッターが下降するのを見ていて、スイッチを入れ終わった人間が事務所の奥へ戻って行く姿を見なかった、というのは矛盾しています。これは、スイッチを入れる人間がいなかったのだなと思いました。という事はスイッチは既に『閉』に向けてあって別の箇所で操作していた、つまり、それは電源きりない……ただ、それだけです」

小牧は面倒臭そうに早口で喋った。喋り了《お》えると、何かを追跡しているかのように、車の前方を睥睨《へいげい》した。彼の意識には数十分前の事さえ留《とど》まっていないのである。あるのは、「前進」のみであった。自分の退路を失った小牧にしてみれば、そうするより仕方がなかったのである。

橋の上でタクシーを降りた。

川っぷち沿いの路地を行くと、夏の午後の怠惰《たいだ》な静寂があった。男は働きに、女と子供は午睡《ひるね》にと、この一帯は人影もない空虚に包まれていた。長屋からは、人声もないのに馬鹿高いラジオの流行歌が洩れ、火のついたような赤ン坊の泣き声が聞こえていた。

舟大工の作業場を突っ切り、川俣優美子の家を迂回《うかい》して、二人は海に面した岸壁の上に立った。

街中とは違って、吹きつける風は埃も含まず、立った二人の口を塞《ふさ》ぐように強かった。

「恐縮ですが、煙草がありましたら……」

我慢しきれなくなったのか、渇いた唇を顫《ふる》わせて小牧が言った。

「これはどうも、忘れていました」

倉田警部補は小牧に言われてみて、自分も長い時間煙草を吸ってなかった事に気づいた。

二人は海に見入りながら、揃って煙草を吸った。その紫煙《しえん》は、一時も空間を漂わずに、掻《か》き消すように二人の背後へ流れた。

「とにかく、二十三日の夜十時頃、犯人がこの付近で行動するのは不可能だったわけですよ」

川俣優美子怪死当時の模様を詳しく話して聞かせた倉田警部補は、最後にそう結論づけた。

「その時刻は、この近所の人が総出でそこここに屯《たむろ》して涼みがてらのお喋りの真っ盛りなんです。見馴れぬ人間が近寄れば、興味と詮索の視線が穴のあく程集中します。また小舟や貸しボートで海へ漕ぎ出した形跡も可能性もないのです。その頃、恰度この辺にアベックがおりましてね、海を眺めていたんだそうですよ。そのアベックの眼にも触れていないというので、棚の吊り木に細引をつけて海上から引っ張ったのだ、とする私の推論もあっさりと否定されました」

倉田警部補は軽く失笑した。

小牧は無表情で海を瞶めているだけであった。穏やかな水面ではあるが、刃物を閃《ひらめ》かすような小波の反転が絶えずキラキラと躍《おど》って、岸壁の下に漂う水の音が単調に繰り返されていた。小牧は、静子と過ごした横浜の山下公園の岸壁を思い出していた。

「つまり、夜十時頃のこの近辺には、犯人はいなかったという事になりますね？」

「そうなんです。しかし現実に棚が落ちたのは、その十時頃ですからねえ」

「棚が落ちたのは、犯人の直接行為によるものではないんでしょう？」

「でしょうね。ある現象が起こった。その時刻に犯人は現場付近にいなかった……現象と犯人を直接結びつける事は出来ません。だが、その現象は自然によるものではなく、人為現象なのです。とすれば、何らかの方法によって――」

「現象がある一定時に起こるような仕掛けを、前もってやって置いたと解釈する外はないでしょう？」

「困難ですよ。そういう仕掛けの残骸や形跡は残ってなかったのだし、その一定時という時間は何の操作によって仕掛けに伝えられるのですか？」

「何かを利用してです」

「例えば時限装置をですか？」

「まあね、それも時限装置のように後に何かを残して行くものでは駄目なのでしょう？」

「何も形跡を留めないという事は、仕掛けがすこぶる単純、簡単なものでなければならないのです。そんな好都合の時限装置っていうものがありますか？」

「しかし、そうと前提が置かれているのですからね。自然現象でない限りは、十時頃より以前に仕掛けられた罠のようなものである、とね」

「結局、その罠は、私の推定のように、川俣優美子の部屋の窓を利用して仕掛けられたとしか考えられません。罠の痕跡を部屋の中には残してないのだから、外へ通ずる唯一の口が使われているはずです」

「しかし、その外は海の水なのでしょう」

二人の対談はここで杜絶《とぜつ》した。通風孔が詰まった密室のように、喋れば喋る程息が苦しくなり、空気は同じ範囲を堂々めぐりして、次第に澱《よど》んでくるばかりなのである。

水平線の雲の陰影がピンク色で彩られていた。既に陽光は活気を失い始めて、空の青さが清涼に眼に映じた。遠く、船が見えた。停まっているのも同然のようであったが、舳先《へさき》に蹴立《けた》てる波の白さがチラッと眼に入る。

二人は押し黙ったまま、放心したように、海の夕景を瞶めていた。ひとまず諦めた沈黙であった。

倉田警部補が腕時計を見やった。

「五時半です。私は連絡のために捜査本部へ帰りますが、貴方は？」

「もう少し、ここにいます」

急に疲労を感じたのか、小牧は立ち上がる気力がないというふうに答えた。

「静子と一緒に旅館なり、また静子の下宿へなり行ってもいいのですが、それより、静子の潔白を立証する方法を考える事の方が先決です」

「そうですか……確かにトリックが解明されたとしても、杉静子に対する容疑はそれとは無関係ですからね」

倉田警部補は、ふと暗い気持ちになって片腕の男を見下ろした。

「では……」

と、行きかけたが、思いついて引き返し、小牧のYシャツのポケットに千円札一枚を押し込んだ警部補は、何か言おうとする彼に、

「貸すのですよ」

と言って、今度は本当に立ち去って行った。

一人になった片腕の男は再び視線を海へ戻した。紺碧《こんぺき》とは言えない水の色だったが、それでも、港の海を眺めていると彼の気持ちは落ち着いた。岸壁の下の水音、船の汽笛、潮の香り、そして無限の空間などが孤独な彼の息吹を素直に受け入れるのかも知れないし、それらを媒介として、小牧の全てが静子という魂の拠《よ》りどころに溶け込むのかも知れない。一秒一秒が貴重であった静子との密会の背景——それが常に、海の見えるホテルとか横浜の波止場とかであったからだ。

だが、今は、

《俺の隣りに静子はいない……》

彼は憮然として海に問いかける。

静子は今頃、捜査本部の固い椅子で、鋭い質問を浴びているか、それとも、もう事情聴取を了えて人眼を忍びながら何処かの旅館へ急いでいるかだ。

あの顔、あの肢体の静子が、窶《やつ》れ果《は》て、それでも健気《けなげ》に明日を信じようとしている――その姿を小牧は想像して、いたたまれない焦燥と思慕にかられた。

《自分から静子を取ったら、後になにが残るだろうか……》

小牧はそう考えた。恐らく腐爛《ふらん》寸前の肉塊が残るだけだろう。それも右腕のない――。自分にとって、静子の存在が如何《いか》に大きいものであるか、暮色の中に一人佇んで小牧はつくづくと胸に刻んだ。静子のいないこの世には、色彩も音も香りもないのである。小牧は孤独な老犬となって、闇を彷徨《さまよ》い歩くに違いなかった。

彼はポケットから封筒を出し、静子から預かった二枚の密会の写真を膝の上に置いた。山下公園を歩く二人、そしてベッドの上の二人――その情景がつい昨日の事のように思い出された。

このまま、何時間でもこの写真に見入っていたかった。彼の脳髄を痺《しび》れさせる静子への強烈な慕情の酔いに、いつまでも浸っていたかったのである。

だが、二枚の写真のネガ・フィルムを熟視していた小牧は、ふと眉をしかめた。

《……》

それは、思いもよらない発見だった。

《待て……》

彼ははやる気持ちを抑えた。この発見から、ある実験を考えついたのである。

眼を上げると、玩具のように並んだ銀色のガソリン・タンクが遠く、赤々と夕映えに染まっていた。

《そうだ、写真屋へ持って行こう》

小牧は立ち上がった。実験への期待が、彼の身を軽くした。彼は歩き出した。どの辺に写真屋があるか見当もつかなかったが、まず商店街へ出るより仕方がなかった。

橋を渡り、大通りと斜めに交叉《こうさ》する一角に、あまり繁昌《はんじょう》していそうもない古ぼけた写真屋があった。彼は少しの逡巡もなく、真っ直ぐにドアを押しあけて店内へ入った。

魚を焼く匂いが漂ってくる奥から、ランニング一枚の男がもっそりと出て来た。

「鋏《はさみ》を貸してくれないか」

小牧は、とってつけたような口調でそう言った。写真屋の男はカウンターのような細長い仕切り台の下から、無言で鋏を取り出して小牧の前に置いた。

彼はネガ・フィルムを出すと、その右端の耳を片方だけ器用に切り取った。

「これを焼き付けしてくれないか」

「え？」

男の仏頂面《ぶっちょうづら》が驚きによって崩れた。小牧が差し出したのは、その切り取った耳の方であったからだ。

「キャビネ判に引き伸ばして欲しいんだ」

「しかし、これは……」

「いいんだよ。大至急で頼む。二時間も待ったら出来るだろうね」

「はあ……」

いちばん幅の広い所で、約三粍《ミリ》の半月形のネガ・フィルムを指先で摘《つ》まみ上《あ》げて、写真屋の男は呆気にとられて小牧を見た。

「いいね、二時間後だ」

小牧は必死であった。静子を解放する端緒《たんしょ》となるかも知れない写真の切れっ端なのである。それは手掛かりになるとは言いきれなかった。だが、密会の場を盗み撮りした脅迫者を手繰る糸口として、藁《わら》にも縋《すが》りたい小牧にとってはこの上もない貴重なものだった。

冷やしそばを食べてから、小牧は喫茶店へ入った。コーヒーや音楽が目的ではなく、たとえ少しの間でも眠るつもりであった。倖い流れてくる音楽はクラシックだし、客の数も少なかったから、仮眠するのには絶好だった。クッションのきいたソファに身を沈めると、忽《たちま》ち、安らぎが瞼を重くした。

《あれは意外な収穫だった》

現実と夢との境を微睡《まどろ》みながら、小牧は考えるともなく考えた。

あのネガ・フィルムに愛着を感じて、未練たらしく眺めていた事から、小牧は些細な発見をしたのである。それは、脅迫者が不注意だったのか、余程急を要する条件下にあったのかわからないが、一連のネガ・フィルムから静子に渡す分の二枚だけを、手でちぎり取ったのである。そのために、右端の隣りのフィルムの極く一部がくっついて送られて来たのだった。勿論、粗雑な行為のおかげで偶然そうなったのだから、蒲鉾形《かまぼこがた》の端っきれで被写体が満足に判断できないし、悪くすれば、単なる背景が認められるだけかも知れなかった。

しかし、横浜での密会を盗み撮りしたフィルムに接続していたからには、その端っきれといえども撮影者か脅迫者の身近の何かを被写体としたフィルムの一部分には、間違いないのである。

何が写っていても、推理が成り立つ程の具体的な情景でさえあれば、それを追及する事によって脅迫者の仮面を剝ぎとれるし、それは静子救出をも意味するのである。

小牧は、この希望的な三段論法が実現した淡い夢を見終わって、目を覚ました。約束の時間には少し早かったが、どうにも待ちきれずに、彼は例の写真屋へ行った。

開店以来初めての妙な注文を持って来た客の、海底の沈没船から抜け出て来た亡霊のような異様な雰囲気に威圧されて、写真屋は仕事を急いだらしかった。小牧が店へ入ると、写真屋の男は待っていたように店名が印刷された封筒を差し出した。

金を払って写真屋を出た小牧は、歩きながら明るい場所を探した。大森駅へ向かって左折する道路の角に水銀灯が点いていて、ドブ際の雑草までも艶々《つやつや》と照らし出していた。

小牧はその水銀灯の下に立って、封筒の中味を唇で引き出した。キャビネ判の原版に蒲鉾形の映像が浮き出ていた。彼は全神経を、この輪郭の定まらない被写体に集中し、視力の限りを尽くすかのように凝視した。

拡大しても一部分はやはり一部分で、それが何であるかを一口に表現する事は到底不可能であった。ただ、長い間見ていると、その一部分に接続するであろう他の部分への拡がりを想像出来るようになった。

写っている部分の上の方は、樹木である。針葉が密生している樹のようであったが、この部分は細過ぎて正確には判定しにくい。それが途中で白い物体に遮られていた。そして蒲鉾形の弓なりになった中高の部分、つまり最も大きく被写体を捉えている部分だが、それは人物の一部分であった。恰度、人間を縦に四分の一程割った部分が写っている。顔は勿論なく、肌を剝き出しにした右腕が水平にのびて門柱と重なっている。それから服の線がやっと見えて、一旦杜絶してから、スカートの拡がった一部、踏まえるように横へ出した右脚の一部、下駄の一部、と続いていた。下の方はコンクリートの階段のようであった。

小牧は、この観察から三つの推理を組み立てる事が出来た。

第一に、この人物が女である事は言うまでもないが、ノースリーブのワンピースに下駄ばきという恰好から推して、写真はスナップとは言えなくても、日常遊び半分に撮ったものである事。

第二は、この人物が非常に端に片寄って撮れているから、数人が並んで写したものである事。

第三は、針葉樹が背後にある門前で写したもので、この女は、露出した腕の肉付きや肌の白さ、それにワンピースの型を想像して、若い女である事。

しかし、これだけの推理から脅迫者を割り出す事は無理であった。当て嵌《は》めようとすれば、何万人もの人が写した何万人もの女となるだろう。

小牧は途方に暮れて佇んだ。水銀灯の下で妙な恰好をしている片腕の男を、通行人が気味悪そうに遠くからよけて通った。

《だが……おかしい》

一つの渦の中で、逃げ場を失って戸惑う水の流れのように、小牧の意識の中で、出口を求めて廻っている輪があった。連想もしないのに、不意に記憶に甦《よみがえ》る子供の頃の思い出に似て、それは何時《いっ》、何処で、誰と——となると一向にはっきりしないような心象だった。

《え！……》

ふと静止した輪によって、彼の意識が統一された時、彼自身が驚愕の叫び声を上げた。

針葉樹が背後にある御影石《みかげいし》の門——二階のコンクリートの階段を上り、御影石の門を通り抜けると、すぐ左手に枝を垂れたヒマラヤ杉がある。

《あの家だ！》

彼はもう一度、写真を瞶めた。この一部分を拡大しながら想像すると、どうしても小牧は「あの家」の門前をイメージしてしまうのである。そして、女のスカートの一部分の白地に黒の斜《なな》め縞《じま》で、その縞の尖端が渦巻状に丸まっている模様に気づいた時、小牧の軀は硬直した。名状し難い憤激《ふんげき》と恐怖と驚きが一本の鉄柱となって彼の脳天から下腹までズーンと貫いた。

小牧は走り出した。そして、大森駅まで走り通した。走っても仕方がなかったが、今の小牧はそうしなければやりきれない気持ちだった。

大井町《おおいまち》で大井町線に乗り換えた。電車の窓から、真っ黒になった空に青白い閃光が突っ走るのを見たが、自由が丘駅へ降り立った時は、滝のような土砂降りが渇ききった地面を叩いていた。改札口の庇《ひさし》の下に集まって雨足に気を奪われている人達を掻きわけ、小牧は幕のように前方を遮っている雨の中へ出て行った。

水中を歩くのも同じであった。地面から立ち昇る埃臭さも間もなく消えて、焼いた鉄板に水をかけたような蒸《む》れた臭味《しゅうみ》がそれに代わる頃、小牧は裸も同然の姿になっていた。人っ子一人見えない水の中の道を、小牧は軀中から飛沫《しぶき》をあげて歩き続けた。

「あの家」の門の前に立った時、彼は門柱の「小牧」という白い表札をジロッと鋭く一瞥《いちべつ》しただけで、少しの躊躇《ちゅうちょ》もなく門の中へ入って行った。左手のヒマラヤ杉が豪雨を受けてチリチリと蠢《うごめ》いていた。真っ直ぐに玄関へ歩いた小牧は、ドアのノブには手を触れず、軀全体の重さを指先にこめて呼びリンを押した。

小走りに来るスリッパの音がして、玄関の灯りが点けられた。

「どなたでしょうか」

中から声がした。女中の和代の声だった。小牧は答えなかった。返事の代わりに尚も呼びリンを押し続けた。

「はい、只今！」

慌てた声と共に、和代の影が玄関のドアに大きく映った。

ドアが中から開かれた。と同時に、

「ひえッ！」

と、引きつったような悲鳴が、和代の口から迸り出た。ただでさえ陰気な風貌の小牧が、眼は凹《くぼ》み、頰は瘦《こ》け、髭がのびて、しかも水を潜って来たように乱れた姿で、憎悪に燃える眼差しを向けて立てば、死神とでも見えたかも知れない。

片手で覆った顔を徐々に覗かせて、和代は恐怖に凍った表情のまま、吸い寄せられるように小牧を見ていた。

「誰に頼まれた？」

小牧は憤怒を抑えて静かに言った。その声を聞いただけでも、和代はピクリとした。

「誰に頼まれた？」

全く同じ調子で同じ言葉が、小牧の口から洩れた。

「何を……です」

戦慄《わなな》く唇で、和代はやっとそれだけ言った。

「お前はカメラを持っていたな。フラッシュ・ガンも……これだけ言えばわかるだろう」

「知りません！」

和代は蒼白の顔を左右に激しく振った。

「嘘つくな。俺を横浜まで尾けて来て、写真の盗み撮りをしたのは誰だ」

「知りません！　そんな事……」

「誰に頼まれてやった？」

「知りません！」

「言え」

「知らないんです！」

ビシッと凄まじい音が、和代の頰で鳴り、その軀は玄関の壁に叩きつけられていた。同時に、形容のしようもない絶叫が家の奥まで響き渡った。

乱れた足音がして、義父と義母が揃って玄関へ現われた。一瞬、和代同様に小牧を見た二人はギョッとしてたじろいだが、今まで犬を叱るように一喝で小牧を屈伏させて来た自信が、義母を忽ち立ち直らせた。

「馬鹿者！　どの面《つら》さげて帰って来た」

と、叱咤《しった》したが、小牧はその義母をチラッと見返しただけだった。普通ならば、この一声だけで小牧は崩れるように土下座するはずであったが、卑屈な態度も自棄《やけ》っぱちの反抗も見せずに、平然と冷たい視線を投げた。——この反応の違いに、義母は狼狽《ろうばい》した。だが、常に感じていた優越感が、あくまでも小牧を甘く見た。

「女房が入院しているって言うのに、友達に逢いに行くなんて……三日も四日も家を明けるとは何っていう極道者だ。働きもしない飼い殺しの豚のくせに！」

義母は、小牧が屈従の意を表するまで悪態をならべる意気込みだった。

「家へは入れんぞ。会社へも来るな。我々はもう他人だ」

義父も調子を合わせるように言った。

しかし、小牧は微かに笑っただけである。不貞腐れた笑いではなく、自嘲をも含んだ嘲笑であった。彼は今、過去の自分の愚かさをしみじみと後悔していた。食わしてもらわない――という事が、どんなに強い事か、やっと気がついたのであった。小牧家に養子となって以来、初めて彼らと対等に向かい合い、彼らの言う事に反対出来る自分を発見したのである。

「何とか言ったらどうなんだい」

と、義母が床を踏み鳴らした。だが、それは全く小牧に無視された。小牧は一歩、玄関の中へ入り、壁に齧《かじ》りつくように竦《すく》み上がっている和代に近づいた。和代はそれにつれて軀をこごめた。その肩を摑んで引き起こし、

「誰に頼まれた？」

と、小牧は四度同じ言葉を繰り返した。

和代は背後に二人の味方を得て強気になったのか、プイと顔をそむけて黙っていた。

「お前、このワンピースで最近写真を撮ったろう。門の前で三、四人と一緒にな」

小牧は、斜め縞の尖端が渦巻になっているノースリーブの和代のワンピースを引っ張った。和代は、ハッと顔を上げた。すかさず小牧は言った。

「俺の後には警察が訊きに来るぞ」

「警察？」

三人が異口同音に口走った。

「さあ、言え。誰に頼まれた！」

初めて小牧の声が張った。

「知りません……」

と、和代が弱々しく答えた。小牧の左手が容赦なく飛んだ。今度は一度ではなかった。続けざまに小気味よい音が鳴った。義父も義母も慄然《りつぜん》と立ち竦んでいた。従順な飼い犬が突如として牙をむいたのを見た時の底知れぬ恐怖であった。

「奥様です……」

和代が放心したように呟いた。

「波江か？」

「……ええ」

と、頷きながら、和代はガクッと項垂《うなだ》れた。

《波江！……》

小牧の眼が呪いの炎のように燃えた。次の瞬間、彼は義母の方を振り向きざま、

「馬鹿者ッ！」

と、大声で怒鳴った。義母は逃げ腰になってよろめいた。

「馬鹿者！」を幾百ぺんとなく浴びせかけられた六年間の忿懣《ふんまん》を一度にぶち撒けた小牧は、この家と永遠の訣別を遂げるべく、篠《しの》つく雨の中へ去って行った。

3

肩をゆすられて、倉田警部補は目を覚ました。クリーム色のカーテンを透して、日射しが殺風景な捜査本部を仄明《ほのあか》るくしていた。

見ると、神楽坂署の制服警官が気の毒そうな顔で立っていた。捜査本部に泊まり込むのはいつもの事だが、昨夜は捜査会議が終わったのが午前二時で、ゴロ寝をした時は三時を過ぎていたから、ひどく眠かった。

「どうしても会いたいという者がおります」

制服警官が小声で言った。

「誰だろう？」

「右腕のない、浮浪者風の男ですが」

小牧である事はすぐわかったが、浮浪者とはひどいと苦笑して、倉田警部補は立ち上がった。思い思いの恰好であちこちに倒れている朽ち木のような係官達の寝姿があった。

「今、何時かな？」

「六時半です」

恐ろしく早くから叩き起こされたと思いながら、Ｙシャツを引っ掛けて倉田警部補は本部室を出た。

　神楽坂署の前にある都電の停留所の電柱の蔭に、小牧はまるめて捨てたようなみすぼらしさで立っていた。雨に濡れた服が汚れたまま湿っているので、一層打ちひしがれた感じに見え、成る程浮浪者と勘違いするのも無理はなかった。

「ああ……」

　と、小牧は倉田警部補の姿を認めると、救われたように歩み寄って来た。

「静子はどうしました？」

　そう言うだろうと倉田警部補が予期していた事を、小牧は真っ先に口にした。

「貴方の伝言を伝えたら決心したと見えて、脅迫されてファン・レターを三通書いたと話しましたよ。その点の事情は杉静子にとって好転したと思います」

　警部補は微笑で答えた。

　二人は陸橋の方へ歩いた。晴れかかった靄《もや》がズンズン移動しながら薄くなって行った。人影はまだ少なく、昨夜の雨に叩かれた紙屑が点々と舗道にへばりついているのが目立った。

「まず、手紙の見本を送って来て、三枚写し取ったら見本と一緒に週刊誌にはさんで新橋駅の遺失物係に届けて置けという脅迫者の指示だったのです。昨夜、新橋駅へ直ちに聞き込みに行ったのですが、八月十九日にそういう事があったと確認されました。杉静子らしい女が週刊誌を届けて来て、三十分もするとやはり若い女が現われて、封筒をはさんだ週刊誌を紛失しましたがと言うので、届けられた週刊誌を渡したそうです。それだけの話で何の手掛かりもありませんでした。ただ脅迫の種となった写真を貴方が持っていられるそうで、実は今日あたり捜査本部へ来て頂こうと話があったのです」

陸橋を渡り、右へ曲がると、道路沿いの小さな公園に出た。眼下の谷間のような所を国電の線路が走っていた。

「実は、その脅迫者が誰かわかったのです」

小牧は幾らか沈痛な面持ちで言った。

「小牧さん、冗談は困りますよ」

倉田警部補は、こちらに横顔を見せてつくねんと立つ小牧を凝視した。

「本当です」

「ほう。誰なんです?」

「僕の……妻でした」

「何ですって?」

「それを知らせに来たのです。これからすぐ行ってくれませんか」

「何処へ?」

「病院です。秋葉原病院です」

「秋葉原病院！」

「ええ。妻が入院しています。確か今日が手術日なんですよ。早くしないと面会謝絶になります」

秋葉原病院——の玄関で、この片腕の男を見かけたが、それは入院している妻の所へ来たためか——と、倉田警部補には納得出来た。だが、同じ病院にミス候補の新洞京子がいるとなれば、その辺の微妙な連繋に何か重大な鍵が隠されているのではないか、と同時に気づいて警部補はハッとなった。

「奥さんの病室は？」

「五号室です。外科病棟の」

「では、若い女の同室者がいますね？」

「よく御存知ですね。ミス候補だという話ですよ」

次のような関係図を脳裡に描いて、倉田警部補は言った。

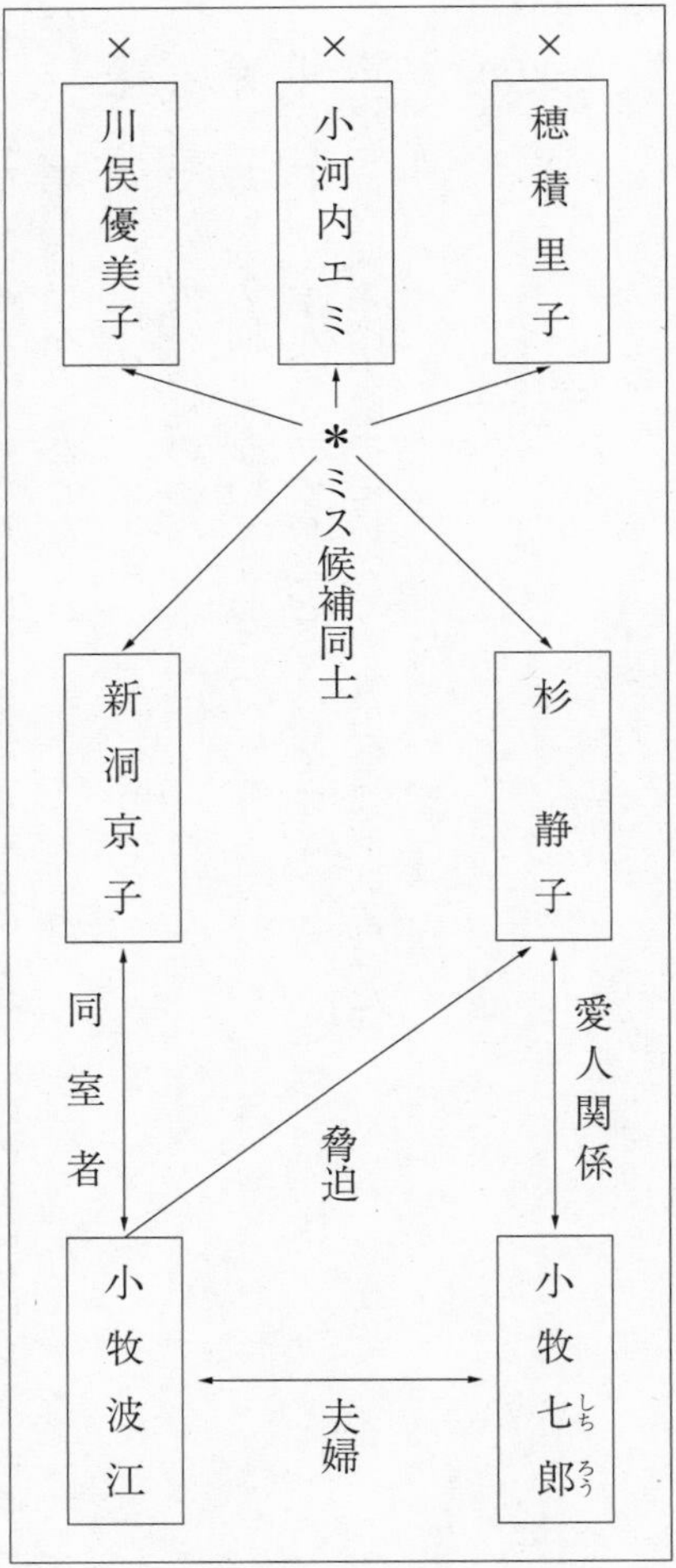

「事は重大ですから、我々が軽々しく個人行動をとるわけには行きません。とにかく貴方から詳しい経緯《いきさつ》を聞いて、本部の捜査会議にかけた後の事にしましょう」

小牧は密会写真を差し出しながら、脅迫者を妻と知るまでの事情を説明した。その説明と昨日の杉静子の供述を総合して、倉田警部補は手帳にこう書き込んだ。

三人のミス候補が殺されて、その所持品の中にあった妙なファン・レターをミス候補の杉静子に書かせている脅迫者が、もう一人のミス候補新洞京子と同室に寝起きしている。今、ようやく、事件関係者をそれぞれ繋いでいる鎖の絡み合いが判然としてきた。
八月十日　小牧と静子、密会の現場を脅迫者の手先（女中和代）によって盗み撮りされる。
八月十一日　脅迫の電話が静子のところにかかる。
八月十三日　新洞京子、自動車事故で秋葉原病院へ入院する。
八月十四日　小牧波江、秋葉原病院へ入院して新洞京子と同室者となる。
八月十八日　静子のところへ二度目の脅迫電話があり、具体的指示を与え、同時にファン・レターの見本が郵送された。
八月十九日　静子、指示に従って新橋駅遺失物係へファン・レターを届ける。それは脅迫者の手に渡った。
八月二十三日　三人のミス候補殺される。
「新洞京子が入院した次の日に、貴方の奥さんが同じ病室に入られた。すなわち、この日から二人は肝胆相照《かんたんあいて》らす仲となり得たのです」
手帳のメモと小牧の顔を見比べて、倉田警部補が言った。

「では妻と新洞京子の共謀ですか？」

「でしょうな。もし脅迫者が事件の犯人とするならばですよ。つまり三つの殺人とも、それぞれ被害者の性格、習癖、嗜好《しこう》や生活状態を熟知していて、それを巧《たく》みに利用して行なわれています。例えば、どれ一つとして凶器を用いずに密室を作ったり、棚を落としたり、電気冷蔵庫へ押し込んだりして加害し、それも小河内エミの酒好きとか川俣優美子の近視眼とか穂積里子の電気器具熱とかを充分に計算に入れての上です。脅迫者である奥さんが、どうしてこんなに三人のミス候補に関して精通しているんです？　三人とそれぞれ親しかった新洞京子の協力なくしては、とてもこんな精密な殺人計画は立ちませんよ。それに杉静子に対する脅迫も、入院するまでは単なる脅迫の予告だけで、種の使い道に困っているようでしたが、メモを御覧なさい、入院後六日目の新洞京子と親密度を増した頃になって、脅迫の目的を発見したように具体的な命令を伝えて来ています」

「わかりました。そうだとすれば尚更です。早く秋葉原病院の方に手配しないと、昨夜は東横線の終電車まで僕が小牧の家の前に頑張って、誰かが病院の妻のところへ注進に出掛けないかを監視しましたが……恐らく、今朝、そうです。今朝はもう和代が家を出ていると思います。それに手術日だというので、義母も病院へ行くはずですよ」

「大丈夫です。あの病院は八時にならないと開門しません。手配は充分間に合います」

と、倉田警部補はベンチを立った。

二人は今来た道を引き返した。空はすっかり晴れ上がって、湿った家々の屋根に朝の日射しが鈍く光っていた。

「しかし、妻と新洞京子の共謀だとしても、二人とも外出する事が不可能な入院患者ですし、妻は単独では歩行困難の軀です。実際の犯行は一体どうしたのでしょうか」

小牧が歩きながら言った。

「それが難点です。二人のアリバイは動かしようもありません」

倉田警部補は、それが偽装アリバイなどではなく、崩しようもない完璧なものである事を知っていた。

「では、二人の手足となった実行者がいるというわけですか?」

「理窟《りくつ》の上ではそうなります。だが、ただの暗殺とは違って、三人の被害者とも事故または過失死を装う方法で殺されている。こんなデリケートな殺人手段を第三者に委嘱《いしょく》するとは考えられない」

「ではもう一人、実行を受け持った共犯者がいたという事になる」

「その和代という女中などは、どうです?」

「いや昨夜の様子では、和代は脅迫——それも、奥様が夫の愛人にいやがらせをやるという程度の、いわば警察の追及を受けない——脅迫に協力したつもりだったのでしょう。僕が警察という言葉を口にしても、和代は意外そうな顔をするだけでした。妻が静子に書かしたファン・レターの内容さえ、和代は知ってなかったと言えるでしょう」

「その女中は小牧家に余程長くいるのですかね?」

「四年位です。しかし、妻には絶対に忠実でした。妻が僕を侮辱《ぶじょく》すれば、一緒になって僕を無能者扱いするような女中です」

「それなら、奥さんの手足となって動く可能性もあるでしょう?」

「それ程、盲従的召使いの色は強くありません。勿論、主人より自分の方が可愛い事を知っていますし、罪を犯してまで妻の計画に加担するような馬鹿ではありませんよ。報酬と睨《にら》み合わせて行動する狡猾《こうかつ》さは持っています。和代の任務は、僕達を尾行して現場写真を撮る事、静子への手紙を横浜まで投函しに行ったり、脅迫電話をかけたりする事、それから新橋駅の遺失物係へ週刊誌を受け取りに行った事ぐらいですよ」

「すると、誰が直接犯行者なのか……」

五人のミス候補がいた。その中の三人は被害者だった。残った二人の一方は、事件前より入院中で一歩も外へは出ていない。そして最後のもう一人、杉静子を犯人でないとするならば、

《誰が加害者なのか?》

展開するに従って、ますます難解となる方程式を前にして、二人は思考の進退を失っていた。

飯田橋駅の前を通り過ぎて、陸橋を渡りきった所に、店を開けたばかりの大衆食堂があった。味噌汁の匂いが流れて来て、「定食六十円」と書いた看板が眼についた。

「ちょっとこの店で待っていて下さい」

小牧を店の入口へ押しやって、倉田警部補が言った。

「朝飯を一緒に食いましょうや。直ぐ来ますから」

倉田警部補は大股で神楽坂署の方へ立ち去った。

小牧は大衆食堂へ入った。丼めしと味噌汁に納豆、大根おろしとナスの漬け物がそれについて、ガラス・ケースの中に定食の見本として収まっていた。五分と待たせないで、岸田井刑事を連れた警部補が戻って来た。

「定食三つと牛乳三本だ」

椅子に坐るなり、岸田井刑事が店の奥に声をかけた。

「とりあえず、秋葉原病院には張り込みの手配をしましたよ」

倉田警部補が小牧に言った。

「これで静子はどうなりますか？」

小牧は待ち構えたように訊いた。

「さあ、何とも言えませんな」

「まだ潔白が証明された事にはなりませんかねえ」

「直接加害者が明らかにならない以上はね。それに杉静子は、穂積里子と小河内エミの死亡現場にいた疑いが濃厚ですからね」

「例の楕円形の鏡……が、ガンなんですね？」

「そうです」

「実は、その事なんですが……」

小牧は、眉を上げて倉田警部補を見た。牛乳が運ばれて来た。岸田井刑事が三本の紙蓋を抜き、めいめいの前に置いた。

「昨夜、東横線の終電車で渋谷へ出て、大和田町《おおわだちょう》の百円旅館に泊まったのですが、僕は眠れないままに、鏡についてじっくり考えてみたのです。僕は勿論、静子が犯行現場にいたとは思いませんから、そういう前提で推理したわけです。としますと、あの鏡が静子のハンドバッグへ入った経緯は、誰かが故意に忍び込ませたか、何かの偶然で入ってしまったかの二通りだけです。しかし、両方とも、そう簡単にあり得る事ではありません。ハンドバッグというものは、持ち主が絶えず身辺に置くものですからね。と考えた時、思いついたのは、静子が出先で完全にハンドバッグを手放して、その間に誰が何を入れようと気づかなかった機《おり》が、たった一回だけあった事です」

小牧はここで一息つき、牛乳を飲んだ。二人の刑事は黙って話の続きを待った。

「それは、静子が穂積里子のアパートを訪れた時ですよ。静子は穂積里子の姿がないので、ハンドバッグを部屋に残したまま、管理人室へ訊きに行った。帰って来たらドアに鍵がかかっていた。というその間は、バッグは静子の眼を離れて、穂積里子の部屋に置きっ放しであったわけでしょう。その時に鏡を入れられたとしたら、鏡というものはバッグの底に潜《もぐ》り易《やす》いし、特別にバッグの中を調べるか整理しない限り、静子は気がつきませんよ。では、小河内エミの手許にあったはずの鏡を、誰が穂積里子の部屋へ運んだのかが問題です。鏡とバッグの接触点が穂積里子の部屋なのですから、当然、あの鏡を持った人間が、小河内エミの住居から穂積里子のアパートまで来たはずです。僕は最も単純に解釈してみました。その人間が、小河内エミ自身だったとしたら如何でしょうか。確か事件当夜の夕方、小河内エミは外出していたというじゃありませんか」

「うまい！」

突然、岸田井刑事が叫んだ。

「立派な推理だ。小牧さん」

「ただ、そうだとすると、穂積里子を殺したのは小河内エミだという事になります」

と、小牧は困惑したように眉をしかめた。

「あり得ますよ」

岸田井刑事は深々と頷いた。

「小牧さんの話を聞いている中に、私にはある仮説が出来上がりました」

「しかし、小河内エミは被害者でしょう」

「被害者であると共に加害者でもあった、という場合だってあります。私はこう解釈しました。小河内エミは五時半頃、穂積里子を訪れた。恐らく、来て直ぐ何かの口実を設けて睡眠薬を里子に飲ませた。注文したラーメンが届けられて、それを食べている中に、里子は睡気に襲われ、動きも緩慢《かんまん》になって来た。その機会を狙って、エミは里子を冷蔵庫の前に誘って中へ押し込んだ。恰度その時訪れて来たのが杉静子だった。人の気配に驚いたエミは急いで便所の中へでも隠れ込んだのだろう。杉静子は里子の姿がないので、バッグをテーブルの上に置いたまま、管理人室へ出掛けて行った。一方エミは、杉静子が帰ったものと早合点《はやがてん》して隠れ場所から出て来る。そして、人殺しをした後の自分の顔色や髪形に異状はないか、鏡を出して点検してみた。ふと気がつくと、その鏡は何の気なしに持って来てしまった里子の鏡だった。殺したばかりの里子の鏡……気味も悪いし、警察の捜査にあった場合、里子の持ち物を持っていたら著《いちじる》しく不利になる。これはもともと里子の鏡なのだから、このまま返しておけばいい、とエミは考えた。そして、目の前にあるハンドバッグの中へ、鏡を滑り込ませた。慌てているエミに、このバッグが里子のものかどうか、吟味する余裕などない。まして杉静子のバッグとは、夢にも思わなかった。エミはそのまま部屋を出た。そしてドアに鍵をかけて、新聞受けに投げ入れて、立ち去った。その後へ杉静子が管理人室から戻って来た……」

と、岸田井刑事は眼を剝いて、視線を宙に漂わせたまま、一気に喋った。

「その小河内エミを待ち受けていたという客は誰だと言うんです？」

小牧が急き込んで訊いた。

「川俣優美子だった……としたら？」

と、呟いてから、岸田井刑事は自分の言葉に愕然《がくぜん》として唇を噛んだ。

「そんな、馬鹿な！」

小牧は悲鳴に近い声をあげた。

「いや、馬鹿じゃない」

自分の思索《しさく》を一つ一つ噛みしめるように言葉にして、岸田井刑事は続けた。

「時間的にも合致する。二十三日夜、川俣優美子が帰宅したのは九時半近かった。小河内エミを泥酔させ、ガス中毒の密室を作って品川倉庫を離れたのが九時ちょっと過ぎだとして、タクシーを利用して帰れば九時半までには家に着く……」

「では、川俣優美子を殺したのは一体誰なのです？　まさか、その十時には既に屍《しかばね》となっていたはずの小河内エミや穂積里子ではないでしょうね」

と、小牧に言われて、グッと詰まった岸田井刑事は掌で顔を撫《な》で廻《まわ》した。

これまで、傍観者のように口を噤《つぐ》んで、唇につけた牛乳ビンの底を天井に向けるという無意味な仕草を繰り返していた倉田警部補が、素早い動作でヒョイと牛乳ビンをテーブルに置き、顔を上げると同時に叫んだ。

「穂積里子だ」

「え？……」

と、見返す岸田井刑事と小牧に倉田警部補は言った。

「三人を操った犯罪計画者がいたとするならば、三人がそれぞれ被害者であると同時に加害者でもあったという事が想像出来る。三人の被害者には共通点があった。三人とも同文のファン・レターを受け取っている。それに、穂積里子の部屋に散乱していた睡眠薬と、川俣優美子の枕元にあった睡眠薬とは同じ錠剤だったんだ。こういう共通点というものは、三人が同じ条件、同じ役目にあった事を立証するものだ。一人の犯罪立案者の指示に従って、三人は卍《まんじ》型に殺し合いを演じたのだ」

倉田警部補は心持ち興奮していた。顫《ふる》えがちの指で万年筆を握り、一枚にこう書いて見せた（次頁参照）。

「見給《みたま》え。三人が三人とも、自分を襲うものがいるとは露知らず、互いに一人ずつを襲っているんだ。そして三人とも自滅する。殺人計画の張本人は一歩も動かず、完璧なアリバイを持って、これを傍観していれば目的は達せられるのだ」

「しかし、穂積里子が川俣優美子を襲ったのは不可解ですな。川俣優美子の死亡時には、穂積里子は既に死んでいたのですから」

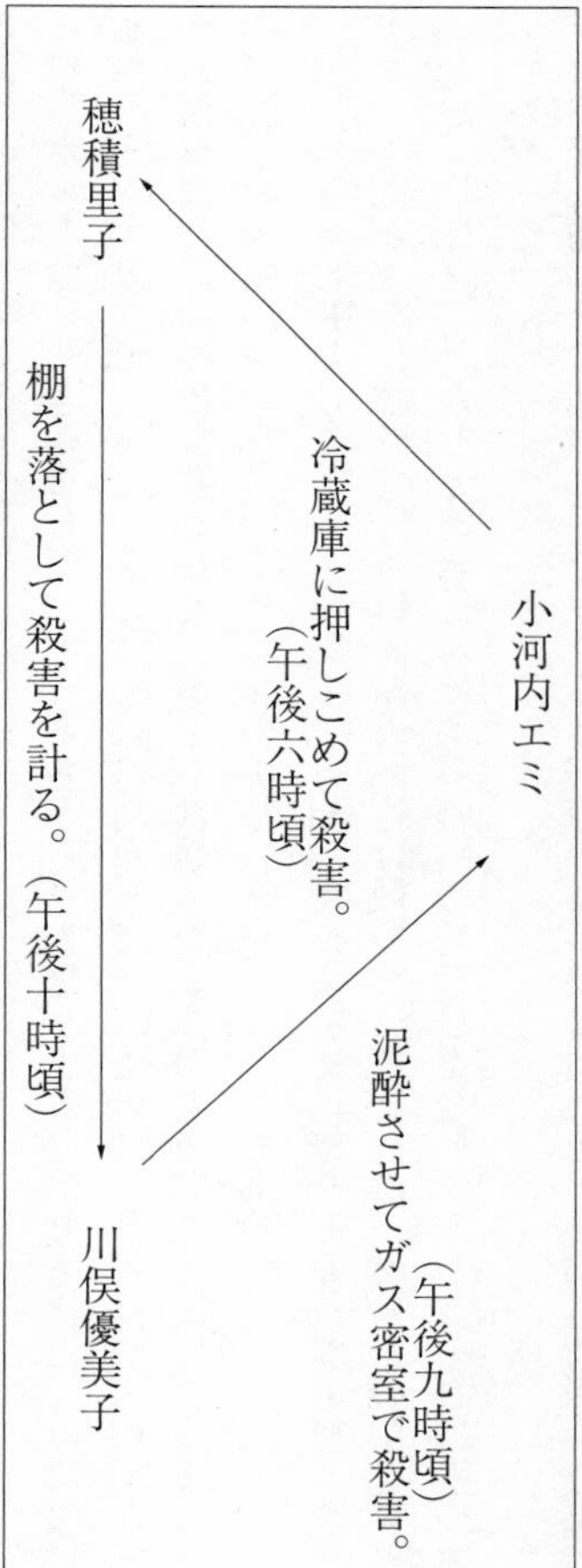

岸田井刑事が言った。警部補は苦笑した。

「そうだ。だがあの日、川俣優美子の部屋へ入ったのは穂積里子だけだ。言うなれば時限装置さ」

「その時限装置……を、解明できたのですか？」

「やっとわかった。憶《おぼ》えてるだろう？　新洞京子の前歴を。あいつは気象庁の海洋課に非常勤職員として勤めていた事があるんだ」

「気象庁……が、どう関係するんです？」

「まあ、待ってくれ給え。まだ職員の出勤時間には間があるが、火急《かきゅう》の場合だ、何とかなるだろう、気象庁へ電話して調べて貰おう」

倉田警部補は店の奥へ電話を借りに行った。大分手間取ったが、戻って来るなり、

「もう一度、あの岸壁へ行ってみよう」

と、警部補は紅潮した頰で言った。

結局、三人前の定食は手つかずだった。もっとも食欲などは忘れてしまったようになった。二名の刑事と容疑者の恋人という、前例もないであろう妙なトリオは、その足で大森海岸の川俣優美子の家へ急行した。

貸しボート屋を叩き起こして、川っぷちから三人はボートに乗り込んだ。倉田警部補は馴《な》れたオール捌《さば》きで、ボートを岸壁沿いに滑らせて、二十米ばかり行った河口で左折しながら海へ出た。海へ出て間もなく、ボートは舫《もや》ったままの老朽網舟に接して停まった。川俣優美子の部屋の窓の真下から、ほんの少し右寄りの岸壁下であった。

倉田警部補は裸足になり、ズボンの裾を折ってから、その老朽網舟へ乗り移った。底に溜まった水が左右に揺れて、舟虫が八方へ逃げ散った。警部補は一渡り舟の中を見廻していたが、横桟にしっかりと巻き込んである細引の結び目を発見すると、それに近づいた。

「これだ……」

倉田警部補はその細引に手をかけると、静かに手繰り始めた。茶褐色に濁った海中から

ヌルヌルと蛇のように、その細引は引き出された。岸田井刑事と小牧は、海面を食い入るように凝視した。恐ろしい緊迫感であった。穏やかなあたりの風景に反して、この岸壁の下では、殺気に似た重苦しさをともなった作業が続けられていた。

「おお……」

三人は思わず、嘆息とも歓声ともつかない声を発していた。小さな飛沫と共に、細引に縛りつけられた赤茶色の塊りが水の中から飛び出したのである。

「何です？」

岸田井刑事がボートから乗り出した。

「屑鉄《くずてつ》だ。かなり重いよ。錘《おもり》代わりさ」

倉田警部補はそう答えて、尚も海中へ続いている細引を手繰った。間もなく、水玉を散らして細引の最後が引き上げられた。その尖端《せんたん》には褐色に錆《さ》びた釣り針型の鉤《かぎ》がついていた。

「やっぱり間違いなかった」

水滴と泥が散乱するのも忘れて、その鉤を鼻先に捧げた倉田警部補は、興奮したように上ずった声で言った。

「これが仕掛けられた罠だったのですか？」

小牧が怪訝そうに訊いた。

「そうです、小牧さんの言われた『時限装置』ですよ」

「何を発火点とした時限装置なのです？」

「自然です」

「自然？」

「天然の作用による自然発火です。この細引は目測で約十三米ある。鉤と錘をつけた細引をボストンバッグか何かに詰めて、穂積里子は二十三日午後三時頃に川俣優美子を訪れ、留守であったが、あの二階の優美子の部屋へ上がり込んだ。目的はこの鉤を棚の吊り木に引っ掛ける事だった。鉤を引っ掛けたら、そのまま錘ごと細引を窓から真下へ投げ込んで、穂積里子は川俣家を辞した。一旦外へ出て、貸しボート屋からボートを借り、今の我々のようにこの場所まで漕ぎ出して来た。人の眼を警戒しながら、舟遊びを楽しむように見せかけ、真上の窓から投げ下ろしたばかりの細引の端をこの老朽網舟の桟に結びつけた。恐らく細引には多少のたるみがあったに違いない。穂積里子はそれだけすませると何気なくボート屋の所へ上がり、陸へ上がった——これだけで、時限装置は終わったのですよ」

「しかし、それは昼間の三時の事で、どうして夜の十時に——」

「つまり時限装置ですよ」

と、小牧の言葉を遮《さえぎ》って、警部補はポケットから一枚の紙片を抜き出した。

「先刻気象庁へ電話をかけて、出勤時間前で担当係の人はいなかったけれど、手を廻して貰って、とにかくこれだけの事は教えて貰いました。まず、東京湾の干潮時満潮時の水位の差は、大潮の時で平均二米四十糎ある。そして湾の奥へ行く程、その差が大きくなる。だから、新聞などに出ているのは勝鬨橋《かちどきばし》のところのものだそうです。さて問題の八月二十三日ですが、この日の満潮時間と干潮時間、それにその時々の水位を調べて貰うと、こういう結果でした。二回ずつあるわけですが、この時限装置に関係ある満潮干潮だけについて言うと、満潮時が午後三時三十七分、水位一米七十四糎、干潮時が午後十時、水位六十一糎です。満潮時と干潮時の水位の差は約一米あったわけですね」

小牧にも、この時限装置の正体が徐々に飲み込めて来た。

満潮時の午後三時三十七分と、穂積里子が川俣優美子の部屋へ入り込んだ午後三時とはほぼ一致し、干潮時である午後十時と棚が壊れた時間が同じである。

「干潮時や満潮時の時間や水位は前もって知る事が出来るのですか?」

小牧が訊いた。警部補は頷いた。

「気象庁の海洋課に問い合わせれば、ずっと先の何月何日はこうこうとわかるそうです。新洞京子はそこにいた時に得た知識を応用したのですよ。天然現象とは気がつきませんでした。とにかく干潮満潮の水位の差を、細引の長さで調節すればいいのです。満潮時に細引を老朽網舟に結びつけた。細引のたるみを正確につけてあるから、一定時間は棚の吊り木に何の作用も及ぼさない。干潮時に向かって水位は次第に下がり、浮いている老朽網舟の位置も下がる。従って細引も徐々に張りきって行く。やがて細引の限界がくる。夜十時の干潮時にどん底まで水位が下がる。鉤で引っ掛けられた棚の吊り木に、海上の老朽網舟の重量がぶら下がった事になる。棚の吊り木はちぎれる。鉤ははずれて錘の重みによって、細引ごと海中に沈む。……こういう結果になるのです」

話を了えると、倉田警部補はガックリと老朽網舟の底にしゃがみ込んだ。

小牧は茫然と水平線を見やった。岸田井刑事は眩しそうに眼を細めて、抜けるように蒼い空を仰いでいた。

三人とも虚心《きょしん》状態であった。

あまりにも奇怪な三つ巴《みどもえ》の殺人が、何か遠い国の伝説でも読んだ後のように、空々しく、滑稽《こっけい》で、恐ろしく、それで夢幻的な、現実の全てを放棄してしまいたくなる倦怠感《けんたいかん》を呼んだのである。

小河内エミが穂積里子を殺し、穂積里子が川俣優美子を殺し、川俣優美子が小河内エミを殺した。そして、この精巧《せいこう》な設計図を、綿密な脚本を作りあげたのは、病院のベッドに横たわった怪我人新洞京子と半身不随の病人小牧波江だったとは――。

五人の女の凄絶な陰謀と死闘をまざまざと見せつけられて、三人は、探し求めた美女が昔日の面影もない醜女《しこめ》に変わり果てていた事を知った時のような、やりきれない疲労に襲われていた。

岸田井刑事が、ポケットから出した空っぽの新生の袋をまるめて海へ捨てた。それは、ボートが揺れるのに調子を合わせて水面を漂った。

倉田警部補が無言でケースを投げて寄越した。岸田井刑事と小牧は、無言で一本ずつ抜き取った。海も空も、それに風も無言であった。

霧に溶ける〈終局ノ章〉

1

新洞京子は、病室の窓の外にある用水に反射して白い天井にゆらぐ光の輪を瞶《みつ》めて、快い夢想の境地にあった。

それは、勝利を目前にして寸時の憩《いこ》いに身を委《ゆだ》ねた人間の解放感でもあった。十人のミス候補の中から最有力と目されていた四人が失脚したからには、新洞京子のミス当選は確定的であった。彼女の脳裡《のうり》には、そうなった時の心構え、談話の要旨、カメラに向かったポーズなどが点滅していた。

昨日の夕刊には「ミスという賭博《とばく》」の表題で、社会評論家の一文が掲載されていた。新洞京子は、その評論の内容を思い出して、鼻の先で冷笑した。

『全国的スケールのミスから、ミス指先の類《たぐ》いまで、今日の日本には何とミスの多い事か。分に過ぎた報酬と虚栄と花形の座を獲得するために、容貌と肢体に自信のある女性は、女の最も醜悪な部分を露出して死にもの狂いの体当たりを試みる。ミスというレッテルを貼られたがために、悲惨な人生行路を辿り、やがて忘却の彼方に消え去った多くの女性がいることを、彼女達は考えない。シンデレラを夢みてミスの座に執着するのは、一攫《いっかく》千金《せんきん》を狙う賭博と相通ずるものがある。また、もしミスの座をめぐって人命に影響する暗闘が演ぜられたとしたら、ミス募集を根本的に検討するべき由々しき社会問題である』

この評論家が今度の事件に引っ掛けてものを言っている事は、新洞京子にもよくわかっていた。

しかし、彼女の気持ちはこう叫ぶ。

《シンデレラとなってしまえばいいのだ》

そうなった彼女に、誰が露骨な攻撃を浴びせるだろうか。金力と名声を得た美女の前には、何人《なんびと》も屈伏するのではないか。また、それこそ自分が生涯の宿願としていた姿ではないか。そうだ、自分はまさに大博奕《おおばくち》をうった。そうしてそれに勝ったのだ——と、新洞京子は昂然《こうぜん》と胸を張った。

部屋へ入りきらない賞品の山。続々と零が増える貯金通帳。羨望と畏怖《いふ》と魅了された眼。歓迎に続く歓迎。夢のような海外旅行への招待。殺到する専属契約。

《それらが明後九月二日のミス決定審査会で私の眼前に実現する！》

新洞京子は狂喜乱舞したい衝動を抑えるのに、苦労した。

その時であった。蒼白になった顔の婦長に案内されて、一団の男達が病室へ入り込んで来た。一人、二人、三人、四人、五人——だった。五人目の男がさり気なく窓際に寄り、まるで窓を遮蔽《しゃへい》するようにして立った。

《見た顔もある。警察だ……》

新洞京子は、光の輪が消えた白い天井を見上げたきり、慄然《りつぜん》と肢体を固くした。胸の動悸が病室中に響きそうな気がした。

「新洞京子さん、今日の午後、退院の予定だそうですね」

ベッド際に立った中年の男が言った。

「そうです」

新洞京子は天井を瞶めたまま答えた。声の顫《ふる》えだけは隠せなかった。

「歩けますな、それでは。主治医の許可も貰ってありますがね。逮捕状はこれです」

「何の容疑です？」

「殺人容疑です」

「私は病人でした。病院から一歩も出ない人間が人を殺せますか？」

「人を教唆《きょうさ》して殺人を実行させた者も殺人正犯です」

「私は被害者です！　ハンドルに細工されて自動車事故で殺されそうになったのです」

「さあね。容疑圏から除かれるためには、まず自分を被害者と思わせるのが得策ですからなあ。自動車事故など自分で起こす気になれば出来る事です」

「いいえ、嘘ではありません。自動車事故は本当に誰かが仕掛けしたのが原因です」

「まあいいでしょう。話は捜査本部で聞きますよ」

「嫌です！　私はここを動きません」

新洞京子はベッドの鉄枠を握りしめた。彼女の頭の中は完全に混乱していた。

池田捜査主任は苦笑して婦長の方を振り向いた。

「小牧波江さんの手術も、急を要するものではないから延期して差《さ》し支《つか》えない、という外科医長の話でしたよ」

捜査主任の言葉に、婦長は眼で頷いた。だが同時に、白いカーテンで覆われた隣りのベッドから、押し殺すような人の声がした。

突如、新洞京子がそのカーテンを指さして絶叫した。

「その女だ！　その女が計画したんだ！　刑事さん、その女が人殺しなんです。その毒トカゲが私を誘惑したのです。絶対に発覚しないからって、その女が話を持ちかけて来たのです。私は、ただ、そいつから尋《たず》ねられた事を教えてやっただけなんです」

白いカーテンがさっと開かれて、ベッドに横たわった蒼黄色い顔の女が全身を現わした。小牧波江はヌッと鎌首《かまくび》をもたげるように新洞京子の方へ顎《あご》を突き出し、出っ歯を剝《む》き出して嚙《か》みつくように怒鳴った。

「嘘つき！　お前の方が乗り気だったじゃないか。相談だって半分はお前が喋っただろう。あの女達の事を詳しく知っていて、殺す方法を考えついたのもお前じゃないか」

「黙って！」

「何言ってるんだ、色気狂い！」

「人殺し！」

「死んでしまえ！」

僅《わず》か二米の間隔を置いて、互いのベッドの上から罵倒《ばとう》し合う物凄い形相《ぎょうそう》の女二人。それがあまりにも差のある美女と醜女という対照的な二人だけに、悪夢を見ているような凄《せい》惨《さん》な光景で、物に動じない捜査本部の係官達もしばし圧倒されて瞠目《どうもく》し続けた。

やがて、病室の入口に悄然《しょうぜん》と項垂《うなだ》れた和代と、地獄から這《は》い上《あ》がって来たように憔悴《しょうすい》した片腕の男の姿がある事に気づいた時、小牧波江は息を飲んで口を噤《つぐ》み、新洞京子は放心したように沈黙した。

新洞京子が無意識に触れたトランジスタ・ラジオから、ニュースが流れていた。

『――犯罪に無関係だったとしても、美女の祭典とも言うべき企画の明るさは期待出来ず、また死亡したミス候補の冥福を祈る意味から自粛《じしゅく》すべきだという声が強く、関係者方面、共催者の諒解を得た上で、ミス全国ＯＬコンテストの中止に踏み切ったものと思われます。尚、中止した理由要旨は今日正午、主催会社代表から正式発表されました。それによりますと――』

新洞京子はラジオを消した。光を失った眼が瞬きもしないで見開かれていた。

「君も馬鹿な事をしたよ」

と、捜査主任が低い声で言った。

「聞く所によると、君のミス当選は確実だったのだそうだ。最終予選の総合点でも君が一位だし、ミスは君に決まっていたようなものだったとさ。何もこんな事をしなければ、君は明後日、ミスの栄冠を得られたのに……」

《そうだったのか、私が一位と決まっていたのか――》

新洞京子は、自分にそう囁いた。だが、別に後悔も口惜しさも感じなかった。ただ、自分という人間そのものが崩壊して行くような気がした。

大ホールに響き渡る拍手の波と歓呼の声が耳許で聞こえた。

舞台の中央で微笑する黄金の冠を戴《いただ》き、ガウンを引っ掛けた水着姿の自分の見事な肢体が眼に浮かんだ。

《もう何もかもおしまいさ……》

と、全てを網膜から拭い取ろうとした。涙は眼尻から頬を伝って耳に落ちた。

嵐のような歓声、乱れ飛ぶテープ、舞い落ちる紙吹雪、その中に婉然《えんぜん》と立つ自分――それらが次第に、まるで霧の中へ溶け込むように、京子の軀から遠のいて行った。

2

新洞京子の供述から、重要な点を拾って、その要旨をまとめると、こうなる。

――小牧波江トノ間柄ハ？

「二年程前、私は急性虫垂炎《ちゆうすいえん》で目黒《めぐろ》の中央《ちゆうおう》病院へ入院しましたが、その時一回目の整形手術を試みようとして入院していた波江と、一週間を同室患者として過ごしました。それ以後別に交際をしていたわけではありませんが、その一週間で私達はすっかり親しくなっておりました。だから、秋葉原病院で再び同室者となった時は、すぐうちとけて話し合えました。いわば旧知の間柄だったのです」

――二人ハ最初カラ犯罪ヲ共謀シタノカ。

「私はミス・コンテストの最終予選を通過した時から、川俣優美子、小河内エミ、穂積里子の三人が大敵と睨《にら》み、三人殺害を思いたちました。そこで三人に関しては、生活環境、性格、住居の構造から趣味嗜好に至るまで詳細に調べ上げました。その過程で、オルチスの話から冷蔵庫によって穂積里子を殺そうと思いついたり、小河内エミをあのような密室内でのガス中毒によって殺す事を考え出したりしたのです。川俣優美子については、遊びに行った際、この棚が落ちたら一コロだという優美子自身の言葉からヒントを得て、気象庁時代の知識と嚙《か》み合わせた殺害手段をあみ出し、あの家の周辺も詳しく調べて歩きました。ところが幸か不幸か、私は自動車事故で入院したのです。これで私自身の手によって計画を実行するのは不可能になりました。そこへ波江が入院して来て、私が別の方法、三《み》つ巴《どもえ》の殺人方法を考えつく結果となったのです」

——波江ノ方カラ犯罪加担ヲ申シ出タノカ。

「二人が共謀者になったのは、話し合っている中に何となくです。波江はただ杉静子を憎んでいたようです。夫と杉静子が妙な仲になっている事実を摑んだ。豚みたいな夫でも私の所有物だ。不必要な洋服でも無断で他人に着られれば腹が立つ。何とかしてあの二人に復讐したい。それも普通な方法ではなく、絶体絶命に追い込むのだ。幸い、和代という小器用で気の利く腹心の女中に尾行させて二人の密会現場を写真に撮ってある。これを種にまず脅迫だけはしてあるが——以上のような事を波江は私に打ちあけました。そして私達は、綿密な殺人計画を練り上げたのです。出来るだけ他殺と見せかけないようにするが、もし他殺とされても、私達二人は入院中でアリバイが成立するし、三人が死亡すれば当然残った一人の杉静子に疑惑の眼が向けられる事になります。それには、杉静子が容疑者とされるように細工すれば、というので、密会写真を種に、杉静子にファン・レターを書かせました。これで、私はミス当選、波江は復讐、という狙いを果たせる一石二鳥の犯罪が成立するはずでした」

――三人ノ被害者ハ、ソレゾレ加害者トナル事ヲ簡単ニ承知シタカ。

「三人とも、私と同じ位にミスの座に執着していましたし、好餌《こうじ》で釣ると、思ったより簡単に説得されました。八月十九日から二十一日までの間に、三人とも、私達の緻密《ちみつ》な目論見に従う事を誓いました。私の見舞いに訪れた一人一人に、まずあのファン・レターを渡して、ある人から貴女に渡すように頼まれた、というのがきっかけでした。さんざ煽《おだ》てて、他の候補の悪口を並べると、女というものは不思議なもので、ただでさえ敵意を感じている競争者の私が、あれこそ貴女の対抗馬だと指摘した相手に、激しい憎悪を燃やし始めます。私はこれを三度繰り返したわけですが、頃合いを見計らって、それぞれの殺害計画を持ち出しました。三人とも、顔色を変えましたが、絶対に発覚しないし、血は一滴も見ないですむ、と説明しますと、次第に心を動かされ、やがて、危険を冒《おか》す決心をします。決意が固まれば、女は強いものです。誰かが自分を殺す決心をしているとは露知らず、一人一人が奮い立っておりました」

――穂積里子ニハドンナ指示ヲ与エタカ。

「一、前もって気象庁に問い合わせて調べておくよう命じてあった、満潮時と干潮時の水位の差の余裕を計算した鉤《かぎ》つきの細引を用意して、午後三時に川俣優美子を訪れる事。

二、川俣優美子は不在であるから、二階の部屋で待たせて貰い、棚の吊り木に鉤をかけ、細引を窓から投げ下ろす事。三、川俣家を出て、ボートで岸壁の下へ行き、老朽網舟に細引を縛りつける事。四、出来るだけ早くアパートへ帰って、自室に引き籠《こも》る事。五、アリバイのために必要だから、杉静子を退社後、遊びに来させるようにする事」

――小河内エミニ与エタ指示ハ？

「一、午後五時半までに穂積里子のアパートへ行く事。二、来客がある事を充分注意して、出来るだけ早く機会を捉《とら》えて、与えた睡眠薬を穂積里子に飲ませ、動作が鈍くなった穂積里子を冷蔵庫の前に誘い、冷蔵庫の説明を促し、隙を狙ってその中へ押し込む事。三、逃げる際、冷蔵庫のスイッチと、ドアの鍵を外からかけて新聞受けへ投げ入れて置くのを忘れずに。またアパートの出入りは裏口か非常階段を利用する事。四、真っ直ぐに品川倉庫へ帰る事」

――川俣優美子ニ与エタ指示ハ？

「一、午後から家を出る事。二、夜七時までに品川倉庫の小河内エミを訪れる事。三、みやげに強い酒と鍋ものとなる肴を持参し、出来るだけ短時間に多量の酒を飲ませて、小河内エミを泥酔させる事。睡眠薬を用意して行き、万が一、小河内エミが正体を失わない時には使用するもよし。四、訪れた客があった痕跡を留めないように配慮し、打ち合わせずみの方法により、ガスの噴出と密室造りを完了する事。ただし、電源を入れ、シャッターを下降させる時、可能な限り、道路上に通行人のある機を見計らってやる事。五、遅くとも九時半までには帰宅して、直ちに就寝する事。睡眠薬を服用して熟睡する事」

——三人トモ素直ニソレラノ指示ヲ受ケ入レタカ。

「勿論、加害者となると同時に、被害者となり易い条件下に置かなければなりませんから、三人にはそれぞれ不審と思われるような指示も、少々ありました。けれども、この点は貴女を容疑者とさせないための配慮だと言うと、すぐ納得しました」

——みす・こんてすとガ中止トナルヨウナ、馬鹿気タ犯罪トハ考エナカッタカ。

「細かい手違いや偶発的な情況の変化はあっても、絶対に計画通り事が運ぶという自信がありました。それに最悪の場合でも、私の犯罪である事は発覚しないと思っていたし、ミス・コンテストが中止されるとは予測出来ませんでした。そして、杉静子が穂積里子のアパートを訪れた際に、エミが鏡をそのバッグへ入れてしまうという偶然の悪戯もあって、杉静子がますます不利と聞き、波江も狂喜していましたが……」

——自動車事故ハ自分デシタ事デハナイカ。

「あれだけは、どうしても私に覚えがない事です。決して自分で故意にやった事故ではありません。案外、死んだ三人の中の誰かが、仕掛けた細工ではないでしょうか」

3

港内に碇泊《ていはく》中の船に灯《あか》りが点いた。一万トン級の船のそれは華麗であり、ランチの灯りは赤茶けて侘《わび》しかったが、みな一様に濃霧に溶けて濡れていた。

片腕のない男とピンクのブラウスの女——小牧と私は、岸壁のベンチに坐って、郷愁を誘う横浜の波止場を眺めていた。

岸壁の下で、ポチャンという波の音が単調に繰り返され、遠く京浜地帯の無数の灯りが、チカチカと孤愁を呼ぶ。

今の私達には生活の基盤がない。しかし、もう二人は密会者ではなかった。誰憚《はばか》る事もない天下晴れての愛人同士だった。世界一幸福であるべき私達なのである。

「静子……幸福か」

潮風に嬲《なぶ》られて、襟もとで乱れる私の髪の毛をまさぐりながら、彼が囁いた。

「ええ……」

私は微笑した。だが、これは半分が作った笑いであり、私は心から微笑《ほほえ》んではいなかった。あれ程待ち望んだ今日という日の幸福感に、私は溶け込めない胸の疼きを持っていた。その鋭く重い胸の疼きとは、

《私も犯罪者の一人だった！》

という簡単には消えそうもない悔恨と恐怖だった。

あの脅迫電話の声を、よくよく考えた末、新洞京子のものと判断して、私は八月十二日の夜、彼女の自動車のハンドルに細工をしたのである。私は、恐ろしい殺人未遂の犯罪者であった。

「何を考えているんだ？」

彼がそっと頬を寄せて来た。

「このまま地球が静止すればいいわ」

私はそう言って彼に縋《すが》った。私には、この私自身の永遠の秘密を彼に告白する気持ちはなかった。神様きり知らない秘密を矢鱈《やたら》に打ち明けて、かえって不幸になる事もある。

《五人のミス候補が五人とも犯罪者……》

醜悪な人間模様だった。私は夜空に向かって空しい自嘲《じちよう》をした。ボーッと霧笛《むてき》が働《な》いて、私達は祖国を失った人間のようにベンチから動かず、ぼんやりと波止場を見続けていた。一段と濃くなった霧が流れて、海も灯りも、そしてベンチの私達さえも、溶かすように消して行った。

あとがき

いままでも殆《ほとん》ど、いわゆる本格ものでしたが、私はいつも、トリックや意外性に加えて、何か哀感《あいかん》のような、澱《よど》んだ感傷のような、そんな余韻が残る題材と人物で、推理小説を書きたいと、念願しています。

その点では、この「霧に溶ける」は、ある程度目標に近づけた、と思っています。もしも、冷酷な完全犯罪への企《たくら》みとその捜査、霧笛と灯が滲《にじ》む港を背景にした男女の宿命、という「動」と「静」の要素が、一つに溶け合って読んで頂けたなら、私にとって、これ以上の幸いはありません。

東都書房の原田裕さんには文字通り助けて頂きました。無我夢中で書いていた私は、原田さんの道案内によって、「霧」の中から抜け出せたのかも知れません。

四月五日　　雨上る

（一九六〇年四月　東都書房刊）

（この作品『霧に溶ける』は、二〇〇八年十一月、
光文社より刊行されたものを底本にしました）

一〇〇字書評

切り取り線

購買動機（新聞、雑誌名を記入するか、あるいは○をつけてください）

□（　　　　　　　　　　　　）の広告を見て	
□（　　　　　　　　　　　　）の書評を見て	
□ 知人のすすめで	□ タイトルに惹かれて
□ カバーが良かったから	□ 内容が面白そうだから
□ 好きな作家だから	□ 好きな分野の本だから

・最近、最も感銘を受けた作品名をお書き下さい

・あなたのお好きな作家名をお書き下さい

・その他、ご要望がありましたらお書き下さい

住所	〒				
氏名		職業		年齢	
Eメール	※携帯には配信できません	新刊情報等のメール配信を 希望する・しない			

この本の感想を、編集部までお寄せいただけたらありがたく存じます。今後の企画の参考にさせていただきます。Eメールでも結構です。

いただいた「一〇〇字書評」は、新聞・雑誌等に紹介させていただくことがあります。その場合はお礼として特製図書カードを差し上げます。

前ページの原稿用紙に書評をお書きの上、切り取り、左記までお送り下さい。宛先の住所は不要です。

なお、ご記入いただいたお名前、ご住所等は、書評紹介の事前了解、謝礼のお届けのためだけに利用し、そのほかの目的のために利用することはありません。

〒一〇一－八七〇一
祥伝社文庫編集長　坂口芳和
電話　〇三（三二六五）二〇八〇

祥伝社ホームページの「ブックレビュー」からも、書き込めます。
www.shodensha.co.jp/bookreview

祥伝社文庫

霧《きり》に溶《と》ける

令和 2 年10月 20 日　初版第 1 刷発行

著　者　笹沢《ささざわ》左《さ》保《ほ》

発行者　辻　浩明

発行所　祥伝社《しょうでんしゃ》

東京都千代田区神田神保町 3-3
〒 101-8701
電話　03（3265）2081（販売部）
電話　03（3265）2080（編集部）
電話　03（3265）3622（業務部）
www.shodensha.co.jp

印刷所　萩原印刷

製本所　ナショナル製本

カバーフォーマットデザイン　芥 陽子

Printed in Japan ©2020, Sahoko Sasazawa ISBN978-4-396-34678-2 C0193

祥伝社文庫の好評既刊

笹沢左保
金曜日の女 新装版

この物語を読み始めたその瞬間から、あなたは「金曜日の女」に騙されている。自分勝手な恋愛ミステリー。

笹沢左保
白い悲鳴 新装版

愛憎、裏切り、復讐……殺人の陰に潜む哀しい人間模様を描く。意表突くどんでん返しの、珠玉のミステリー集。

笹沢左保
死人狩り

銃撃されたバス乗員乗客二十七人、全員死亡。犯人は誰を、なぜ殺そうとしたのか。大量殺人の謎に挑むミステリー。

笹沢左保
異常者

「異常者」は誰かの「恋心」のすぐ隣にいる――男と女の歪んだ愛を描いたミステリーの傑作！

笹沢左保
殺意の雨宿り

偶然知り合った四人の女が企てた、交換殺人。たった一つの憎悪が導く、予測不可能な結末とは――。

笹沢左保
断崖の愛人

幸せへの執着からすべては始まった。明かされた真実の、切ない悲しみとは。男と女の愛憎を描いたミステリー！

祥伝社文庫の好評既刊

山田正紀
恍惚《こうこつ》病棟 新装版
死者からの電話がすべての始まりだった——。トリックを「知ってから」さらに深みを増す驚愕の医療ミステリー。

中山七里
ヒポクラテスの誓い
法医学教室に足を踏み入れた研修医の真琴《まこと》。偏屈者の法医学の権威、光崎《みつざき》とともに、死者の声なき声を聞く。

中山七里
ヒポクラテスの憂鬱
全ての死に解剖を——普通死と処理された遺体に事件性が？ 大好評法医学ミステリーシリーズ第二弾！

柚月裕子
パレートの誤算
ベテランケースワーカーの山川《やまかわ》が殺された。被害者の素顔と不正受給の疑惑に、新人職員・牧野聡美《まきのさとみ》が迫る！

矢樹　純
夫の骨
結末に明かされる九つの意外な真相が不器用で、いびつで、時に頼りない、現代の〝家族〟を鋭くえぐり出す！

森村誠一
灯（ともしび）
あるバスに乗り合わせたことで、三つの家族の運命が狂い始めた。現代社会の病理と希望を模索する傑作推理。

祥伝社文庫の好評既刊

森村誠一
恐怖の骨格
雪中の後立山《うしろたてやま》〝幻の谷〟に閉じ込められた男七女一。交錯する野望と極限の生とは⁉ 山岳推理の傑作。

森村誠一
高層の死角
大ホテルの社長がホテル内で殺された。秘書が疑われるが……。密室とアリバイ崩しに挑む本格推理の金字塔。

森村誠一
殺人の詩集
人気俳優の不審な転落事故。傍らに落ちていた小説は何かのメッセージか？ 棟居刑事は小説の舞台・丹沢へ！

森村誠一
棟居刑事の一千万人の完全犯罪
過去を清算する「生かし屋」なる組織。迷える人々の味方か、それとも？ 棟居刑事が現代社会の病巣に挑む！

森村誠一
魔性の群像
ようやく手に入れた一戸建て。だが近所には——。日常生活に潜む〝魔〟の襲来を描いたサスペンスの傑作！

森村誠一
死刑台の舞踏
凄惨ないじめを受けていた義郎《よしろう》は、父の遺志を継ぎ刑事になる。数年後、いじめっ子たちが他殺死体となり——。

祥伝社文庫の好評既刊

森村誠一
狙撃者の悲歌《ひか》

女子高生殺し、廃ホテルの遺体……死角に潜む真犯人の正体とは？　復讐に燃える新米警官が、連続殺人に挑む！

森村誠一
星の陣（上）

暴力団黒門組《くろもん》に、大切な人を殺された旗本《はたもと》。旧陸軍で中隊長だった彼は、かつての部下たちを集め復讐を誓う！

森村誠一
星の陣（下）

超人的な戦闘技術で、着実に復讐を遂げていく旗本らの前に、巨大な黒幕が立ち塞《ふさ》がった！

森村誠一
終列車

偶然、松本行きの最終列車に乗り合わせた二組の男女の周辺で、次々と殺人が……四人の背後に蠢く殺意とは？

東野圭吾
ウインクで乾杯

パーティ・コンパニオンがホテルの客室で服毒死！　現場は完全な密室。見えざる魔の手の連続殺人。

東野圭吾
探偵倶楽部《くらぶ》

密室、アリバイ崩し、死体消失……政財界のＶＩＰのみを会員とする調査機関・探偵倶楽部が鮮やかに暴く！

〈祥伝社文庫　今月の新刊〉

五十嵐貴久　**波濤《はとう》の城**
沈没寸前の豪華客船、諦めない女消防士の救出劇。

原田ひ香　**ランチ酒**
料理と酒に癒される、珠玉の人間ドラマ×絶品グルメ。

青柳碧人　**天使のアイディア**
少女の仕掛ける驚天動地のトリックが捜査を阻む！

福田和代　**いつか夜は明けても**　S&S探偵事務所
最強IT探偵バディが人口激減を企むハッカーに挑む。

草凪　優　**人殺しの血**
「父親の罪が俺を怪物にした」男と女の逃避行はじまる。

近藤史恵　**Shelter**　新装版
体の声を聞き、心のコリをほぐす整体師探偵シリーズ第三弾。

笹沢左保　**霧に溶ける**
完全犯罪の企みと女の狂気、予測不能のミステリー。

鳥羽　亮　**剣鬼攻防**　介錯人・父子斬日譚
父を殺され、跡を継いだ若き剣士が多勢の賊を討つ！

あさのあつこ　**人を乞《こ》う**
父の死後、兄弟が選んだ道とは。感動のシリーズ完結編。

黒崎裕一郎　**必殺闇同心　娘供養**　新装版
〈闇の殺し人〉直次郎が消えた娘たちの無念を晴らす。

今村翔吾　**襲《かさね》大鳳《おおとり》（下）**　羽州ぼろ鳶《とび》組
尾張藩邸を猛火が襲う。現れた伝説の火消の目的は？

今月下旬刊　予定

夏見正隆　**地の果てから来た怪物（上）**　TACネームアリス
日本海に不審な貨物機が。F15Jが確認に向かうが…。

夏見正隆　**地の果てから来た怪物（下）**　TACネームアリス
国籍不明のF15が空自機を撃墜！　その狙いと正体とは！

小杉健治　**白菊の声**　風烈廻り与力・青柳剣一郎
悪人の見る悪夢の正体は？　剣一郎が冤罪に立ち向かう。

野口　卓　**承継のとき**　新・軍鶏侍
元服した源太夫の息子は、剣を通じて真の友を見出す。